शंकरदयाल सिंह

की

लोकप्रिय कहानियाँ

शंकरदयाल सिंह
की
लोकप्रिय कहानियाँ

शंकरदयाल सिंह

प्रभात प्रकाशन, दिल्ली
ISO 9001:2008 प्रकाशक

प्रकाशक • **प्रभात प्रकाशन**
4/19 आसफ अली रोड,
नई दिल्ली–110002

संस्करण • प्रथम, 2016
मूल्य • दो सौ पचास रुपए
मुद्रक • आर–टेक ऑफसेट प्रिंटर्स, दिल्ली

SHANKER DAYAL SINGH KI LOKPRIYA KAHANIYAN
Published by Prabhat Prakashan, 4/19 Asaf Ali Road, New Delhi-2
e-mail: prabhatbooks@gmail.com ISBN 978-93-5186-903-0
₹ 250.00

भूमिका

शंकरदयाल सिंह और कहानियाँ? क्या कहते हैं आप? जहाँ तक मुझे याद है वे तो लेख या निबंध लिखते थे। और क्या खूब लिखते थे! लगता हमसे बतिया रहे हों। मानो हमें हमारे मतलब की कोई बात बता रहे हों। जैसे हमें किसी से मिलवा रहे हों या फिर हाल की अपनी किसी यात्रा का एलबम हमें दिखला रहे हों। पर कहानियाँ? कहीं भूल तो नहीं कर रहे हैं आप?

जी हाँ, शंकरदयाल सिंह ने कहानियाँ लिखीं और दो-एक नहीं, दर्जनों की संख्या में लिखीं। उनके ही शब्दों में, "मैंने लेखन की शुरुआत कहानी से ही की थी। 1953 या 54 में आयोजित एक कथा प्रतियोगिता में मेरी कहानी को प्रथम पुरस्कार मिला था, जिसे उस समय सराहना मिली तथा 'आज' में वह प्रकाशित हुई। उसकी प्रेरणा मेरे लेखन पर पड़ी। बाद के दिनों में मेरी धारणा बदल गई और मैंने सोचा कि जब सामाजिक संदर्भों में ही लेखन की इतनी सारी बातें तैर रही हैं, तो फिर कल्पना का सहारा क्यों लिया जाए?"

फिर भी कहानी लिखना छूटा नहीं। बस कल्पना पर उसकी आधारिता छूट गई। पड़ोस से उठाए गए पात्र, जीवन से निकाले गए संदर्भ और बोलचाल से ली गई भाषा—किसी भी श्रेष्ठ कहानी के लिए और भला क्या चाहिए? उनकी कहानियाँ पाठकों के अनुभव से मिलकर रसों का इस कदर साधारणीकरण कर देती हैं कि लगता ही नहीं कि आप कहानी पढ़ रहे हैं। यही तो है, उनकी कहानियों की सबसे बड़ी खासियत।

उनकी एक कहानी का शीर्षक ही है—यह कहानी नहीं है, पर यही शीर्षक तो उनकी सभी कहानियों का हो सकता है। जिस सहजता से वह अपनी कहानी कह जाते हैं, वह कहानी से ज्यादा जीवन का आनंद दे जाती है। हमारे जीवन में हर पल जो घट-अघट होता है, हमारे लिए तो वह हमारा जीवन ही होता है, दूसरों को भले ही वह कहानी लगे। और यदि कोई लेखक अपनी कहानी इस ढंग से कह जाए कि दूसरों को

वह उनका अपना जीवन लगने लगे, तब?

शैली का चमत्कार देखने की मंशा रखनेवालों को शंकरदयाल सिंह की कहानियाँ पढ़कर निराश होना पड़ सकता है। उन्होंने लेखन की विरासत तो अपने साहित्यकार पिता कामता प्रसाद सिंह काम से ली, पर शैली खुद अपनी विकसित की। किसी को हिंदी का कीट्स कहा गया, तो किसी को शैली, रामवृक्ष बेनीपुरी ने कामजी को हिंदी का चेस्टरटन कहा। उनकी लेखन-शैली में चेस्टरटन की लेखन-कला के वे सारे तत्त्व मौजूद हैं, जो पाठकों को चमत्कृत और झंकृत कर देते हैं। पर कामजी की शैली जितनी चमत्कारी है, शंकरदयाल सिंह का लेखन उतना ही सहज। इतना कि उसमें शैली का कहीं कोई भान ही नहीं होता और पाठक उसके कथ्य से सीधे-सीधे बँध जाता है।

घटनाएँ ही चमत्कारिक हों तो उन्हें चमत्कारपूर्वक प्रस्तुत करने की जरूरत भला क्यों हो? शंकरदयाल सिंह की कहानियाँ कुछ ऐसी ही हैं। उन्होंने कभी अपनी आत्मकथा नहीं लिखी, पर जो कुछ भी लिखा, वह सारा-का-सारा आत्मपरक ही है। यही बात उनकी कहानियों के बारे में कही जा सकती है। इनमें से कुछ कहानियाँ उनकी अपनी हैं और कुछ उनके आसपास के लोगों की और कुछ उनसे मिलने-जुलनेवालों या फिर उनको लिखने-पढ़नेवालों की। संवेदना के विस्तार के लिए उन्होंने घटनाओं का ही सहारा लिया, उन पर मुलम्मा चढ़ाने की कोशिश तक नहीं की।

मेरा यह सौभाग्य है कि मैं लेखन की तीसरी पीढ़ी का प्रतिनिधित्व कर रहा हूँ। सामाजिक-राजनैतिक जीवन में छह-आठ पीढ़ियों की क्रमबद्धता ढूँढ़ लेना मुश्किल नहीं, साहित्य में भी दो-तीन पीढ़ियों की क्रमबद्धता तो दिख ही जाती है, पर मैं इसे अपनी बड़ी खुशकिस्मती मानता हूँ कि मैं अपनी इस अनोखी सामाजिक एवं साहित्यिक विरासत को तीसरी पीढ़ी में सँभाले रख सका हूँ। पिताजी की ये कहानियाँ कहीं गाँव-घर की कहानियों के तौर पर सामने आती हैं तो कहीं उनकी, मेरी और आपकी कहानियाँ बनकर। इन कहानियों को आपके हाथों में सौंपते हुए मैं अपना पितृ-ऋण चुकाने का ही प्रयास कर रहा हूँ।

प्रभात प्रकाशन ने शंकरदयाल सिंह के कहानीकार रूप को रेखांकित करने का जो नेक काम किया है, उसके लिए उसे अनेक धन्यवाद। लेखक-प्रकाशक का यह रिश्ता भी अब तीसरी पीढ़ी में पहुँचकर पारिवारिकता की हदों में समा गया है।

—रंजन कुमार सिंह

कामता सदन, पूर्वी बोरिंग कनाल रोड

पटना-800001 (बिहार)

अनुक्रम

कितना क्या अनकहा

क्यों, कैसे, क्या? रह-रहकर मेरे अंदर ये शब्द कौंध जाते हैं। और मेरे पास सबकुछ है, लेकिन इन शब्दों के उत्तर नहीं हैं। और सोचता हूँ कि आदमी के जीवन में वे क्षण बड़े मर्मांतक होते हैं, जब उसे अपने ही प्रश्नों के उत्तर ढूँढ़े न मिलें।

अंतरालों की दुनिया में भटकते हुए पंद्रह वर्ष बीत गए और इन वर्षों में न जाने कितने सवाल आए और गए, और मैं जहाँ का तहाँ रहा। सिर्फ इसलिए कि मुझे किसी की तलाश थी, किसी की खोज थी, किसी से मिलना था। मैं यह भी नहीं जानता था कि जिन्हें खोज रहा हूँ, वे मिलेंगी या नहीं या जीवन भर भटकनों में मैं उनकी तलाश ही करता रह जाऊँगा।

वास्तविकता यह थी कि मैं मिलने को तैयार भी नहीं था। पता नहीं क्यों, रह-रहकर मेरे अंदर एक कौंध पैदा होती थी, जो कहती थी कि अगर वह क्षण आ गया, तो मैं अपने आपको सँभाल नहीं पाऊँगा, और धरती नहीं फटेगी, जो मैं उसमें विलीन हो जाऊँ, और फिर जीवन भर मेरा 'मैं' मुझे कचोटता रहेगा, और मैं फिर प्रश्नों के बवंडर में खो जाऊँगा।

आखिर वह क्षण अयाचित सपने के समान आ गया, जब मैंने जाना भी नहीं और वे चुपके से जीवित सत्य के समान मेरे पास आ गईं। पहली बार मैंने उन्हें देखकर भी नहीं देखा था; दूसरी बार देखा था, तो ऐसा लगा था, मानो उन्हें बहुत दिनों से देखता आ रहा हूँ, और तीसरी बार जब वे मिलीं, तो ऐसा लगा, मानो हम दोनों कभी अपरिचित थे ही नहीं। कभी मिले हैं ही नहीं, कभी मिलने की जरूरत भी नहीं थी। न कभी किसी ने हम दोनों का परिचय ही कराया था और न इसकी कोई जरूरत थी।

कहानी की शुरुआत कहाँ से करूँ? यह कहानी है भी या नहीं, मैं नहीं जानता, न तो किसी श्रोता की जरूरत है मुझे, न किसी पाठक की; अब ऐसे में मैं किसी से क्या कहूँ!

प्रिय शुभ्रा,

इधर तीन-चार दिनों से मैं विचित्र मानसिक उलझन में हूँ। इसे तुम उद्वेलन कह लो, तो ज्यादा ठीक हो; पीड़ा, जागरण, व्यथा, जिज्ञासा और न जाने क्या-क्या! और ऐसी स्थिति में तुम मुझे याद आ रही हो, और मैं चाहता हूँ कि अपने आपको तुम्हारे सामने रख दूँ।

परसों कलकत्ता में था, कल पटना और आज यहाँ आया हूँ। चाहता था, कहीं रुककर आराम कर लूँ, लेकिन मेरी मनस्थितियाँ बार-बार मुझे झकझोर रही हैं, लगता है, जैसे आज की रात मेरे इतिहास की रात होगी और आज की रात मैं आँखों में काट दूँगा।

हाँ, इतिहास, जहाँ बाबर ने बीमार हुमायूँ की सेहत के लिए खुदा से दुआएँ माँगी थीं और बदले में अपने आपको उसने खुदा के हवाले कर दिया था।

आज की रात—मृत्यु के पहले हर समझदार आदमी अपनी वसीयत लिखता है और मेरी भी यह वसीयत ही है, जो मैं समर्पित कर रहा हूँ किसी और को, लेकिन लिख रहा हूँ तुम्हें, इसलिए कि तुम भी तो हकदार बन सकती हो। हालाँकि मैं खूब जानता हूँ, तुम रो सकती हो, काँप सकती हो, शिलाखंड बन सकती हो, अग्नि-परीक्षा दे सकती हो, लेकिन मेरी वसीयत तुम नहीं ले सकतीं।

तुम मुझे उतना नहीं जानना चाहतीं, जितना मैं कहना चाहता हूँ। कारण है इसका भी। क्योंकि तुम कल्पना, भावना, भवितव्यता, भविष्यत्-रेखा, भाग्य-अभाग्य और न जाने क्या-क्या पर जीती रही हो और जीना चाहती हो। तुम्हारा कहना है कि तुम मुझे बहुत दिनों से जानती रही हो···उस दिन से, जब तुम पुल के पास खड़ी थीं और मैं छोटी शीशी लेकर जा रहा था और तुमने मुझे पहली बार उस दिन देखा था और तुमने मुझे प्रणाम किया था। और तुम्हें यह घटना आज वर्षों बाद भी ऐसे याद है, जैसे कल की हो।

डेढ़ साल की उम्र में माँ मर गई थीं। यह कोई अस्वाभाविक बात भी नहीं थी और न कोई ऐतिहासिक घटना। कारण, बहुतों के साथ ऐसा होता है, और उन्हीं बहुतों में एक मैं भी था। लेकिन इस मौत के साथ संपृक्त एक घटना जरूर है, जो मेरे मन पर बोझ के समान समुद्भूत है और उसका कोई हल मैं नहीं निकाल पाता।

मेरी माँ टी.बी. से मरी थीं। उन दिनों क्षय के कीटाणु संभवत: कैंसर से भी भयानक माने जाते थे और क्षय रोगियों से कोई सटता नहीं था। भयानक छूत की बीमारी मानी जाती थी वह।

डॉक्टरों की सलाह के अनुसार लोगों ने मुझे उनसे अलग कर दिया और मुझे ननिहाल भेज दिया गया। इधर मेरी माँ दिन-प्रतिदिन मौत के नजदीक पहुँच रही थीं। और ज्यों-ज्यों वे मौत के करीब पहुँच रही थीं, उतना ही अधिक वे मुझे खोजती। रात-दिन बड़बड़ाया करतीं कि मुझे उनके पास बुला दिया जाए। वे मरने के पहले अपने

बच्चे को देख भर लेना चाहती थीं और यह भी चाहती थीं कि उनका बेटा उनकी आँखों के सामने मर जाए, उसके बाद वह मरेंगी···पता नहीं, उनके बाद उनके बेटे को कोई देखे या न देखे, कहीं कोई उसे दर-दर का भिखारी न बना दे··· ।

मुझे देख भर लेने की चाह में वे मौत से तीन-चार महीनों तक लड़ती रहीं, चिल्लाती रहीं, गिड़गिड़ाती रहीं, लेकिन कोई मुझे उनके पास न ले गया। और फिर, एक दिन वे मुझे खोजती हुई इस दुनिया से सदा के लिए चली गईं।

वे एक दिलेर महिला थीं। वे ऐसे ही नहीं मरी, एक प्रश्न छोड़ दिया पीढ़ी-दर-पीढ़ी के लिए। मौत के दो-चार दिन पहले उन्होंने मेरे पिता और मेरी दादी से बार-बार कहा कि मुझे वे क्यों नहीं बुलाते! आखिर मैं उनका लड़का हूँ, मुझ पर उनका सारा हक है। और जब वे सफल नहीं हुईं, तो उन्होंने दोनों को शाप दिया कि आपका बेटा भी मर जाएगा। एक औरत यह कहे कि उसके बेटे को जिन्होंने उससे मिलने नहीं दिया, उनका बेटा भी मर जाएगा, यह माँ ही कह सकती है। बेटे के लिए अपने पति की मौत का शाप। और वे चली गईं।

शुभ्रा, मैं क्रम तोड़ रहा हूँ। जब जिंदगी टूट जाती है, तब फिर किसी गोरी, किसी गजनी, किसी नादिरशाह, किसी तुगलक और किसी काला पहाड़ के अस्तित्व को कैसे न स्वीकारा जाए!

मेरी अपनी कहानी जीर्णोद्धार की कहानी है। महाभारत के अप्रतिम योद्धा भीष्म को भी जब किसी प्रकार परास्त नहीं किया जा सका, तो शिखंडी को सामने किया गया था। मैं न तो भीष्म हूँ और न द्रोणाचार्य कि किसी शिखंडी और किसी अश्वत्थामा का नाम सुनते ही अपना बाण रख दूँ। मेरी जिंदगी उस बहेलिए की जिंदगी है, जिसने हरिण के भ्रम में भगवान् कृष्ण के पैरों को बींधा था और इसके लिए उसे कभी पश्चात्ताप नहीं हुआ।

मेरी प्रारंभिक शिक्षा शकुंतला की ऐसी अँगूठी रही, जिसे मत्स्य ने निगल लिया था। बाबूजी राजनीति में, चचा बाहर पढ़ते थे और मैं गँवई गाँव के सहस्रों कलुषों के बीच अपने को खे रहा था। ऐसी घड़ी में मेरे गार्जियन एक बाबा थे, जो अपने आप में पूर्ण और अपूर्ण दोनों थे। पुराने जमाने के मैट्रिकुलेट, बड़ा रोबदार और खूबसूरत चेहरा। परंतु उन्होंने अपने आपको शराब की भट्ठी में झोंक दिया था। प्रतिदिन उन्हें भाँग, शराब, अफीम और मांस-मछली के बिना चैन नहीं; उनका शराब और अफीम का हिसाब भी मुझे ही रखना पड़ता था।

पढ़ाई-लिखाई मेरी न के बराबर थी। गाँव के आवारा बच्चों के साथ खेलना और गलियों में घूमना। मेरे परिवार का हर सदस्य मेरी जिंदगी से निराश हो गया था। मेरी जिंदगी सड़क के उन आवारा कुत्तों के समान थी, जिनका कोई मालिक नहीं हुआ करता।

और ऐसी घड़ी में गुलाब के फूल से निकलकर एक कीड़ा मुझे डँस गया। अगर वह कीड़ा मुझे न डँसता, तो मैं कहीं का नहीं रहता; साँप बनकर मैं दूसरों को डँसता रहता, आदमी कभी नहीं बनता। और तब जीवन की नियति यह कभी नहीं होती कि मैं इन बातों को किसी और तक पहुँचा पाता।

मैं काफी बड़ा था और मुझे ठीक से अक्षर-ज्ञान भी नहीं था। एक दिन हमारे क्षेत्र के एक डॉक्टर ने जब मुझसे यह पूछा कि तुम किस क्लास में पढ़ते हो, मैंने सिर नीचा कर लिया, और डॉक्टर ने मुझसे कहा—बूड़ा बंस कबीर का उपजा पूत कमाल! और वह ठठाकर हँस पड़ा। मेरी आँखें उस दिन पहली बार खुलीं। पहली बार मुझे यह एहसास हुआ कि मेरे कारण मेरे वंश का, मेरे पूर्वजों का, मेरे पिता का नाम मिट्टी में मिल जाएगा और नदी के इस भयानक प्रवाह में मैं मगरमच्छ के समान बहता चला जाऊँगा।

और उस दिन से मेरी जिंदगी ने एक नया मोड़ ले लिया। मैंने खुद पढ़ना शुरू किया, किसी ने पढ़ाया नहीं मुझे। अंधे जैसे बेल के सहारे टोह-टोहकर पढ़ते हैं, वैसे ही मैंने भी किया और मैं निरुद्देश्य किताबों के पीछे पागल बन गया। मैं क्या पढ़ता हूँ, मैं यह भी नहीं जान पाता था; परंतु मैं पढ़ता जाता था और कभी-कभी तो बारह घंटे, पंद्रह घंटे लगातार पढ़ता चला जाता। उन्हीं दिनों मैंने रवि, शरद्, प्रेमचंद, बंकिम, प्रसाद, महाभारत, रामायण, गीता, सत्यार्थप्रकाश, गीता-रहस्य, कुरान और बाइबल का हिंदी-अनुवाद पढ़ा।

लेकिन कुछ लोगों का कहना था कि बिना डिग्री के पढ़ने का कोई महत्त्व है नहीं। मगर मुझे डिग्री की कोई आवश्यकता थी नहीं। लेकिन उन्हीं की बातें प्रधान बनीं, जो मेरे नाम के साथ डिग्री चाहते थे, जो यह चाहते थे कि डिग्री होगी, तो नौकरी मिल जाएगी, शादी में अच्छा तिलक ले सकूँगा और कहने को होगा कि यह लड़का इतना पढ़ गया है।

पहली बार मैंने परीक्षा मैट्रिकुलेशन की दी, वह भी निजी तौर से पढ़कर। किसी स्कूल में दाखिला नहीं लिया; सीधा कॉलेज में ही गया; और उस दिन जिंदगी में एक और मोड़ आ गया।

विश्वास की उपलब्धि विश्वास है और उसी की प्रेरणा से यह सब लिख रहा हूँ, जो लिख चुका हूँ, वह कुछ नहीं है। जो आगे लिख रहा हूँ, वही सबकुछ है। मैं उन दिनों पढ़ रहा था। बहुत कोरा था मैं। विश्वनाथ-दर्शन, गंगा-स्नान, संकटमोचन कोई मुझे अपनी ओर आकर्षित नहीं कर पाते थे। रात-दिन कामों में अपने को डुबोए रहता था। शिक्षण-संस्था में मेरी अपनी मर्यादा थी, आदर था, और साहित्यिक-सामाजिक उपलब्धियाँ थीं। और इन सबके बावजूद, मुझे ऐसा लगता था कि में अधर मैं लटक रहा हूँ। मैं कहीं हूँ या नहीं हूँ, मैं कुछ भी नहीं समझ पाता था।

और ऐसे ही समय मैं उनके पास गया था और वह मेरे पास आई थीं।

पता नहीं, मेरी आँखों में उन्होंने क्या झाँककर देखा था, जहाँ रिक्तता ही रिक्तता थी और पता नहीं, उन आँखों में उन्होंने क्या किया था कि मैं एक अबोध शिशु के समान उनकी ओर देखता भर रह गया था। मैं उन्हें कुछ भी कह सकता था—भाभी, आंटी, माँ। लेकिन पता नहीं क्यों, मैं उन्हें दीदी कहने लगा।

वे मुझसे सात साल बड़ी थीं। वे ग्रीक वास्तुकारों की तराशी हुई मूर्ति थीं। उनकी आँखों में सागर की गहराई तैरती थी। बड़ी साफ। कहीं कुछ भी नहीं था, जो देखा जाता। प्रणाम तक का जवाब नहीं देती थीं। न हँसती थीं, न रोती थीं। केवल ताक भर देती थीं और लगता था, आँखों में बिठा लेंगी, आँखों में अमृत बरसा देंगी। पहली बार उन्हें ही मैंने अपनी पूरी जिंदगी खोलकर बताई। एक शब्द भी उनके मुँह से नहीं निकला। केवल उनकी आँखों का रंग बदलता गया और कहीं अंत में मैं उनकी आँखों में बूँदें न देख लूँ, इसलिए उन्होंने कसकर मुझे अपने आपसे चिपका लिया।

शुभ्रा, मुझे आज भी वह संध्या याद है, जब दीदी के वक्ष से सटा मैं डेढ़ साल का एक बालक हो गया था, जिसे न तो कोई संज्ञा होती है, न हाव, न बोध, न समझ। और ऐसे ही मुझे छोड़कर वे नाश्ते की तश्तरी लाने चली गई थीं और जब लौटकर आई थीं, तो मैंने पाया था कि उनकी आँखों का रंग और भी गहरा हो गया है। मेरे पास घर से जो भी पैसे आते, मैं उनके हाथों में रख देता और न भी आते तब भी वही मेरे खर्च का हिसाब रखती थीं—बाल बनवाने से लेकर कपड़े की धुलाई तक, और नए कपड़े से लेकर जूते की पॉलिश तक। उनकी पैनी दृष्टि से कोई भी चीज अलग नहीं हो पाती थी।

उन्होंने मेरा जीवन विचित्र प्रकार से कस दिया था। उनकी सहज-स्वाभाविक बातें ऐसी थीं, जो पता नहीं कैसे, मेरे अंदर प्रवेश कर जाती थीं और उनके हर भाव का मर्म मेरे लिए अपरिचित नहीं था।

"भैया, सिगरेट पीना, पान खाना कोई अच्छी बात नहीं होती!" वे कहतीं।

"दीदी, इसीलिए मैं न तो पान खाता हूँ, न सिगरेट पीता हूँ।" मैं कहता।

"मेरी ओर देख...।" बड़ी स्वाभाविकतापूर्वक जमीन की ओर से हटाकर वे मुझे अपनी ओर देखने के लिए मजबूर करतीं।

"...मैं आज की बात नहीं कर रही हूँ। आगे कभी भी तू पान नहीं खाएगा, सिगरेट नहीं पीएगा।"

"ठीक है दीदी, आप जो भी कहेंगी, मैं वही करूँगा।" मैं सीधा सा उत्तर देता। इतना मात्र उनके लिए और मेरे लिए काफी था। न जाने कौन सा विश्वास वे पाले हुए थीं कि मैं जो भी उन्हें कह दूँगा, वह मेरे लिए ध्रुव सत्य हो जाएगा।

दिनों के जोड़ में महीने बीत जाते। वे फिर किसी दिन छेड़ बैठतीं—"सिनेमा कोई

अच्छी चीज नहीं होती। इससे सामाजिक बुराइयाँ फैलती हैं।''

''हाँ, दीदी।'' मैं सहमति में उत्तर देता।

''भैया, मेरा वश चले, तो मैं किसी भी पढ़नेवाले विद्यार्थी को सिनेमा न देखने दूँ।'' वे कहतीं और मैं समझ जाता और मैं बिना एक शब्द कहे मन में ठान लेता कि जब तक पढ़ाई समाप्त न कर लूँगा, सिनेमा न देखूँगा।

''पीनेवाले से बढ़कर इस दुनिया में और किसी से मैं घृणा नहीं करती।'' वे कहतीं।

और मैं जवाब देता—''दीदी, मैंने इस बुराई को बहुत नजदीक से देखा है, इसीलिए जीवन में मैंने कभी इसकी ओर ताका नहीं।''

''भैया, तू जिंदगी में यह पाप कभी न करना।'' वे समझाती हुई कहतीं और मुझे लगता कि उनकी वाणी मेरी सारी शिराओं को छेदकर अंदर पार कर रही है, उनकी आँखें मुझे बींध रही हैं, मुझे वज्र का बना रही हैं और दीदी दीदी नहीं हैं, दीदी गांधारी हैं और मैं···

शुभ्रा, आज मेरे भीतर कुछ ऐसी आँधी उठ रही है, जो लगता है, मुझे पागल बना देगी। आज वर्षों बाद अपनी दीदी को मैं किसी के सामने रख रहा हूँ। जिनकी बातें मैंने कभी किसी से नहीं कीं, जिन्हें मैंने सबसे छिपाकर अपने भीतर बैठाए रखा, जिन्हें मैंने केवल अपना माना, उन्हें आज क्यों मैं दूसरों के सामने, तुम्हारे सामने कह रहा हूँ?

आखिर क्यों? क्या दीदी मुझसे रूठ गईं? क्या उन्होंने मुझे भुला दिया? क्या मेरी दीदी अब मेरी नहीं रहीं? नहीं शुभ्रा, ऐसा नहीं हो सकता। मैंने तुमसे धागे और डोरी की बात की थी न, वह टूट नहीं सकती।

डॉक्टर साहब ने, दीदी के पति ने सदा मुझे अपना छोटा भाई माना और मैंने सदा उन्हें 'भाई साहब' कहा। मैं उनके परिवार का एक अभिन्न सदस्य था। पप्पू दीदी का तीन साल का एकमात्र बच्चा था। बड़ा सुखद, संतोषप्रद एवं अभिजात परिवार था वह।

परंतु परिवार से अलग मेरा और उनका जो संबंध था, वह कुछ ऐसी उपलब्धि थी, जिसका विश्लेषण नहीं हो सकता। कुछ ऐसे सूत्र थे, जो भाष्य के परे थे। मैंने कभी भी अपने को उतना पवित्र, मर्यादित और संयमित अनुभव नहीं किया, जितना उनके संपर्क में।

क्यों? यह तुम जानना चाहती हो? तो सुनो। रातों में मैं उनके साथ सोया हूँ, लेकिन मुझे यही लगा है कि मैं अपनी माँ के साथ सोया हुआ हूँ। आज तक किसी के सामने ये आँखें नहीं झुकी हैं, जो घंटों दीदी के सामने बरसती रही हैं। किसी ने भी आज तक मुझे इतना प्यार, दुलार, अभिव्यक्ति, चेतना, विश्वास और संज्ञा नहीं दी, जितना दीदी ने। दीदी मेरे लिए गंगा थीं···

शुभ्रा, तुम स्त्री हो। स्त्रियाँ त्याग की प्रतिमूर्ति होती हैं। उनका मौन ही मुखर होता है। तो क्या तुम इतने मात्र से दीदी को नहीं पहचान सकतीं?

दीदी माँ थीं। एक ऐसी माँ, जो अपने बच्चे की हत्या इसलिए कर दे सकती है कि उसका बच्चा उसके बाद दर-दर का भिखारी न बन जाए। दीदी पत्थर की अहल्या थीं; लेकिन उन्हें किसी ने शाप नहीं दिया था! और न उन्हें इस बात की हवस थी कि कोई पाँवों से छूकर उन्हें आदमी बना दे। दीदी सीता थीं, किंतु किसी राम ने उन्हें अग्नि-परीक्षा की चुनौती नहीं दी थी। दीदी गांधारी थीं, मगर आँखों पर पट्‌टी बाँधकर उन्हें सतीत्व प्रदर्शित करने की आकांक्षा नहीं थी।

परीक्षा के दिनों में उन्होंने न कभी मुझे दही खिलाया, न संकटमोचन जाने को कहा, न पढ़ने की नसीहत दी। केवल मेरी ओर देख भर देती थीं और मैं निहाल हो जाता था। कितना बड़ा आत्मविश्वास उनकी आँखों में जागता था, सोता था।

दीदी ने कभी मुझे चिट्ठियाँ न लिखीं और एक बार मैंने जब उन्हें पत्र दिया, तो मिलने पर वे बोलीं, ''ये चिट्ठियाँ क्या होती हैं?''

''दीदी, मैं समझ नहीं पाया।''

''भैया, जीवन में क्या पत्रों का कोई निश्चित स्थान होता है? पत्रों में हमारी दृढता नहीं, कमजोरी झाँका करती है। तू कभी पत्र न दिया कर।'' और उन्होंने बिना खोला लिफाफा मेरे हाथों में रख दिया था। वे मौन हो गई थीं, मैं निस्पंद हो गया था।

शुभ्रा, मैं तुम्हें कितना बताऊँ कि दीदी क्या थीं और क्या नहीं थीं। उन्होंने ही मुझे बताया था कि विश्वास की उपलब्धि विश्वास है। उन्होंने मुझसे कहा था कि जब किसी लड़की को देखो तो सोच लिया करो कि मैं दीदी को देख रहा हूँ। उन्होंने ही मुझे सीख दी थी कि जीवन मर्यादाओं का सम्मिलित पुंज है।

उनका कहना था कि मैं केवल उनके लिए हूँ और वे केवल मेरे लिए हैं। एक ऐसी दीदी हैं वे, जिन्हें मैं पा सकता हूँ, देख सकता हूँ, सुन सकता हूँ। औरों से उनका क्या लेना देना! और आज उन्हीं दीदी का लेन-देन मैं तुमसे कर रहा हूँ। यह विश्वासघात नहीं है तो और क्या है?

दीदी ने जो मुझसे कहा, उसे निर्विकार रूप से मैं अपने जीवन का अंग बनाए हुए हूँ—पान नहीं खाता, सिगरेट नहीं पीता, शराब और नशीली वस्तुओं से कोसों दूर हूँ, सिनेमा देखना और चाय पीना पढ़ाई समाप्त करने के बाद शुरू किया था। और मैं सब कर सकता हूँ, लेकिन दीदी को दिए शब्दों को वापस नहीं ले सकता, उन्हें हटा नहीं सकता, उनकी आँखों में झाँककर देख नहीं सकता और उनके रहते कोई गलत काम कर नहीं सकता।

मैं जो कुछ भी हूँ, केवल उनकी देन हूँ। जैसे कोई कुंभकार अपने हाथों से कोई

घड़ा गढ़े, किसी मूर्ति का निर्माण करे, वैसे ही उन्होंने मुझे गढ़ा है, और वे मेरे लिए सबकुछ होने को तैयार थीं, यहाँ तक कि मेरे लिए वे कुंती भी हो जातीं, जिसके जीवन में कर्ण पांडव के आने के पहले ही आ गया था।

शुभ्रा, तुम इन सारी बातों को एक कहानी मान लो। कहानी, जो कल्पना के सहारे खड़ी की जाती है, जिसमें घटनाओं और चरित्रों का कंकाल खड़ा किया जाता है। तुम मुझे शरत का श्रीकांत मान लो और उन्हें अन्ना दी। लेकिन सच न मानो तो ज्यादा अच्छा हो। कारण, सबके बावजूद तुम भी तो एक स्त्री ही हो, और स्त्री होकर आगे के सत्य को तुम नहीं झेल पाओगी। जब मैं नहीं झेल पाया, जब दीदी नहीं झेल पाईं, तो फिर मैं ऐसे किस पर विश्वास करूँ?

दुनिया में कुछ भी हो सकता है। जो कुछ भी हो जाए, उसे न तो आश्चर्य कहा जाएगा, न असंभव। और वही हुआ। तुम जानने के लिए उत्सुक होगी कि आगे क्या हुआ? अब दीदी कहाँ हैं? मेरे और उनके संबंधों की परिणति क्या है? तो तुम सुन लो—दीदी अभी भी जीवित हैं; लेकिन मैं, उनका भैया राजा, मुन्ना बाबू, मर गया हूँ।

आज पंद्रह साल बीत गए, उन्होंने मुझे कोई खत नहीं लिखा, और जब मैं आखिरी बार मिलने गया, तो उन्होंने मुझे पहचाना भी नहीं, उन्होंने मेरी ओर से आँखें फेर लीं और मैं भाग आया। मेरे लिए और कोई चारा नहीं था। मैं दीदी की आँखों में आँसू नहीं देख सकता था। विराट के यहाँ द्रौपदी ने युधिष्ठिर का खून कटोरे में छान लिया था कि कहीं धरती में दरार न पड़ जाए। परंतु मैं वैसा नहीं कर पाता, और धरती में दरार जरूर पड़ जाती…

दीदी ने मुझे क्षमा नहीं किया। अपराध बड़ा हो या छोटा, अपराध आखिर अपराध है, और अपराधी को दंडित होना ही चाहिए। और यह तो मेरा बड़ा अपराध था। अगर दीदी ने मेरे मुँह में कभी पान देख लिया होता, सिगरेट देख ली होती, तब भी वे मुझे माफ नहीं करतीं।

कल से मैं तुम्हें यह लिख रहा हूँ और अभी तक इसे पूरा नहीं कर पाया। मेरे सामने ड्रेसिंग टेबल का शीशा है, जिसमें मैं अपनी जगह दीदी की तसवीर देख रहा हूँ। खजुराहो, भुवनेश्वर, कोणार्क, एलोरा और अजंता की तसवीरें व मूर्तियाँ और भित्तिचित्र।

दीदी, मेरी ओर न देखें। मुझे आज यह पूरा कर लेने दें। वर्षों से मेरी साँसें घुटती रही हैं…किसी से कुछ भी नहीं कहा है। आपके बारे में भला किसी से क्या कहता? आज मैं कुछ भी अपने पास नहीं रखूँगा। कह लेने दें मुझे सबकुछ।

दीदी, सच मानें, इस तरह आप न खड़ी हों, नहीं तो जैसे पान की गिलौरियाँ गिर पड़ी हैं, जैसे प्याले हाथ से छूट गए हैं, वैसे ही यह कलम भी हाथ से छूट जाएगी, टूट जाएगी, और इसे मैं कभी भी पूरा नहीं कर पाऊँगा।

दीदी, मैं आपकी शक्ति से परिचित हूँ। आप मुझे भूल सकती हैं। आप कभी भी अपनी जबान पर मेरा नाम नहीं आने दे सकती हैं। आप कभी भी मुझे क्षमा नहीं कर सकती हैं। परंतु दीदी, मेरे धीरज का बाँध टूट रहा है। भोर में देखा गया सपना दिन में भी कभी नहीं भूलता।

दीदी, आप में शिवाजी का और तिलक का खून वास करता है। बड़े-से-बड़े संकट को बिना उफ किए आप झेल सकती हैं। बड़े-बड़े शोक-संवादों को बिना आँखों में आँसू लाए आप सुन ले सकती हैं। दीदी, मैं भी यही चाहता हूँ, लेकिन कर नहीं पाता।

दीदी, आपके लिए माघ की ठिठुरन और जेठ की लू में कोई अंतर है ही नहीं। पूर्णिमा और अमावस्या, दोनों आपके लिए समान हैं। आपमें समुद्र की गंभीरता और धीरता है। अंतर केवल इतना ही है कि समुद्र में दूनो के दिन उफान आता है और आप सदा एक समान रहती हैं।

दीदी, एक के बाद अनेक जिंदगियाँ मेरी आएँगी और जाएँगी, लेकिन क्या कभी मैं आपको भूल पाऊँगा?

दीदी, आग की आप ऐसी लपट हैं, जिसमें खांडव वन जल रहा है···लेकिन महान् आश्चर्य, कोई जीव-जंतु मर क्यों नहीं रहे हैं? इसीलिए तो कि आपको किसी अग्निदेव को न तो प्रसन्न करना है और न किसी गांडीव की आवश्यकता है।

□

शुभ्रा, दीदी मुझसे रूठ गईं। मुझसे सैकड़ों-हजारों-लाखों मील दूर चली गईं। मुझमें और उनमें योजनों का अंतर आ गया—केवल एक बात के लिए। और बात बड़ी हो या छोटी, बात बात होती है। महाराज द्रुपद के दरबार में मीन की आँखों को छेद देनेवाला धनुर्धर भी बातों के परे न था।

प्यार, प्रेम, स्नेह, अपमान—सब अभिव्यक्तियाँ हैं मर्यादाओं के ही स्वरूप। दीदी ने मुझे प्यार दिया था, प्रेम दिया था, स्नेह दिया था, और इसलिए उन्हें ही यह हक भी था कि वे मुझे ठुकरा देतीं, और उन्होंने ऐसा ही किया। और दीदी कभी गलत कर ही नहीं सकतीं।

और इसीलिए मैं अपना दाह ढोए चला जा रहा हूँ। वे मुझे अगर क्षमा कर देतीं, तो शायद मैं शक्तिहीन और श्रमहीन हो जाता। इसीलिए मैं उनके द्वारा उठाए हर पग को विष्णु का पग मानता हूँ, जिसके नीचे गयासुर दानव दबा पड़ा है।

मेरी पढ़ाई का वह आखिरी साल था। डॉक्टर साहब की चिट्ठी आई कि दीदी मुझे बुला रही हैं। जो पहली गाड़ी मिली, उससे मैं उनसे मिलने गया।

वहीं दीदी मिलीं। आँखों में करुणा-ही-करुणा। प्रणाम तक का कोई जवाब नहीं। ताजा गुलाब-सी खिली सौरभमय दीदी। वही गांधारी-सी आँखें।

तुम्हारी पढ़ाई कब समाप्त होगी?'' प्रश्न।

''तीन-चार महीनों बाद।'' उत्तर।

''मैंने तुम्हें एक खास बात के लिए यहाँ बुलाया है।'' वे सीधी मेरी ओर ताक रही थीं।

''आज्ञा दें।'' मैंने कहा।

''मुन्ना, बस यही एक बात है, जिसके लिए मैं आज्ञा शब्द का प्रयोग नहीं कर सकती।'' उन्होंने दृढता के साथ कहा और उसके बाद बिना किसी भ्रम के उन्होंने मुझसे कहा कि मैं उनकी छोटी बहन से शादी का प्रस्ताव मंजूर कर लूँ। उनकी छोटी बहन बी.ए. में पढ़ती थी। मैं जब बी.ए. में था, तब वह आई.ए. में थी। दीदी के ऊपर ही उसका भी दायित्व था। उसे छात्रावास में रखकर दीदी पढ़ा रही थीं। दीदी का विश्वास था कि हम दोनों एक-दूसरे से स्नेह रखते हैं।

संभव है, वह ऐसा करती रही हो, लेकिन मेरे अंदर कभी कोई इस प्रकार की भावना नहा आई। इसका कारण भी दीदी ही थीं। उन्होंने ही तो कहा था कि जब किसी लड़की की ओर तुम्हारी आँखें उठें, तो सोच लिया करो कि मैं दीदी को देख रहा हूँ।

मेरी आँखों के सामने अँधेरा था। बस जिंदगी के दायित्वों में मात्र एक ही दायित्व अपने पिताजी का मनमाना था कि वे जहाँ कहेंगे, वहीं शादी कर लूँगा। आखिर मर्यादाओं में बँधा मैं क्या करता?

मेरे मुँह से निकल गया—दीदी, बस यही एक प्रश्न है, जिसका जवाब मेरे पास नहीं है, मेरे पिताजी के पास है।

और उसके बाद कहीं कुछ टूटा था, जिसकी आवाज शायद सिवा मेरे और कोई भी नहाँ सुन सका था। पेड़ की शाखाएँ टूटती हैं, तो आवाज होती है; शीशे का बरतन टूटता है, तो आवाज होती है; लेकिन आदमी जब टूटता है, तो कहीं से कोई आवाज नहीं होती। और चीजें शायद टूटकर जुड़ सकती हैं, लेकिन आदमी जब टूटता है, तो जुड़ता नहीं।

दीदी उठकर अंदर चली गई थीं, कमरे में, बिस्तरे पर और मैं बरामदे में बैठा नाश्ते की तश्तरी का इंतजार करता रहा था, और इस प्रकार शायद घंटा बीत गया और फिर मैं उठा। मेरे सामने अंधकार-ही-अंधकार था। यह मैंने क्या कर दिया, क्या कह दिया? लेकिन मैं जानता था, मुँह से निकले वाक्य लौटाए नहीं जा सकते⋯और अगर मैंने इन्हें लौटाने की चेष्टा की, तो वह टूटना और भी खतरनाक हो जाएगा। मेरे मन में आया कि जाऊँ, उनके पैर पकड़ूँ, माफी माँगूँ, कहूँ कि दीदी मेरी परीक्षा न लें। कहें कि मुझे क्या करना है।

मेरी परीक्षा के दिन थे। आखिरी पढ़ाई हो रही थी। क्लास में क्या हो रहा है, मुझे

कुछ पता नहीं चलता था। काव्यशास्त्र और उपन्यास, कहानी और कविता, गद्य और पद्य, किसी में मेरे लिए भेद निकाल पाना कठिन था। कौन हैं प्रेमचंद और कौन हैं प्रसाद, यह भी भूल गया था।

और सबसे बड़ी बात तो यह है कि उन दिनों भी मैंने किसी से कुछ नहीं कहा। मैंने उन दिनों अपनी जिंदगी नाथों, सिद्धों और संतों की बना ली। देखनेवालों ने संभवत: यही समझा कि मैं परीक्षा में तल्लीन हूँ, इसलिए अपनी सुध-बुध खो बैठा हूँ।

मैं अपने आप अपने दर्दों को पीता रहा। कोई दवा नहीं की। इसकी कोई दवा किसी वैद्य-डॉक्टर-गुणी-ओझा के पास थी भी नहीं। मैंने उन दिनों जीवन के प्रति आस्था सीखी। मैंने उन दिनों जीवन के प्रति अनास्था सीखी। मैं उन दिनों कई बार मरा। मैं उन दिनों कई बार जिया।

कई बार सोचा कि जाऊँ, एक बार उनके पाँवों पर सिर रखकर कहूँ—माफ कर दें, केवल एक बार। लेकिन मैं जानता हूँ अपनी दीदी को। वे क्या हैं, मुझसे अधिक शायद और कोई नहीं जान सकता, किसी को जान पाने की जरूरत भी नहीं।

अब आगे मैं कुछ भी नहीं लिख पाऊँगा, शुभ्रा! आखिर मैं भी तो आदमी हूँ। मेरी भी आँखें गीली होती हैं। मेरी भी नसों में खून का प्रवाह रह-रहकर रुकता है। मेरी अंगुलियों में भी लिखते-लिखते दर्द होता है। और मेरे अंदर भी रह-रहकर कहीं कुछ टूटता है।

सबकी नजरों से अपनी दीदी को मैंने बचाए रखा···उन्हें आज तुम्हें सौंप रहा हूँ। क्यों, मैं नहीं जानता। केवल इस विश्वास के साथ कि मैंने अगर उनके साथ विश्वासघात किया, तो तुम वह नहीं कर सकोगी। हाँ, एक बात कहना चाहूँगा, शुभ्रा, कि अगर तुम्हारे पास नारी-हृदय है, और उस हृदय में सेमल के फूलों-सी कोमलता है, और अगर तुम्हारे मन में मेरे प्रति कहीं भी कोई एकांत आत्मविश्वास है, तो तुम दीदी बन जाना···दीदी, जो सौ में, हजार में, लाख में बस एक थीं।

तुम्हारी आँखों में भी वही तेज आ जाए, जो छेद दे, जो कँपा दे, जो अमृत बरसा दे।

दीदी कीचड़ में कमल के समान उद्भासित थीं, पर वह 'शेष-प्रश्न' की कमल नहीं थीं, टालस्टॉय की अन्ना केरेनिना भी नहीं थीं, गोर्की की माँ भी नहीं थीं, प्रेमचंद की धनिया भी नहीं थीं, वे केवल दीदी थीं, जो अनाम थीं।

अगर मैं दिन या रात को अपनी आँखों में समेटकर यह सब तुम्हें आज न लिख देता, तो फिर कभी नहीं लिख पाता और यह अधूरा ही रह जाता, वैसे ही जैसे एक दीदी के बिना मेरा पूरा जीवन अधूरा है, मेरा हर पत्र अधूरा है, मेरा विश्वास अधूरा है और मैं अधूरा हूँ। पता नहीं, इस अधूरेपन की तलाश कब तक चलेगी। पता नहीं, इसकी परिणति क्या है।

मेरे पास अब लिखने के लिए कुछ भी शेष नहीं है। शब्द मेरे चुक गए हैं। भाव बेभाव हो गए हैं। अक्षर स्वयं को काटने दौड़ते हैं।

दीदी की याद आते ही मेरी स्थिति होरी के समान हो जाती है। रूपा को सौ रुपयों में बेचकर जब होरी अपने गाँव की ओर चला, तो गाँव में प्रवेश करते ही उसे ऐसा लगने लगा, मानो उसे गाँव के चौराहे पर खड़ा कर दिया गया हो; जो कोई आता हो, उसके मुँह पर थूक देता हो, और वह चिल्ला-चिल्लाकर कहना चाहता हो कि भाइयो, मैं घृणा का नहीं, करुणा का पात्र हूँ।

दीदी, मैं अंतिम बार आपसे क्षमा माँग रहा हूँ। आपसे मैंने आज तक कुछ भी नहीं माँगा। बिना माँगे ही आपने सबकुछ दिया है। कृपया एक बार मेरे माँगने से एक शब्द 'माफी' दे दें। मेरी जिंदगी को बेसहारा न बनाएँ। मेरी आस्थाओं में दरार न डालें। विश्वासों को न हिलाएँ।

आपने मुझे कई बार देखा है, एक बार और देख लें। वही गांधारी-सी आँखें। विश्वास मानें, यहाँ कोई भी दुर्योधन की सीमा-रेखा न लाँघेगा।

दीदी, आप जीवित हों तो मर जाएँ, केवल मेरे लिए ही सही। और प्रेत बनकर मेरा पीछा किया करें। दिन-रात साये के समान मेरे ऊपर छाई रहें। विश्वास मानें, यहाँ आपको कोई भी नहीं पहचानेगा। यहाँ का हर आदमी धृतराष्ट्र ही है।

दीदी, आज के बाद मैं आपके बारे में किसी से कुछ नहीं कहूँगा। किसी जगह कुछ नहीं लिखूँगा। आपके बारे में मैं कभी कुछ भी नहीं सोचूँगा।

लेकिन, क्या यह संभव है?

□

और विश्वास टूट गया

प्रह्लाद को आग में नहीं जलते देखकर जितना आश्चर्य हिरण्यकशिपु को नहीं हुआ होगा, उससे अधिक आश्चर्य महिला छात्रावास के चौकीदार को कमल और असित को बातें करते देखकर हुआ। अपनी छोटी-छोटी नेपाली आँखों को और-और फैलाकर उसने इस मर्म को समझने की चेष्टा की और जब मुसकराहट होंठों के बाहर बरबस झाँकने लगी, तो वह पीछे की ओर देखने लगा। तभी उसके कानों में आवाज आई—"नहीं, असितजी! मेरा-आपका मिलना कभी भी ठीक नहीं। जब माँ नहीं चाहती हैं, तो मैं कैसे कुछ कह सकती हूँ।" कमल कह रही थी।

"मैं इसका प्रतिवाद नहीं करता, आखिर पढ़ने-लिखने के बाद भी अगर मेरी-आपकी मान्यताएँ ज्यों-की-त्यों रहीं, तब फिर वही जमाना ठीक था, जब पृथ्वीराज अपने बाहुबल से संयोगिता को उठा लाया था।" असित बेसब्री से दलीलें दे रहा था।

कमल के माथे पर पसीने की बूँदें छलछला आई थीं। वह असित को चाहती थी, अपनी संपूर्ण भावनाओं के साथ। उसे अपना सारा जीवन असित पर न्योछावर कर देने के लिए कहा जाता, तो भी शायद वह हिचकिचाती नहीं। फिर भी जब शादी का प्रस्ताव असित रखता, तो वह हिल उठती। कारण, माँ-बाप की सहमति-असहमति का भी तो ध्यान रखना था।

असित की चचेरी बहन मंजुला पढ़ती है महिला कॉलेज में। लिहाजा असित जब यहाँ रहता है, तो हरेक रविवार को अपनी बहन के छात्रावास में हाजिरी बजानी ही पड़ती है, नहीं तो कुशल नहीं। छुट्टियों में असित की जान पर आ जाएगी। चाचा का उलाहना अलग, चाची की फरियाद अलग, भला उसी शहर में तू भी रहता है, किंतु यह नहीं बनता कि छठे छमासे, मंजुला मरती है या जीती है, यह देख आए। और यह मंजुला! आफत की पुड़िया है, शैतानी की टिकिया है। दूसरों को बनाने में ही इसे आनंद आता है। मजाक तो ऐसा कर देगी मानो भाई-चाचा किसी का गम ही नहीं। डाँटो-डपटो, पर उस पर झाड़-फूँक का कोई असर नहीं।

रविवार की संध्या है। असित मंजुला से मिल रहा है। मंजुला की बगल में आज एक और नई लड़की है।

"भैया, यह है कमल। मेरे साथ पढ़ती है, मेरे साथ रहती है, बड़ी भली है। देखते नहीं इसका कट। क्यों, अगर मैं इसे अपनी भाभी बना लूँ तो?" और मंजुला हँस पड़ती है।

कमल लाल हो जाती है। असित को लगता है कि किसी ने खींचकर पाँच तमाचे गालों पर लगाए हों। झेंप जाता है। मंजुला शोख लड़की! जहाँ चाहे बेइज्जत कर दे। शर्म तो मानो इस लड़की से कोसों दूर है। असित अपने मन में प्रण करता है, अब कभी नहीं आएगा मंजुला से मिलने।

तभी उसकी आँखें उस लड़की की ओर उठती हैं। साँवली-सलोनी, छुई-मुई की लता, कजरारे केश-पाश। प्यासी धरती के समान मदमाती आँखें, जिनमें अभाव के स्थान पर भाव की रेखा है। दोनों ओर झूलते बालों के दो लट, जिनमें मौन निमंत्रण का मुखर संदेश है।

असित ने पहली बार अनचाहे की भाँति देखा, दूसरी बार देखकर भी न देखा और तीसरी बार देखा तो ऐसा लगा, मानो इसके चले जाने के बाद भी वह सदा इन्हें देखता ही रहेगा। और असित को लगता है, शायद इसीलिए इसके माँ-बाप ने इसका नाम कमल रख दिया हो।

पास खड़ी कमल जमीन में धँसी जा रही है। एक पुरुष के सामने ऐसी अधोगति कभी नहीं हुई थी। असित जब चलने लगता है तो शिष्टाचार के नाते कमल के हाथ जुड़ जाते हैं—'नमस्ते!' भर्राई हुई आवाज कंठ से किसी प्रकार बाहर आती है। गेट के बाहर निकलते समय असित के कानों में मंजुला की हँसी तीर के समान लगती है। जी में आता है कि लौटे और उसके गालों पर अनगिनत तमाचे जड़ दे। भला एक शरीफ लड़की को बनाने में उसे कितना आनंद आ रहा है। मंजुला शादीशुदा है, कॉलेज में पढ़ती है, किंतु शराफत तो उससे कोसों दूर है।

असित धनी बाप का अकेला बेटा है, जिस पर माँ-बाप के न जाने कितने अरमान खड़े हैं। मेडिकल के फाइनल इयर में पढ़ता है, अब तक इसकी शादी के कई पैगाम अनेक जगहों से आए, किंतु प्रतिष्ठा के भूखे और धन को तृण समझनेवाले पिता ने सबको टके-सा जवाब दे दिया। लिहाजा असित अब तक कुंवारा लड़का है, जिस पर कितने ही खरीदारों की आँखें जमी हुई हैं।

असित के मन में किसी के प्रति कोई चाह नहीं है। शादी-ब्याह के मामले में वह माता-पिता को ही 'पोर्टफोलियो' समझता है। लड़के को इसकी क्या चिंता? यह विभाग तो माँ-बाप का है। इसके अंतर्गत भाग लेने का अर्थ है माता-पिता को मानसिक

दुख देना, जिसके लिए असित कभी भी तैयार नहीं।

उस दिन जब वह महिला छात्रावास से लौटा, तो रह-रहकर उसकी आँखों के आगे एक तसवीर खड़ी हो जाती। एक लड़की-साँवली-सलोनी, आँखें नीचे किए, छुई-मुईसी। बार-बार उसके कानों में मंजुला की आवाज सुनाई दे जाती—'भैया, यह है कमल।' और बार-बार उसे लगता, कोई कह रहा है—'नमस्ते!'

असित ने प्रण किया था कि अब वह मंजुला से मिलने नहीं जाएगा, किंतु शनिवार आते-आते उसकी चेतना ने उसे झकझोर दिया। केवल मंजुला से मिलने की बात होती तो वह कभी नहीं जाता, किंतु अब तो उसकी बगल में एक और लड़की खड़ी होगी—कमल!

और रविवार की भोर से ही वह वहाँ जाने की तैयारी में ऐसा संलग्न हुआ, मानो कोई छोटे तबके का नेता बड़े अधिवेशन का उद्घाटन करने जा रहा हो। दस दिन पहले ही बाल बनवाए थे, किंतु आज फिर बनाना जरूरी था। शेविंग सुबह कर ली गई, किंतु इससे थोड़े ही काम चलेगा। एक बार फिर तीन बजे शेविंग करनी ही होगी। कल ही धुला हुआ सूट निकाला था, किंतु इसकी क्रीज कहीं-कहीं से दब गई है, अतः दूसरा सूट पहनना ही ठीक होगा।

बड़ी प्रतीक्षा के बाद चार बजे। उसने मंजुला के नाम हॉस्टल के चौकीदार द्वारा स्लिप भेज दी। धक्-धक् हृदय से पास की बेंच पर असित बैठ गया। कब मंजुला आकर बगल में बैठ गई, इसका भी भान असित को नहीं हुआ। ध्यान टूटा तब, जब मंजुला की हँसी कानों में भर गई—"भैया, आज तो तुम फिलॉस्फर का मूड लेकर आए हो।"

मंजुला से बातें करने में भला क्या रखा है, और वह लड़की आई ही नहीं। मंजुला से पूछना भी खतरे से खाली नहीं। पूछा नहीं कि बँधा-बँधाया शिकार उसके हाथों में फँसा। पर असित से रहा नहीं गया—

"मंजू, तुम कभी भी इनसान नहीं हो सकतीं, उस दिन बेचारी उस लडकी को तो पानी-पानी कर दिया।"

असित को विश्वास हुआ कि अब पकड़ने की कहीं भी गुंजायश नहीं है।

"तो तुम ही उसका पानी रख लो न?" मंजुला छूटते ही बोली।

असित हँस पड़ा—"तुमसे बातें करके भला कोई जीत कैसे सकता है? क्या बताया था उसका नाम...क्या? हाँ, शायद कमल, तो उसकी और अपनी तुलना कर देख। वह कितनी शांत और सुशील दिखती है।"

अब भला मंजुला क्यों छोड़ती—"तो इसका अर्थ यह है कि तुमने आखिर पसंद कर ही लिया उसे!"

अब तो असित पसोपेश में पड़ गया। कुछ कहने को सोच ही रहा था कि कमल भीतरी बरामदे पर बाहर से झलक गई और मंजुला ने उसे इशारे से बुला लिया। असित ने चालाकी से काम लिया—

"तो अब मैं चला। और भी कितने काम हैं।"

"ऐसी क्या जल्दबाजी पड़ी है? उस समय तो कमल की सभ्यता और इनसानियत का बखान कर रहे थे और यह आई नहीं कि तुम चले।" मंजुला बोली।

भीतर से असित को लगा कि मानो नस-नस में खून की जगह खुशी दौड़ रही है, पर बाहर से बोला, "मंजू, तू कभी भी सभ्य नहीं हो सकती, बराबर बस वही शोखी!"

कमल ने बड़े गौर से असित को देखा—गौरवर्ण आँखों में संतोष की आभा। बोली में मिठास, आवेश नहीं। आक्रोश नहीं, करुणा। तिरस्कार नहीं, स्नेह। वह आपसे आप झुक गई।

□

कई रविवार आए, गए। मंजुला एक बहाना रही और असित मिलने आता रहा। मंजुला के पिता दशहरे की छुट्टी के चार दिन पहले ही आ गए थे, इसीलिए प्रिंसिपल ने मंजुला को घर जाने की छुट्टी दे दी।

असित तभी मंजुला को स्टेशन पर चढ़ा आया था, किंतु फिर भी तीसरे दिन आनेवाले रविवार को वह महिला-छात्रावास के गेट पर हाजिर हो गया। छात्रावास की दाई ने रजिस्टर जब उसके सामने रख दिया, तो वह पसोपेश में पड़ गया—'किससे मिलना है?' के खाने में काँपते हाथों से उसने लिखा—कमल कुमारी। नाते का खाना कैसे भरा जाए, प्रश्नचिह्न उसके सामने खड़ा हो गया। मंजुला थी, तो 'भाई' लिखा जाता था, किंतु कमल के लिए 'भाई' लिख देना कभी उचित नहीं होगा और उसने घबराकर उस खाने को रिक्त छोड़ दिया और अपना नाम लिखकर रजिस्टर बंद कर दाई के हाथों में थमा दिया।

कमल घबराई हुई छात्रावास से निकली तो नमस्ते करना भी भूल गई—"यह आपने क्या किया, असितजी? सुपरिंटेंडेंट ने बुलाकर पूछा कि ये आपके कौन लगते हैं, मेरे मुँह से अनायास निकल गया 'भाई', और मैं कहती भी क्या?"

असित चौंका। भूल से एक ऐसी बात हो गई है, जो कभी भी सभ्यता के लिहाज से ठीक नहीं है, किंतु वह हार माने कैसे? बोला, "कमलजी, महीनों से जिन सपनों को मैं सँजोए आ रहा हूँ, उन्हें आज साकार कर दीजिए। आपके बिना मेरा जीवन सूना रहेगा, बिल्कुल सूना।"

उत्तर के लिए व्यग्रता से उसने कमल की आँखों में झाँका। कमल हिली—"असितजी, मेरी सारी सहानुभूति आपके साथ है। किंतु अपने परिवारवालों की इच्छा

को ठुकराना मेरे बूते के बाहर की बात है। आखिर जिनकी संतान हूँ, उनका भी तो मेरे ऊपर कुछ ऋण है।''

असित अब अपने को नहीं सँभाल सका—''अब तक आपने मुझे क्योंकर अपने पास आने का मौका दिया, कमलजी? मैं अपने आप ठीक था। मैंने आपसे कोई भीख तो चाही नहीं थी। आज आपका यह उत्तर है!'' क्रोध की रेखा उसके कपोलों पर खिंच गई थी।

''असितजी, मरदों की जाति ही ऐसी होती है। आप आज तक मेरे पीछे स्वयं दौड़ते रहे। हड्डी का टुकड़ा किसी कुत्ते के गले में फँस जाए तो इसमें हड्डी का नहीं, कुत्ते का ही दोष है।''

असित का पारा अपनी चरम सीमा पर पहुँच गया—''शर्म नहीं आती तुमको ये बातें बोलते हुए। मैं क्या जानता था कि तुम इतनी जहर हो?''

''शर्म तो आपको आनी चाहिए। मैं आपकी बहन की मित्र थी, आपकी नहीं। क्या आपने सम...'' और इसके पहले ही असित का दायाँ हाथ बड़े जोर से कमल के दाएँ गाल पर पड़ा, पास ही बैठे नेपाली दरबान ने दौड़कर असित को थाम लिया। असित ने हाथ छुड़ाया और बाहर निकल पड़ा।

कमल ने नेपाली के हाथों में पाँच रुपए का नोट थमाते हुए अनुनयपूर्ण शब्दों में कहा, ''दरबानजी, यह बात किसी और से मत कहना।''

□

मंजुला छुट्टियों के बाद छात्रावास लौटी, किंतु कई महीने तक असित उससे मिलने नहीं आया। कई लोकल चिट्ठियाँ मंजुला की असित को मिलीं, चाचा-चाची ने भी बहुत लिखा, पर उसके कानों पर जूँ तक नहीं रेंगी। अंत में जब मंजुला का धमकी से भरा पत्र आया कि अगर असित नहीं आया तो वही उसके पास छात्रावास में आ जाएगी, तो असित हार मानकर अगले रविवार को मिलने चला गया। मंजुला तो मिली ही, साथ ही कमल भी मिल गई। असित ने देखा, इन चार महीनों में कमल की जवानी में और भी निखार आ गया है।

मंजुला अपनी किताबों की लिस्ट लेने हॉस्टल में चली गई तो पास खड़ी कमल को देखकर असित अपने को नहीं रोक सका—''कहिए कमलजी, अब मिलने में तो कोई हर्ज नहीं है!''

कमल नहीं समझ सकी, आखिर यह प्रश्न क्या है? उलाहना, प्रेम, विद्वेष, घृणा या व्यंग्य? वह बोली, ''नहीं, असितजी! मेरा-आपका मिलना कभी भी ठीक नहीं। जब माँ ने नहीं चाहा है, तो मैं कैसे कुछ कह सकती हूँ!''

असित अवाक् देख रहा था कि कमल वहीं-की-वहीं थी और पास बैठा नेपाली

दरबान इस पुन: मिलन को आश्चर्य से देख रहा था और साथ ही इसकी प्रतिक्रिया के लिए भी तैयार था।

और मंजुला आ जाए उसके पहले ही असित छात्रावास के गेट से बाहर हो चुका था। अब वह कभी भी इस निर्दयी गेट के भीतर प्रवेश नहीं करेगा। इस फाटक के अंदर आत्मा की सिसक है, व्यथा है, तृष्णा है, जलन है, पीड़ा है और भस्म कर देनेवाली दावाग्नि है।

उसके पाँव अति वेग से बाहर की सड़क को नाप रहे थे, जहाँ के कोलाहल में भी वह असीम शांति की खोज में आगे बढ़ रहा था।

□

आकाश, सरदर्द और डूबता सूरज

घाटी में चारों ओर गहरा कुहासा छाया हुआ था। सड़क की कतार बने सफेदा और पहाड़ पर खड़े ऊँचे-ऊँचे चीड़ के वृक्षों का अस्तित्व उन्हीं में छिप गया था। सूरज तीन दिन से नजर न आया था। एक खामोश आलसपन घेरे रहता था। ऊपर पहाड़ पर शायद बर्फ बरसी हो, तभी तो यह ठंडक चेस्टर, कोट, ओवरकोट आदि को फाड़कर सीने के भीतर घुस जाना चाहती थी।

खानसामा ने आकर चाय का प्याला टेबल पर 'खट' से रखा, तो अजित का ध्यान भंग हुआ। सामने बैठी शीला पर उसने एक उड़ती नजर डाली, जेब से। 'गोल्ड फ्लेक' निकालकर जलाई और चाय का एक घूँट होंठों से लगाता हुआ हँस पड़ा, तो शीला भी हँस दी।

''तुम हँसी क्यों?'' अजित ने सिगरेट का दूसरा कश खींचते हुए शीला की ओर ताका।

''इसलिए कि तुम हँसे।'' उसने मुसकरा भर दिया।

''वाह! यह भी कोई जवाब है। मैं हँसा तो आप भी हँसे और मैं जब चुप रहूँ, तो सरकार भी चुप हो जाएँ।''

खानसामा इसी समय बड़े अदब के साथ आकर बगल में खड़ा हो गया—''साहब, अंडा, टोस्ट वगैरह कुछ और लाऊँ?''

''कुछ नहीं।'' अजित बोला और जब वह जाने को हुआ, तो उसने फिर टोककर पूछा, ''खानसामा, यह कुहासा कब तक ऐसे ही छाया रहेगा? न चाँद नजर आता है, न सूरज। सारा मजा किरकिरा हुआ चाहता है।''

खानसामा महबूब अधेड़ उमर का, औसत कदवाला, गोरा चिट्टा आदमी था। वर्ष में शायद ही कभी नहाता हो, किंतु कपड़े साफ पहना करता था। जिंदगी के दिन उसने साहबों की खिदमत में ही गुजारे थे। बोलने-चालने में उस्ताद था। पहले अंग्रेज साहबों के जमाने में काफी रुपए पैदा हो जाते थे; किंतु इधर हिंदुस्तानी साहब एक-

एक पैसा जोड़कर काम चलाते थे। पर चूँकि महबूब साहबों को खुश करने की कला जानता था; कब, कहाँ, क्या बोलना चाहिए, इस गुर में वह निपुण था, इसलिए औसत खानसामों से उसकी आमदनी अधिक होती थी। इस समय साहब का मूड अच्छा था और वह ऐसे मौके पर चूकनेवाला न था। अत: फौरन बोला, "सा'ब, कुहासे में वास्तव में घाटी का मजा कहाँ, जो सूरज की रोशनी में। यों तो आसमान की रंगत आज बेहतर नजर आती है और लगता है कि कुहासा आज छँटेगा। तो सा'ब, उसके बाद घाटी की शोभा जी भरकर मेम सा'ब के साथ देखना।" इतना कह वह हँसता हुआ चला गया, तो अजित और शीला भी हँसे बिना न रह सके।

और सचमुच दोपहर होते-होते कुहासा छँटने लगा और सूरज की रोशनी छनती हुई आने लगी। होटल के बाहर आकर अजित ने घाटी की ओर देखा, तो उसका मन अनायास आनंद से भर गया। टेनमर्ग का यह धानी अंचल सूरज के सुनहले प्रकाश में सुनहला रंग लेकर खिल उठा। सफेदा, चीड़ आदि वृक्षों की शोभा निखर उठी। अंचल में बाजरे और भुट्टे के आदमी भर-भर के पौधे हिल-हिलकर हँसने लगे और सेब तथा अखरोट के पेड़ों में लगे छोटे-छोटे फल पीली धूप में चमकने लगे।

अजित शीला को पकड़कर कमरे से बाहर ले आया। बाँह-में-बाँह डालकर उसने उसे घाटी की शोभा को दिखाया और फिर खड़े-ही-खड़े प्रोग्राम बना कि खाने के बाद कुछ देर आराम किया जाएगा और फिर टेनमर्ग के नीचे घाटी में घूमने चला जाएगा।

अजित ने कम उम्र में ही एम.ए. किया था और उसे फक्र था कि उसने कभी भी जिंदगी में सेकंड स्टैंड न किया है, बराबर फर्स्ट आता रहा। साथ ही, जब से उसकी शादी हुई है, वह अपने को परम सौभाग्यशाली मानने लगा है। शीला उसके अनुरूप ही पत्नी मिली है। परिष्कृत विचार, भोला-भाला मुखड़ा। रूप-गुण, आचार-विचार, रहन-सहन—सबमें निपुण। साहित्य में रुचि रखनेवाली। अजित ऐसी ही पत्नी चाहता भी था। सो दोनों एक-दूसरे से प्रसन्न थे। नया यौवन, नया जीवन। दोनों का जी न माना—सैर के लिए चल पड़े कश्मीर!

□

घाटी मानो सपनों से सोकर उठी थी। अजित और शीला टेनमर्ग की घाटी के लोक अंचल में सैर करने उतर गए थे और खानसामा महबूब कभी आगे, कभी पीछे रास्ता दिखाता चल रहा था।

यों तो कश्मीर का चप्पा-चप्पा सौंदर्य और शोभा को अपने में समेटे रहता है, सब कहीं आसमान में रंगीनी और धरती में नयापन नजर आता है, पहाड़ों पर बादलों के टुकड़े चहल-कदमी करते नजर आते हैं और वृक्षों पर पक्षियों का कूजन सुषमा में चार चाँद लगाए रहता है। पर टेनमर्ग का यह धानी अंचल कुछ ऐसा मनहर और लुभावना है

कि अपने सामने अन्य कश्मीरी अंचलों को पीछे छोड़ देता है। हवा हौले-हौले गुदगुदाते हुए चलती है, बाजरे और भुट्टे के खेतों के बीच से कभी-कभी कश्मीरी युवतियों का दर्द भरा गीत शुरू होता है, तो हृदय में घुस जाता है और सूरज जब युवा होकर घाटी की ओर ताकता है तो पेड़-पौधे, लता-गुल्म—सभी सुनहला रंग ग्रहण कर लेते।

टेनमर्ग के नीचे कल-कल, छल-छल करता हुआ पथरीला नाला बहता है, उसे फिरोजपुर नाला कहते हैं। सूरज की रोशनी बहते पानी पर चमचमा रही थी और पहाड़ी नाला अपने वेग के साथ बह रहा था। जहाँ-तहाँ गाँववालों ने ऊपर से दो-तीन लकड़ियाँ रखकर पार होने.के लिए पुल बना रखा था। अजित ने शीला का हाथ पकड़कर डोलती लकड़ी के तख्ते से धीरे-धीरे उसे पार किया। और तब वे बाजरे के खेत में तंग पगडंडी के सहारे घुसे।

महजूब आगे-आगे चला जा रहा था। अवसर पाकर बोल पड़ा, "सा'ब, गाँव की पगडंडी ऐसी ही होती है। पतली और गंदी। तुम्हें और मेम सा'ब को बड़ी तकलीफ होती होगी।"

अजित खुद भी इसे महसूस कर रहा था। पर हार कैसे मान जाए! हँसकर बोला, "मेम साहब को बहुत शौक है कि कश्मीर के गाँव को देखें। और तकलीफ ऐसी क्या होगी।" कहकर उसने शीला की ओर देखा। साड़ी के पल्ले को एक हाथ से थोड़ा उठाकर वह किसी कदर धीरे-धीरे चल रही थी।

बाजरे के खेत से बाहर आने पर बाईं ओर चार-पाँच घरों की एक बस्ती दिखाई दी। पास ही खेत पर एक किसान दिखाई दिया, जो एक साहब को देखकर ठिठक गया। महबूब ने उससे अपनी भाषा में बातें कीं, फिर साहब की ओर मुड़कर बोला, "सा'ब, यह गाँव मायन है।"

"बस, इतना छोटा सा?" अजित ने आश्चर्य से पूछा।

"यही, सा'ब, यहाँ गाँव की भला थाह लगेगी! दो घर यहाँ तो दो घर दो मील दूर, ऐसे ही सब बसे रहते हैं।" महबूब हँसकर बोला।

चार ही घर थे। जब गाँववालों ने देखा, तो बच्चे-बूढ़े-जवान सभी जमा हो गए। न जाने कहाँ का साहब आया है। गाँव का एक बूढ़ा अब्दुल्ला आगे बढ़ा, झुककर अदब के साथ साहब को 'सलाम' किया।

अजित को बड़ा अजीब सा लग रहा था। कश्मीर—यहाँ शोभा है, सुषमा है, रंगीनी है, प्रकृति की अनमोल मनभावन छटा है। बच्चों को उसने पॉकिट से पैसे निकालकर दिए और बूढ़े अब्दुल्ला के हाथों पर दो रुपए का एक नोट रख दिया। बूढ़े के झुर्रियोंवाले गाल पर मुसकराहट दौड़ गई। उसने अपने बेटे को डाँटकर कुछ कहा, वह दौड़कर अंदर गया, पुरानी सी एक खाट लाया और अजित तथा शीला दोनों उस पर

बैठ गए। अजित ने खानसामा महबूब के हाथ में सिगरेट का टिन देते हुए सब को बाँट देने को कहा। अब सबके मुँह से फकाफक धुआँ निकल रहा था और आँखों से एक भाव, मानो ऐसे साहब ही रोज कश्मीर आया करें, तो कितना अच्छा होता। इतने में बूढ़ा अब्दुल्ला अपने हाथ में लकड़ी का एक बरतन लिये आया और खाट पर उसने रख दिया, ''सा'ब, हम गरीबों के पास है ही क्या जो तुम्हारी खिदमत करें।''

अजित ने इशारा किया, तो खानसामा बोला, ''सा'ब, यह कश्मीर का मेवाफल जरदालू है।''

शीला अब तक देखने में ही लगी थी, उसकी मूक सेवा-भावना और निरीहता को। उसका साहित्यिक हृदय बार-बार रीझ उठता था। दोनों ने फल खाए, पानी पिया। इसी समय अजित की आँखें ऊपर उठीं। खिड़की से झाँकती हुई दो आँखें, गुलाब की नाई सुकुमार गाल, तरल होंठ, कानों में बड़ी-बड़ी बालियाँ, पीछे की ओर करीने से सजाए बाल, हलकी-हलकी सी मुसकराहट और आँखें झुक गईं।

अजित उठकर खड़ा हो गया। ओह! यही है वास्तविक कश्मीर।

कुछ दूर तक बहुत लोग उसे छोड़ने आए और जब जाने लगे तो बड़ी अदब से झुककर 'सलाम सा'ब, 'सलाम' मेम सा'ब' कहकर गए।

घाटियों में सूरज बड़ी जल्दी डूब जाता है। फिरोजपुर नाले के पास पहुँचते-पहुँचते सूरज डूबने लगा और ठंडक बढ़ गई। खानसामा ने बताया कि ऊपर पहाड़ पर खिलनमर्ग में बर्फ की बरसा हुई है, इसी कारण ठंडक में सिहरन है।

फिरोजपुर नाला पार करते समय एक अप्रत्याशित घटना घट गई। वही लड़की आकर सामने खड़ी हो गई और बड़ी बेफिक्री के साथ उसने अजित के सामने हाथ फैला दिया, ''सा'ब, एक सिगरेट।''

अजित ने पॉकेट से एक सिगरेट निकालकर दे दी। लड़की ने फिर माचिस माँगी और सिगरेट का एक कश बड़ी जोर से खींचा। अजित ने देखा, उसके होंठों की तरलता और बढ़ गई, उसके गालों की लाली और फैल गई, उसकी आँखें और चमक उठीं। अजित के मुँह से आपसे आप निकल पड़ा, ''तेरा नाम?''

''हुश!'' लड़की ने जोर से कहा और वह बाजरे के खेतों में खो गई। अजित कुछ भूलकर उसकी ओर देखता रहा। शीला को यह सब अच्छा न लगा, उसने जोर से कहा, ''चलो भी तो।''

अजित चौंक पड़ा, मानो कोई स्वप्न देख रहा हो। बोला, ''हाँ···चलो।''

पास खड़ा खानसामा महबूब हँस पड़ा, पर उसने अपनी हँसी बाहर फूटने न दी। उसने न जाने कितने साहबों को देखा था।

रात भर अजित को नींद नहीं आई। जब आँखें झपने को होतीं तो वह गोरे-गोरे

गालोंवाली लड़की आकर खड़ी हो जाती और जब उससे वह नाम पूछता तो वह 'हुश' कहकर भाग जाती। और तब अजित आँखें खोलकर देखने लगता तो न लड़की नजर आती, न बाजरे के खेत नजर आते, न 'हुश' की आवाज सुनाई देती। बदले में लकड़ी की दीवारें, कमरे में सजी टेबल-कुरसियों, पीले परदे, डिम रोशनी और बगल की खाट पर सोई शीला।

बड़ी मुसीबत से रात बीती और प्रात: होने के पहले ही अजित उठ बैठा, सिगरेट की लंबी-लंबी कई कशें खीची, कमीज के ऊपर स्वेटर पहना, कोट चढ़ाया और ओवरकोट डालकर बाहर निकल पड़ा।

खानसामा महबूब जग गया था, साहब को सलाम बजाया और पूछा, "सा'ब, मैं भी चलूँ?"

"कोई जरूरत नहीं। और हाँ, मेम साहब उठें, तो कहो कि मैं तुरंत आया।"

रात को रोज कुहासा गिरता था, तभी तो मार्ग में फिसलन थी। अजित किसी कदर नीचे उतर गया, फिरोजपुर नाले के पास और आगे बढ़ा, जहाँ कल वह लड़की मिली थी। और उसके आश्चर्य की तब सीमा न रही, जब तख्ते के पुल के पास पहुँचकर उसने देखा कि वही लड़की बाजरे के खेतों से निकलकर इसी ओर चली आ रही है। वह रुक गया। लड़की ने भी इसे देखा और तेज कदमों से आकर सामने खड़ी हो गई—एक बार मुसकराई मानो कुहरा फट गया हो और फिर बेफिक्री के साथ हाथ आगे बढ़ा दिया, 'सा'ब, एक सिगरेट।'

अजित ने सिगरेट और माचिस उसके हाथों पर रख दीं, मानो वह उसका ऑडरली हो। लड़की ने सिगरेट सुलगाई, एक बड़ा सा कश खींचा और उसका धुआँ अजित के ऊपर फेंक दिया, मानो उसे दुनिया में किसी की कुछ परवाह नहीं।

अजित सबकुछ खोई-खोई आँखों से देखता रहा और फिर उसके मुँह से अनायास वही कलवाला सवाल निकल पड़ा, "तेरा नाम?"

लड़की ने 'हुश' कहा और वह बाजरे के खेतों में खो जाना ही चाहती थी कि अजित ने लपककर उसकी राह रोक ली। लड़की के माथे पर एक छोटी टोकरी थी। झटके से टोकरी गिरने लगी। लड़की उसे सँभालने में लग गई, और अजित मौका पाकर उसे पकड़ने की कोशिश करने लगा। एकाएक लड़की एटम बम की तरह बरस पड़ी, "छोड़ दो हमें। हम नारियों को अपनी अस्मत बड़ी प्यारी होती है, क्योंकि हम भारतीय हैं।"

अजित एक बारगी हतप्रभ हो गया। वह क्या करे, क्या न करे—कुछ भी उसकी समझ में नहीं आ रहा था। वह पास ही पड़े एक पत्थर पर हारे हुए जुआरी की तरह बैठ गया।

सारा वातावरण शांत-स्तब्ध! एकाएक लड़की के दिल में दया आ गई।

उसने पूछा, "सेब खाओगे?" और टोकरी से निकालकर एक सेब उसकी ओर बढ़ा दिया।

अजित के मुँह से केवल एक शब्द निकला—"नहीं।" लड़की के अधरों पर गुलाब की लाली थिरकने लगी। वह उसके बिल्कुल निकट आ गई थी। उसने अपनी आँखों को जरा नचाकर पूछा, "तुमने मेरा नाम क्यों पूछा था?"

अब अजित से मौन नहीं रहा गया। वह बोल उठा, "क्योंकि तू कश्मीर की रानी है।"

"रानी किसे कहते हैं, सा'ब?" इस बार लड़की की आँखों में कलवाली तरलता फिर खेलने लगी थी।

"पास आ तो बताएँ!" अजित बोला।

इस बार लड़की बिना झिझक के पास आ गई। अजित ने उसकी फूल-सी कलाइयों पर दस रुपए का एक नोट रखा, उसकी आँखों में एक बार आँखें डालकर गौर से उसे देखा और फिर उसके गुलाब से गालों पर हलकी सी एक थपकी दी। लड़की के गोरे मुँह पर उषा की लाली थिरक उठी। उसने झटके के साथ 'हुश' कहा और फिर अजित रोके, इसके पहले ही वह बाजरे के खेतों में खो गई।

मन-मन भर भारी पाँव लिये अजित लौट आया। चाय की चुस्की और सिगरेट के कश के साथ अजित ने शीला से यह प्रस्ताव रखा कि कश्मीर आए काफी दिन हो गए, अब लौटना चाहिए। खानसामा महबूब सामान ठीक करने में जुट गया। उसी दिन वे श्रीनगर आ गए और श्रीनगर से पठानकोट के लिए तुरंत बस में जगह बुक हो गई तथा वे उसी दिन रवाना भी हो गए। खानसामा महबूब ने दबी जबान से कहा भी कि हुजूर, एकाध दिन शिकारे से 'डल' की सैर कर ली जाती, और शीला की भी यही इच्छा थी, किंतु जाने क्यों अजित का मन उचाट सा हो गया था और लगता था कि कश्मीर में अब है ही क्या, जो देखने को कहा जाए।

श्रीनगर से पठानकोट बस से एक दिन में नहीं पहुँचा जा सकता, अतः रात उन लोगों ने वटोट के रेस्ट-हाउस में बिताई।

दूसरे दिन 'कश्मीर मेल' के सेकंड क्लास में बैठे अजित और शीला दोनों अपनी यात्रा समाप्त कर रहे थे। शीला प्रसन्न थी। रह-रहकर उसकी आँखों के सामने कश्मीर के झील-झरने, पेड़-पौधे, लता-गुल्म, भोले-भाले नर-नारी, टेनमर्ग का धानी अंचल, पहलगाँव की निराली हवा, सोनमर्ग के पहाड़ पर बर्फ की शोभा, गुलमर्ग में बादलों की आँख-मिचौनी आ-जा रही थी। किंतु दूसरी ओर अजित न जाने क्यों उदास, थका-माँदा सा बैठा शून्य की ओर निहार रहा था। रह-रहकर न जाने क्यों उसकी आँखों के आगे

घाटी की लड़की आकर खड़ी हो जाती थी, और जब वह पकड़ने को होता तो वह 'हुश' कहकर भाग जाती। उसकी आँखों की तरलता, उसके गालों की लाली, उसके होंठों का गुलाबीपन और उसकी सेबनुमा मुसकराहट उसे भुलाए नहीं भूलती। वह कश्मीर की एक ऐसी याद लिये जा रहा है, जिसके सामने झील और झरने हैं, सफेदा और चीड़ की शोभा बेकार है, पहलगाँव और सोनमर्ग की सुषमा का भी कोई स्थान नहीं। किंतु यह याद उसे सदा चिकोटियाँ क्यों काटती रहती है? उसने बाहर सिर निकालकर देखा, आकाश बड़ा सा लगा, सूरज डूबने की तैयारी में था और न जाने उसके सिर में यह कैसा दर्द हुए जा रहा है। उसने बड़ी उदास नजर से शीला की ओर देखा।

किंतु यह क्या! उसकी आँखों के आगे घाटी की वही लड़की फिर आकर खड़ी हो गई। अजित चाहता था उसे भूल जाना। किंतु वह लड़की बार-बार उसकी आँखों के आगे आकर कह जाती—'हुश! हमें अपनी अस्मत सबसे अधिक प्यारी है, क्योंकि हम भारतीय नारी हैं।'

लग रहा था, जैसे कोई अजित के कानों पर हथौड़े का प्रहार कर रहा हो।

□

आत्मदाह

तुम्हें लिखते हुए हाथ काँपता है, कलम नहीं चलती, आँखों में आँसू भर आते हैं; लेकिन लिखना ही पड़ता है—'अमर इस संसार में अब न रहा।' पत्र का इतना अंश पढ़ते ही राजीव को लगा, मानो उसकी आँखों के आगे अँधेरा छा गया, पाँवों के नीचे से धरती खिसकने लगी और वह बेहोश हो जाएगा। उसके आगे बस एक ही आकृति आकर खड़ी हो गई—'अमर अब इस संसार में न रहा।' क्या अमर न रहा तो संसार अभी भी है। अमर न रहा तो क्या राजीव जिंदा रह सकेगा? अमर न रहा तो क्या किसी के रहने का भरोसा किया जा सकता है? रह-रहकर आँधी-तूफान-झंझावात राजीव के सामने आते गए।

अमर केवल उसका ही दोस्त न था, बल्कि सैकड़ों ऐसे दोस्तों का दोस्त था, जो हर बेचैनी, हर मुसकान, हर पीड़ा और हर आग में उसे याद करते थे, और अमर भी बेझिझक लहराते समुद्र में, तूफान में, आग में, बिना सोचे-समझे कूदने को तैयार रहता था।

'राजीव, किसी रात के सन्नाटे में, किसी गुलाबी साँझ में, किसी वीराने खँडहर के साये में, किसी होटल के कमरे में—एक दिन मैं अपनी साँस बंद कर लूँगा, और सबसे बड़ी बात तो यह होगी कि न मैं समझूँगा कि मैं जा रहा हूँ और न दोस्तों को विश्वास होगा कि मैं चला गया।' एक दिन हँसते हुए अमर ने राजीव से कहा था, और इस कथन को उसने कई बार दुहराया था, और राजीव ने हर बार इस पर उसे डाँटते हुए यह उपदेश देने की कोशिश की थी कि बेवकूफों की तरह बातें नहीं करनी चाहिए। पिछली बार जब अमर आया था तो उसने वही बात फिर दुहराई थी तो राजीव ने लाचार होकर अपनी पत्नी अरुणा को ये बातें सौंपते हुए झकझोरा था—देखो अरुणा, अमर को अब तुम्हीं सँभालो; इसकी बेवकूफी भरी बातें कभी बंद नहीं हो सकतीं।

अरुणा ने एक निरर्थक नजर से अमर की ओर देखा और जब आँखें एक-दूसरे से टकराईं तो अरुणा को अनायास लगा कि अमर वीणा के तारों के समान सधा, पतंग की डोर के समान दृढ, हरिण-शावक के समान उन्मुक्त और कुँवारी धरती के समान बेबाक

है; फिर भी उसके अंदर कहीं-न-कहीं झंझावात, जिसे न तो राजीव जानता है और न अरुणा। कितने स्वाभाविक रूप से अमर हँसा था—'भाभी, राजीव और मेरे बीच जब कभी विवाद हुआ है तो आपने बराबर मेरा साथ दिया है, आज आप फेर में पड़ी हैं, मैं तो उसे चिढ़ाने के लिए मजाक किया करता हूँ।'

अरुणा ने सहज रूप से अमर की इन बातों को लिया, लेकिन उसकी गाँठ में पता नहीं क्यों एक ऐसा सूत्र आकर बँध गया, जिसे वह खोल न सकी। आखिर औरत जो थी। और उस दिन से उसने अमर पर एक मनचाही निगरानी शुरू कर दी।

राजीव और अमर में कोई भेद न था। दोनों इतने हिले-मिले थे कि एक-दूसरे के लिए अभावों की आपरूप पूर्ति थे। राजीव जानता था कि अमर नदी की ऐसी धारा है, जिसका प्रवाह रोके नहीं रुकता। पानी के प्रवाह को रोक दोगे तो वह गंदा हो जाएगा, बाँध के ऊपर से बह निकलेगा, या यह भी संभव है कि वह बाँध को तोड़ दे। अमर की जिंदगी ऐसी ही थी। जीवन उसके लिए पलाश-कुसुम न था, जो छितरा जाता है—वह चंदन-सा जीवन जीने में विश्वास करता था। कब कहीं से कहाँ चल देगा, कहाँ से आ रहा है, कहाँ जा रहा है, किन भटकनों में कैद है—यह उसके अंतरंग से अंतरंग मित्र को भी पता नहीं चलता था।

उसमें असाधारण दृढता और प्रतिभा थी। महीनों दिन-रात बिना आराम किए वह किसी काम में लगा रहता, कई-कई दिन सफर में बिता देता। बिना खाए दो-चार दिन काट देता। लेकिन उसके माथे पर न तो कोई सिलवट आती और न मुसकानों में कोई कमी। धुन का ऐसा पक्का था कि एक साल में उसने पी-एच.डी. की थीसिस पूरी की थी और लापरवाह इतना कि विश्वविद्यालय की एक हजार रुपयों की अध्यापकी छोड़कर 'फ्री लांसिंग' पत्रकार की जिंदगी अपना ली थी। जहाँ कहीं भी जाता, अपनी छाप छोड़ देता तथा वृत्त में घूमते हुए राजीव और अरुणा, दो ही उसके लिए केंद्रबिंदु थे। कभी काठमांडू से, कभी कन्याकुमारी से, कभी श्रीनगर से, कभी बंबई से, अमर की चिट्ठियाँ अरुणा के नाम तो कभी राजीव के नाम आतीं, तो उनमें एक ऐसी निस्पृहता छलकती, जो केवल अमर के व्यक्तित्व में ही संभव थी।

अरुणा अमर के लिए एक मर्माहत पूँजी थी, जहाँ ठहरकर अपनी निश्शेष बातों को आत्मविश्वासपूर्वक रख सकता था।

अरुणा ने अमर पर संजीदगी भरी निगरानी भी शुरू कर दी थी; अतः अमर के जीवन का एक-एक पट खुलता जा रहा था।

जीवन में रात और दिन, बंजर सुनसान भूमि के समान नहीं, किसी खिले गुलाबी उद्यान के समान आते-जाते रहते हैं। नियति और नियंता जो भी हो, जिंदगी की गाड़ी खींचने का भार उसी को रहता है, जिसके कंधे पर उसका जुआ पड़ा रहता है।

कोई नहीं जानता था कि निर्द्वंद्व और बेबाक अमर के कंधे पर जिंदगी का एक जुआ इस प्रकार आकर स्थिर हो गया है, जो न हिचकी लेता है, न मचमचाता है; लेकिन जिसे वह उतार भी नहीं सकता। शायद पहली बार, अरुणा को ही पता चला कि सूत्र क्या है और संधान क्या है। लेकिन उस प्रथम बोध में कुछ ऐसी बात अरुणा को नहीं नजर आई, जिससे वह भविष्य के लिए अतिशय शंकित होती।

राजीव उन दिनों दिल्ली से बाहर था, जब अमर आकर ठहरा हुआ था। न जाने क्यों इस बार वह बहुत खुश था और चाय के प्याले के साथ अरुणा ने जब उसे गुदगुदाया, तो वह अपने को रोक न सका—'भाभी, हर पतझड़ के बाद वसंत का आगमन होता है।'

'लेकिन अगर कहीं पतझड़ न हो, वसंत-ही-वसंत रहे, तो?' अरुणा ने कहा।

'क्या आप प्रकृति के नियम को बदलना चाहती हैं? क्या यह कहीं संभव है?' अमर ने हँसते हुए पूछा।

अरुणा ने गहराई से चोट की—'सामने ही तो इसका उदाहरण है। अमर, मैं पिछले आठ वर्षों से आपको देख रही हूँ। लेकिन मैंने आप में सदा वसंत-ही-वसंत देखा, पतझड़ तो कभी देखा ही नहीं।'

किसी के व्यक्तित्व के लिए इतनी उदारता काफी है। सहज और सौम्य, शुभ और सरल, प्रात: किरण-सी तरोताजा-अरुणा सभी कलाओं और गुणों से युक्त थी और दूसरी ओर अमर भी सौ-हजारों में एक ही था। नाक-नक्श, वाक्माधुर्य, संस्कृति-बोध, प्रत्युत्पन्नमतित्व—हर तरह से वह एक उदाहरण था। बहुत दिनों से राजीव और अरुणा के साथ दूध-पानी के समान मिले रहने पर भी वह कहीं से बचता चला आ रहा था। लेकिन आज अरुणा की आँखों ने उसे बींध डाला और उसकी बातों ने उसका एक बंद द्वार खोल दिया। उसने उसी विश्वास के साथ बहुत सहमते-झिझकते कहा, 'वसंत भी ग्रीष्म में झुलसकर कालगत हो जाता है, तो फिर मेरे लिए भी यह सत्य है कि मेरा वसंत किसी बियाबान का प्रतीक है।'

'अमर, मुझसे पहेलियाँ न बुझाओ। मैंने कभी तुमसे कुछ पूछा नहीं। कारण, मैंने तुम्हारी हर बात को जानने का अपने को हकदार माना है—फिर वह पतझड़ हो या वसंत या ग्रीष्म!' अरुणा की भोली आँखों में प्रश्न का ऐसा सैलाब था, जिसने अमर को हिला दिया।

'भाभी, मैं अपने आपसे जिन बातों को कहते हुए आज तक बचता रहा हूँ, उन्हें ही आपसे कहने जा रहा हूँ। मैं नहीं जानता कि ये बातें आपसे कहनी चाहिए या नहीं या आप इन्हें रख पाएँगी या नहीं। फिर भी, सिवा आपके इस दुनिया में और कौन है जिससे मैं ये बातें कहूँगा?' अमर ने एक विराम लिया, उसके स्वर में तल्खी न थी, लेकिन

उसकी आँखों में एक ज्वार जरूर था।

'मैं पिछले पाँच वर्षों से बिना किसी ठौर-ठिकाने के भटकता फिर रहा हूँ। कहीं बैठ नहीं सकता, कहीं ठहर नहीं सकता, जम नहीं सकता, कुछ कर नहीं सकता, और इससे भी बड़ी बात यह है कि किसी से कुछ कह भी नहीं सकता! आखिर क्यों? आपने कभी सोचा है मेरी इस जिंदगी पर?'

एक लमहे के लिए वह फिर रुका। अरुणा बिल्कुल मौन रही। उसने फिर कहना शुरू किया—'मैंने प्रोफेसरी छोड़ी, इलाहाबाद का अपना साहित्यिक परिवेश छोड़ा, कितने सारे संबंधों की अवहेलना की, परिवार से नाममात्र का नाता रखा और एक यायावर के समान अपने जीवन को मझधार में डाल दिया। लेकिन इन सब बातों से मुझे कोई शिकायत नहीं है और न कोई वेदना या पश्चात्ताप है, क्योंकि यह जो भी है, मेरा अपना है।'

अरुणा केवल श्रोता थी, कुछ समझ नहीं पा रही थी। उसने अमर को न इस रूप में देखा था, न सुना था और न जानती थी कि स्थिर जल में एक बड़ा सा भँवर प्रतीक्षारत है।

अमर बोलता गया—''विश्वविद्यालय में मेरी जब नियुक्ति हुई, उसी साल उसकी भी नियुक्ति हुई थी, और नमस्कारों के साथ जब हम दोनों का परिचय हुआ था तो पता नहीं क्यों, इस पहली मुलाकात में ही मेरी आँखों में एक अजीब विश्वास जग गया था। दिन-ब-दिन हम दोनों एक-दूसरे के पास होते जा रहे थे और छह महीनों के अंदर ही हम एक-दूसरे के इतने पास हो गए कि लगता था जन्म-जन्मांतर का साथ हो। और बड़ी बात तो यह थी कि हमने कभी दुनिया पर यह जाहिर नहीं होने दिया और न कहीं किसी मर्यादा को ही भंग किया।

''वह विवाहित थी, मैं अविवाहित—लेकिन पत्नी न होते हुए भी दो हृदय इतने पास हो सकते हैं, यह शायद सिवा उसके और मेरे, कोई विश्वास नहीं कर सकता है।

''मेरी हर पीड़ा उसका विश्वास थी और उसका हर विश्वास मेरे लिए एक नई चेतना। विश्वविद्यालय-प्रांगण में जब कभी हम एक-दूसरे को देख लेते तो आँखों से ही एक-दूसरे को पी लेते। देख भर लेने से सारी बातें हो जातीं। और किसी को हमने यह भान नहीं होने दिया कि हममें इतना गाढ़ा संबंध भी है।''

अरुणा मंत्रमुग्ध सी सारी बातें सुन रही थी। उसे लग रहा था जैसे अमर से आज वह पहली बार मिल रही है या वह पहली बार उसको पहचान रही है।

''मैं किसी प्रकार यह नहीं चाहता था कि मेरे कारण उसकी जिंदगी में कहीं कोई हलचल आए या कहीं से किसी प्रकार की कालिख लगे। मेरी बराबर यही कामना रहती थी कि वह, उसके पति और उसका एकमात्र बच्चा, सबके सब खुश रहें, प्रसन्न रहें,

सुनहले भविष्य के हकदार हों।

''लेकिन इसके साथ ही, पता नहीं, मेरे मन में यह बात बैठ गई थी कि सुधा पर अगर किसी का सबसे बड़ा हक है तो मेरा। इसीलिए रात के वीराने में, दिन के कोलाहल में, चलती गाड़ी में, राजनीतिशास्त्र की पुस्तकों के अध्यापन के समय क्लास की बेंचों पर—हर जगह सुधा मुझे नजर आती। और तब एक दिन लाइब्रेरी से लौटते हुए पाँच मिनटों के एकांत में मैंने सुधा से कहा था—सुधा, मैं हर क्षण तुम्हें अपने में समेट लेना चाहता हूँ। मैं क्या करूँ—नहीं जानता, न तो कुछ कह सकता हूँ और किसी से तुम्हें छीन सकता हूँ, लेकिन अपने आपको लुटा जरूर सकता हूँ। उत्तर में सुधा ने अपनी आँखें उठाकर मेरी ओर देखा—उन आँखों में न प्रश्न था, न उत्तर—आँसुओं से डबडबाई वे आँखें, जिनमें एक मौन था और एक पीड़ा थी—और ऐसे में ही हम दोनों विदा हो गए थे।'' अरुणा ने महसूस किया, अमर का गला भर आया है और सुधा की आँखों का वह सागर अमर की आँखों में उतर आया है।

''लेकिन हम दोनों प्रोफेसर थे। हमारी सीमाएँ थीं, मर्यादाएँ थीं, ज्ञान का बंधन था। और सबसे बड़ी बात सुधा की जिंदगी थी, जिसमें किसी प्रकार की अस्थिरता लाना मैं नहीं चाहता था।

''हम दोनों प्राय: रोज ही मिलते, एक-दूसरे की आँखों में झाँकते और रोज मैं देखता कि सुधा की आँखों में पूरे सागर का तट भयानक ज्वारों के साथ उफान खा रहा है; लेकिन समुद्र अपनी मर्यादा का उल्लंघन कभी नहीं करता।

''और ऐसे में ही एक रात जब मैं सोने की तैयारी कर रहा था कि कॉलबेल की आवाज ने चौंका दिया। मैंने घड़ी देखी—ग्यारह बज रहे थे। उत्तर में किसी ने हलकी सी दस्तक दी। और मैंने जब दरवाजा खोला—तो देखता हूँ, सुधा खड़ी है।

''सुधा, जो मेरे लिए एक ऐसा सपना थी, जिसे मैं वास्तविकता कह नहीं सकता था, क्योंकि मैं अपने सपने को तोड़ने के लिए तैयार नहीं था।

''मैं दो कमरे का फ्लैट लेकर अकेला रहता था और पड़ोसियों को मेरे ऊपर श्रद्धा और विश्वास था। मैं कुछ बोलूँ, उसके पहले ही सुधा कमरे के अंदर आ गई और उसने दरवाजा बंद कर दिया और मैं कुछ कहूँ या पूछूँ उसके पहले ही उसने कहना शुरू किया—'तुम्हें आश्चर्य हो रहा होगा कि मैं इस वक्त अकेली यहाँ कैसे और क्यों आई। आश्चर्य स्वाभाविक है, लेकिन आराम से पहले बैठो और सुनो—आज मैं घर में अकेली थी, मुन्ना और उसके पिता शाम की गाड़ी से अपने एक संबंधी की शादी में गए हैं, कल शाम तक लौटेंगे। और मैं जानती थी कि तुम वर्षों से मुझसे बातें करने के लिए तड़प रहे हो, इसलिए आज मैं सारे लाज-बंधन तोड़कर, घर में ताला लगाकर, तुम्हारे यहाँ चली आई हूँ। तुम जो कहना चाहते हो, कह दो; जो चाहते हो, पा लो। लेकिन याद रखो,

आज से मैं तुम्हें भूखा, प्यासा, उदास, मर्माहत, पीड़ित और सुनसान नहीं देखना चाहती हूँ…' आगे वह बोलती ही गई।

'बिना बोले भी आदमी क्या सबकुछ नहीं बोल देता? विश्वविद्यालय की परिधि में तुम्हारी उपस्थिति-मात्र से मैं अपने आपको स्थिर महसूस नहीं कर पाती हूँ। बराबर ऐसा लगता है मानो कोई मेरा पीछा कर रहा है, और वह केवल तुम हो।'

''भाभी, सुधा की स्थिति क्या रही होगी, यह बिना कहे भी आप समझ सकती हैं, क्योंकि वह भी एक स्त्री है। वह मेरे हाथों को अपने हाथों में लेकर बोली, 'अमर, मैं कुछ कहना नहीं चाहती हूँ और न ही मैं कभी तुमसे इस प्रकार मिलना चाहती थी; लेकिन मैं केवल एक बात के लिए आई हूँ और मैं यह भी नहीं पूछूँगी कि तुम मेरी बात मानोगे या नहीं। कारण, मैं जानती हूँ, मैं जो कहूँगी, मैं जो माँगूँगी—वह मुझे तुमसे मिलेगा।' मेरे बिना एक शब्द की प्रतीक्षा किए वह बोली, 'अमर, तुम इस नौकरी को छोड़कर कहीं चले जाओ, तुम इस विद्यालय को छोड़कर कहीं और कोई काम पकड़ लो, इस शहर को छोड़कर तुम और कहीं अपना नीड़ बसा लो।' और यह कहती हुई वह फफककर रो पड़ी।

'' 'सुधा, बस इतनी सी बात? यह तो कुछ भी परीक्षा न हुई। तुम इससे भी बड़ी चीज मुझसे माँगती?' मैंने उससे कहा, 'बच्चों समान रोते नहीं, चुप हो जाओ।' मैंने सहलाया।

''भाभी, एक मर्माहत प्यार क्या होता है, एक अनदेखा सपना क्या होता है, अव्यक्त चेतना क्या होती है, और किसके लिए नारी का प्रेम उत्सर्ग की किस सीमा तक पहुँच सकता है, इसका भान मुझे उस दिन पहली बार हुआ।

'' 'लेकिन सुधा, मैं भी तुमसे दो बातें कहना चाहता हूँ—अस्वीकार करने के लिए नहीं, गाँठ में बाँधकर रख लेने के लिए। एक यह कि मैं कभी शादी नहीं करूँगा, इसलिए कि मेरी जिंदगी में कोई दूसरी लड़की आकर उसे भर नहीं सकती, और दूसरी बात यह कि अगर मैं इस संसार से पहले चला गया तो तुम मुझसे वहाँ आकर मिलना, और यदि तुम पहले चली गईं तो उसके एक महीने के अंदर मैं तुमसे आकर वहीं मिलूँगा।' मेरे शब्दों में कहीं भी भावुकता नाम की वस्तु नहीं थी।

''सुधा ने मेरी ओर बड़ी ही मर्माहत आँखों से देखा और बोली, 'अमर, मैं अगर तुम्हें अपने आपको नहीं दे सकती तो तुम्हें जीते जी जाने भी नहीं दूँगी।'

''भाभी, सुधा रात भर मेरे साथ रही, हम दोनों ने आँखों में पूरी रात काट दी, हमारी बातें महाकाव्य के समान खत्म होने का नाम नहीं लेती थीं और भोर का तारा घड़ी के चार बजने की ध्वनि के साथ प्रकट हुआ तो मैं उसे उसके घर तक छोड़ आया।''

रात का सन्नाटा साँय-साँय कर रहा था। बाहर किसी कुत्ते के भूँकने की आवाज

सुनाई दी थी। बगल के कमरे में चूहे ने किसी बरतन को गिरा दिया था और अरुणा निस्तब्ध बैठी थी। उसने देखा कि अमर की आँखों से ढुलककर आँसुओं की दो-चार बूँदें उसकी बुर्श्ट पर गिरी हैं, परंतु वह न तो उन आँसुओं को रोक सकती थी और न उन्हें पोंछ सकती थी।

अमर ने फिर कहना शुरू किया—"यह रात हमारे संकल्प की रात थी, वह रात पाने और खोने की रात थी, वह रात सुहाग-नूपुरों और मंगलसूत्रों की झनझनाहट की रात थी, और वह एक ऐसी रात थी, जो जीवन में शायद एक बार ही आती है—और कोहबर, मंगलसूत्र, माँग का सिंदूर, अँगूठी का नग, भाँवर के फेरे, अक्षत-धूप-दीप-चंदन—सबसे पवित्र थी वह रात।

"उसके बाद की सारी बातें आपको मालूम ही हैं। मैं नौकरी छोड़कर सीधा आपके घर ही आया था, राजीव ने मुझे फटकारा भी था; दोस्तों ने नसीहतें भी दी थीं; सीनियर प्रोफेसर ने हमदर्दी भी दिखाई थी···क्या कर रहे हो यह मखौल, कुछ ही दिनों में तुम रीडर बनोगे, फिर प्रोफेसर, फिर हेड ऑफ द डिपार्टमेंट, फिर रजिस्ट्रार और आगे भी कुछ और। मेरा बस एक ही जवाब था—'अब यार, मन नहीं लगता इस बँधी-बँधाई नौकरी में। सोचा है, अब फ्री लांसिंग लेखक और पत्रकार की जिंदगी बिताऊँगा।'

"मैंने सुधा की ये बातें किसी से नहीं कहीं, आज केवल आपसे यह बात कह रहा हूँ, इसलिए भाभी, कि आपके हृदय में मेरे लिए अनुराग है और उस अनुराग की थाती भीख के रूप में माँग रहा हूँ कि आप अपने हृदय में मुझे और सुधा को एक साथ बैठा लें।"

दूसरे दिन अमर सदा की भाँति कहीं दूसरे स्थान को विदा हो गया था। उसके बाद आना-जाना बराबर बना रहा; लेकिन बराबर राजीव रहता, और उसकी उपस्थिति में अमर ने सुधा के बारे में न तो अरुणा से कभी कुछ कहा और न अरुणा ने कभी कुछ पूछा।

हाँ, अरुणा के मन में उस दिन से अमर के प्रति प्यार तथा अपनापन और बढ़ गया। साथ-साथ श्रद्धा भी।

पत्र में आगे लिखा था—'पंद्रह-बीस दिन पहले वह ढाका से किसी प्रतिनिधि-मंडल में जाकर लौटा था और इलाहाबाद एक दिन के लिए आया था। परंतु यहाँ उसके एक मित्र की पत्नी डॉक्टर सुधा मल्होत्रा अस्पताल में भरती थी, इसलिए दो-चार दिनों के लिए रुक गया। उसके मित्र की पत्नी विश्वविद्यालय में अध्यापिका थी; वह बच नहीं सकी। किसी मामूली ऑपरेशन के बाद उसकी मृत्यु हो गई। अमर दाह-संस्कार से जब लौटा तो बहुत विचलित और उदास था। दूसरे दिन उसने तुम्हारे पास जाने का प्रोग्राम बनाया था, लेकिन उसी रात मैंने उसके कमरे में बत्ती जलती पाई, और दो बजे

रात को बत्ती क्यों जल रही है, देखने गया तो मैंने देखा—जाड़े की रात में केवल बनियान पहने फुल स्पीड पर पंखा चलाकर वह बैठा था।

'मेरे पूछने पर उसने बताया कि उसे भयानक गरमी लग रही है और सीने में हलका-हलका दर्द है। मैंने फौरन डॉक्टर बुलाया और उन्होंने जाँच कर बताया कि उसे हार्ट-अटैक हुआ है। उसे फौरन अस्पताल ले चला जाए।

तीन-चार दिनों में वहाँ रहकर वह स्वस्थ हो रात फिर दुबारा गया था, लेकिन कुछ दिन बाद उसे फिर 'अटैक' हुआ और किसी प्रकार उसे बचाया न जा सका। सच में, अब वह हमारे बीच न रहा।

'मरने के दो दिन पहले उसने मेरी कलाई अपने हाथों में लेकर मेरी आँसुओं से तर आँखों में आँखें डालकर कहा था—पगले, रोते हो, मैं ठीक हो जाऊँगा। और मान लो, मैं नहीं रहा तो राजीव और सुबोध को पत्र जरूर लिख देना कि वे भी न रोएँ। और लिख देना कि अमर नाम मरनेवालों का नहीं होता। और राजीव को यह जरूर लिखना कि अरुणा भाभी से वह एक बात पूछ ले, जो बात मैंने उसे भी न बताई थी।'

पत्र सक्सेना ने लिखा था, जो अमर और राजीव का एक समान मित्र था। पत्र के अंत में लिखा था—

'भाभी से उसने कौन सी बात कहीं थी, अगर हो सके तो मुझे भी बता देना।'

राजीव को लगा जैसे दुनिया घूम रही हो और वह वृत्त पर बैठा हो। पास खड़ी अरुणा को उसने पत्र थमाते हुए केवल इतना ही कहा, "अमर अब इस संसार में न रहा।

"उसने तुमसे कुछ कहा था, जो मुझे भी मालूम नहीं। वह बात क्या थी?"

□

यादों के घेरे

रात भर उसे नींद नहीं आई है। डनलप का गद्दा क्योंकर इन तख्तियों पर रख दिया जाता है, वह सोचता रहा है और सोचने के क्रम में बेशुमार करवटें बदलता रहा है। उसकी आँखों में बीता कल आज भी तसवीर के समान सामने है।

गाड़ी चलने के पहले ही वह उतर गया था। रूमाल हिलाकर 'टा-टा, बाइ-बाइ' कहकर किसी को विदा देना उसे बड़ा अस्वाभाविक लगता रहा है और मीरा भी तो इन बातों को पसंद नहीं करती।

यह चांस अथवा संयोग अथवा मीरा का 'इंट्यूशन' मैं ही था, जो उसे इसी गाड़ी के, इसी डिब्बे में खींचकर ले आया था और उसने किसी भी आश्चर्य के रूप में मीरा को, जो स्त्री डिब्बे की एक सीट पर कोने में अकेली दुबकी बैठी थी, न देखा था। बल्कि मीरा ही अचकचाई थी और उसकी बाहर ढूँढ़ती आँखें अंदर की ओर जब मुड़ी थीं, तो उनमें आश्चर्य की कोई सीमा न रह गई थी। और फिर दोनों एक साथ ही पटना जंक्शन उतरे थे, एक ही कुली ने दोनों का सामान उठाया था। वेटिंग रूम के भीड़ भरे अव्यवस्थित वातावरण से बचने के लिए आनंद ने 'रिटायरिंग रूम' ले लिया था और तब मीरा ने हँसकर उससे कहा था,' तुम मिल तो गए थे, पर मैं बार-बार इसी चिंता में थी कि तुमसे बातें कहाँ होंगी। वे प्लेटफॉर्म, वेटिंग रूम या डिब्बे में तो संभव न थीं।''

और बदले में आनंद मुसकराया था, ''तुम्हारे मन की हर बात मैं पहले ही भाँप जाता हूँ।''

तब शाम के केवल सात बज रहे थे। मीरा दिल्ली से आ रही थी···उसे टाटा के लिए गाड़ी दस बजे रात में यहीं से पकड़नी थी और आनंद ने मुगलसराय में दिल्ली एक्सप्रेस पकड़ी थी—उसे सवेरे किसी कार से नालंदा राजगीर चले जाना था।

मिलना अकस्मात् हुआ था, पर कैसा सुनियोजित था। दोनों सफर में थे, परंतु एक अनिर्वचनीय सुख ने दोनों को अपने घेरे में कैद कर लिया था। बना-बनाया खाना मीरा के पास था, इसलिए कुली को साढ़े नौ बजे आने के लिए कहकर आनंद ने रिटायरिंग

रूम का दरवाजा अंदर से बंद कर लिया। उसके पास अब केवल ढाई घंटे थे। आसमान में फैले तितर-बितर बादलों के समान ढाई घंटे, पहाड़ी नाले के समान मचलती-बहती धार के समान ढाई घंटे, जिंदगी के अनगिनत बरसों के आयामों में सँजोकर रखे जानेवाले ढाई घंटे। और दोनों में से कोई भी इन ढाई घंटों को खो देने के लिए तैयार न था।

एक फूल होता है, जिसे सूरजमुखी कहते हैं। एक हवा होती है, जिसे दक्षिण-समीर कहकर हम पुकारते हैं। एक क्षण होता है, जिसे हम बोध की संज्ञा देते हैं। और इसीलिए आनंद की आँखों में आँखें डालकर मीरा अपने को भूल जाना चाहती थी।

"आनंद, तुममें क्या है, जो मैं तुमसे दूर जाना सोचकर भी दूर नहीं जा पाती हूँ?" मीरा ने कहा था।

"इसका जवाब तो तुम स्वयं अपने आपसे पूछ सकती हो।" मीरा की अंगुलियों से अपनी अंगुलियाँ उलझाते हुए आनंद ने तब कहा था।

मीरा ने अपने उत्तर में निरीह आँखों से आनंद की ओर देखा था। आनंद ने अंगुलियाँ छोड़ दी थीं और उसने मीरा की बाँहें थाम ली थीं और दोनों कुरसी से उठकर डनलप के गद्दे पर आ गए थे और डनलप हिला था, तख्त के पाँवों में मचमचाहट हुई थी...तभी मीरा ने आनंद से कहा था, "जितने भोले तुम दीखते थे, उतने भोले तुम हो नहीं।"

बाहर घड़ी में टन की आवाज हुई थी, साढ़े आठ। अब उनके पास केवल एक घंटे का समय था—खोने के लिए, पाने के लिए, इतिहास को सही रूप में परखने के लिए।

डॉ. आनंद कुमार प्राध्यापक हैं। काशी हिंदू विश्वविद्यालय में मनोविज्ञान विभाग के छात्र अपने इन खोए-पाए मनीषी-चिंतकदार्शनिक प्रोफेसर से बड़े प्रसन्न हैं। बुद्धि की गरिमा और व्यक्तित्व की मर्यादा—दोनों का संयोग-सम्मिश्रण डॉ. आनंद में है। अविवाहित हैं, किंतु जीवन की समरसता से विरक्त नहीं। मौका मिला नहीं कि खँडहरों, बियाबानों, सागर-तटों, वन-प्रांत में, आश्रमों की सैर को निकल पड़ते हैं। जिंदगी के प्रति कहीं कोई कम नहीं, कहीं कोई गाँठ नहीं, कहीं कोई उलझाव नहीं। जिंदगी में भूलें अधिक हैं, यादें कम।

मीरा सिन्हा सुश्री हैं, श्रीमती हैं। मनोविज्ञान में ही एम.ए. करने का सौभाग्य-सुख इन्हें भी मिला है। जीवन में कई सपने सँजोए रहीं और अंत में जर्मनी से उच्च शिक्षा प्राप्त कर लौटे एक इंजीनियर की बीवी हो गईं। बहरहाल जमशेदपुर में घर-गृहस्थी है। पति के साथ टेलको कॉलोनी में रहती हैं और शादी के दो साल बाद तक कोई तीसरा न आया है, इसीलिए कभी-कभार अकेले-दुकेले दिल्ली, कलकत्ता, राँची, पटना आने-जाने की सुविधा है। दिल्ली में पिताजी कृषि मंत्रालय में वरिष्ठ अधिकारी हैं।

कभी-कभी पूरी जिंदगी बीत जाती है, लेकिन याद करने के लिए एक-दो क्षण ही शेष रह जाते हैं। आँखों में आँसू आते हैं, हृदय में ज्वार-भाटा उठता-गिरता है, काल

का नर्तन होता चलता है। हम तैरना जानते हुए भी डूबते जाते हैं। और इसी तरह मियादी बुखार जैसे ज्वर से त्रस्त रहते हैं, हमारी आँखें लाल रहती हैं, नथुनों से गरम साँसें आती-जाती हैं, खाँसी-सर्दी का हलका प्रकोप रहता है और हम हैं कि जिए चले जाते हैं। और हमारी यह जिंदगी जिंदगी के नाम पर हास्य का आलंबन है। लेकिन ऐसे में ही कहीं कोई बिजली कौंधती है, आकाश बिखरता है, मौत का साया हमसे दूर जा गिरता है। ऐसे क्षण जिंदगी के सौ-पचास सालों में अंगुलियों पर गिने-गुँथे होते हैं और ऐसे ही क्षणों में आनंद और मीरा समझ रहे थे कि इन्हें कैसे अनमोल बनाया जाए।

मनु और फ्रायड और युंग वहाँ खड़े-के-खड़े रह जाते हैं, जहाँ आदमी आदमी को सही रूपों में देख लेता है, पहचान लेता है, पा लेता है।

"बार-बार तुम्हारी पहली तसवीर मेरी आँखों में कौंध जाती है।" मीरा ने कहा था।

"मैं जानता था कि किसी-न-किसी दिन तुम मेरे इतने पास आ जाओगी।" आनंद बोला था।

मीरा ने अपनी हथेली आनंद की पीठ पर डाल दी। उसने उसे फेरना शुरू किया था, मानो किसी बच्चे को सहला रही हो। "आनंद, बहुत दिनों से मेरी यह साध थी कि तुम्हारी पीठ पर हथेलियाँ फेरूँ और तुम मेरी बाँहें दबा दो। तुम्हारी ओर देखती थी तो अनायास ग्रीक मूर्तियाँ याद आ जाती थीं—सुडौल बाँहें, अवयवों का मांसल उतार-चढ़ाव···" वह कहीं बुरी तरह उलझ गई थी।

"मीरा!" आनंद के मुँह से बड़े परिश्रम से शब्द निकले, "सबसे बड़ा सत्य सबसे बड़ा झूठ है और सबसे बड़ा झूठ सबसे बड़ा सच। सारनाथ तुमने देखा होगा, बुद्ध की मांसल मूर्तियाँ उसी सत्य की परिचायक हैं। वही मांसलता, वही अवयवों का उतार-चढ़ाव और तभी सुजाता चरणों में समर्पित हो गई थी।" आनंद के मुँह से उसका प्रतिपाद्य विषय बोल रहा था।

"आनंद, हम जीवन से सर्वथा दूर हैं, लेकिन विश्वासों की परिधि के निकट। मैंने प्रतिज्ञाएँ कीं कि तुम्हें न सोचूँ, मगर अपने आपसे मैं पराजित होती रही हूँ। तुम मानो या न मानो, क्योंकि मैं भी स्वयं न तो भवितव्य मानती हूँ और न संयोग, बल्कि इंट्यूशनों पर विश्वास करती हूँ और इसीलिए जब मैं कल दिल्ली से चली थी तो मेरे मन में कहीं से यह भाव आया था कि तुम रास्ते में जरूर मिलोगे···और इसीलिए मैं हर स्टेशन पर अपनी आँखें बाहर टिकाकर इस सत्य की पहचान कर लेना चाहती थी।" मीरा ने एक ही साँस में वह सब कह दिया था।

बाहर किसी के पैरों की चाप सुनाई दी, आनंद ने अपनी पकड़ ढीली कर दी। मीरा हँसी—"किवाड़ अंदर से बोल्ट हैं और देखनेवालों ने देखा ही होगा कि एक पुरुष

और एक नारी अंदर हैं, तो इसमें हर्ज ही क्या कि लोग जैसी चाहें वैसी कल्पना कर लें।'' उसने बड़ी निश्चिंतता से यह कहा था और आनंद को स्वयं अपने आप पर झेंप आ गई थी।

''मुझे और कुछ नहीं चाहिए। मुझे जो मिलना था, मिल गया। अब किसी बात की न कामना है, न लालसा। क्यों नहीं हम यहीं लक्ष्मण रेखा खींच दें।'' आनंद ने कहा।

''आनंद, तुम बात नहीं समझते। रेखाओं का अतिक्रमण ही अपहरण नहीं होता।'' यह कहते हुए मीरा ने अपने को और भी आनंद के नजदीक कर लिया था। एक ओर अतिशय भार पाकर डनलप थरथरा उठा था।

परंतु दूसरे ही क्षण मीरा सँभल गई, ''आनंद, तुम गंदे आदमी हो।'' उसने किंचित् मुसकराते हुए यह कहा था।

आनंद ने भी छेड़ा था, ''गंदा भले होऊँ, जटिल नहीं हूँ।''

''तुम न गंदे हो और न जटिल ही, तुम शैतान हो, शैतान!'' मीरा ने अपने आप ही अपने को संशोधित किया था।

आनंद ने मीरा के गाल पर हलकी सी चपत मारी, ''शैतान तो बच्चे हुआ करते हैं।'' और उसकी बाल-सुलभ चपलता स्पष्ट हो आई थी।

मीरा की आँखों में क्या कुछ तो छलक रहा था, जिसे पहचानते हुए भी आनंद न पहचान पाने की कोशिश कर रहा था कि मीरा अपने को बेतरह सँभालने की चेष्टा कर रही है—स्त्री का स्वाभाविक परिवेश वह छोड़ नहीं सकती, परंतु सबके बावजूद वह अपने को सँभाल नहीं पा रही थी।

और तभी बाहर किवाड़ पर किसी ने दस्तक दी, ''हुजूर, साढ़े नौ बज गए, अब चला जाए।'' कुली ने पुकारा था।

कातर, निरीह और विवश आँखों से उन दोनों ने एक-दूसरे की ओर देखा था, मानो केवल एक क्षण बीता हो और वह क्षण भी इतना जल्द कैसे बीत गया! हालाँकि दोनों इस बात को समझ रहे थे कि यह बीता क्षण सौ बरसों के बराबर है और बरस-पर-बरस बीत जाएँगे, जिंदगी बीत जाएगी, लेकिन यह क्षण यादों के वृत्त बनकर कभी नहीं बीतेगा।

□

मिथ्याओं के बीच

"मेरे सामने और चारा ही क्या था?" उन्होंने बड़े ही सहज रूप से यह बात कही, जो प्रश्न कम और उत्तर अधिक था।

मैं बेबाक उन्हें देखता रहा। उन्होंने अपना क्रम जारी रखा, "मैंने अपने पति से असहयोग किया, बच्चों से दगाबाजी की, अपने आपको धोखा देती रही—मात्र इसलिए कि जीवन में मेरी कुछ धारणाएँ थीं, उन्हें जिंदा रखना चाहती थी; लेकिन आज मैं अपने आपको भँवर में पाती हूँ, लगता है जैसे मेरी पूरी जिंदगी एक मौत थी।" कहते-कहते वे सिसक उठीं।

वातावरण खामोश और गंभीर हो गया था। जंगल के बीच का डाकबँगला स्वयं भी रोने को हो आया था। चौकीदार, माली, ड्राइवर, दूसरे कमरे के यात्री—सभी सोए पड़े थे और चाँदनी रात में बरामदे पर बैठी वे मेरे सामने अपनी जिंदगी का एक-एक पन्ना खोलकर रख रही थीं। पहले मैं इसमें कुछ भी रुचि नहीं ले रहा था। कारण, किसी के जीवन से मुझे क्या लेना-देना? लेकिन किसी उपन्यास के शुरू के पन्नों से गुजरने के बाद रोचक पन्ने आपसे आप खिंचे चले आते हैं? वही मेरी भी स्थिति हो आई थी।

"सात वर्षों तक उस शहर में लगातार रहने के बाद जब मेरे पति का तबादला दूसरे शहर में हुआ तो उस समय मैं बड़े पसोपेश में पड़ी। कारण, इस शहर से मेरा आत्मिक लगाव हो गया था, कई सामाजिक और शैक्षणिक संस्थाएँ, जिनकी मैंने नींव डाली थी और जो अब शैशवावस्था पार कर युवावस्था में पाँव रख रही थीं, मेरे बिना टूट जातीं। इनके अतिरिक्त शिशु-निकेतन और महिला आश्रम के बच्चों तथा बहनों से मेरा मानसिक संबंध हो गया था, उन्हें छोड़ते हुए जी कचोटता था।

"अत: मैंने अपने पति को अपना कटु निर्णय सुना दिया—'मैं इस शहर को छोड़कर नहीं जा सकती। मैंने सोचा है, इसी नगर को अपना कार्यक्षेत्र बनाऊँगी और अपना सारा जीवन सामाजिक कामों में अर्पित कर दूँगी।'

"मेरे इस प्रस्ताव से उन्हें जो स्वाभाविक तकलीफ हुई, उसका अनुमान वही कर

सकते हैं, जिन्होंने ऐसे क्षण झेले हों। दो बच्चों की माँ, किसी जवान पुरुष की जवान पत्नी, बिना किसी कारण अपने पति, परिवार और बच्चों से बिल्कुल अलग रहने की बात कहे तो यह सिवा पागलपन के और क्या हो सकता है?

"भाई, मैं आज भी उन आँसुओं के दाह को न भूल पाई हूँ, जो मेरे पति की आँखों से उस दिन झरने की तरह फूट पड़े थे। उन्होंने मेरी कलाई अपने दोनों हाथों में पकड़कर कहा था—तारा, एक बार अच्छी तरह सोचकर फिर कहो, तुम जो कह रही हो क्या यह सत्य है? और मैं तुम्हारे बिना अकेले कैसे रहूँगा, बच्चे तुम्हारे बिना कैसे रह पाएँगे, तुम यहाँ अकेली कैसे रहोगी और मान लो हम अकेले रह भी लें—तो दुनिया क्या कहेगी?

"उनकी बातों के जवाब में मैंने मात्र इतना ही कहा था—मैं दुनिया की बात नहीं जानती, लेकिन मैंने अपना निर्णय तुम्हें सुना दिया है, मैं इससे पीछे नहीं हट सकती।

"तो तुम यह क्यों नहीं कहतीं कि वर्मा के बिना तुम नहीं रह सकतीं? असलियत छिपाने से क्या लाभ? सामाजिक और शैक्षणिक जीवन-झाड़ी में बैठकर शिकार खेलने की क्या जरूरत है। मेरे पति ने अपना अंतिम अस्त्र मेरे ऊपर फेंका। मैं इससे जरा भी विचलित नहीं हुई और मैंने भी सुना दिया—मान लो, मेरे रहने का एक कारण यह भी है।

"जिन लोगों ने भी उड़ते रूप में मेरी ये बातें सुनीं, वे इस संबंध में इसे ले-लेकर चर्चा करने से बाज न आए। किसी ने कहा कि मेरे संबंध एक से क्या, कइयों से हैं। किसी ने कहा कि पति के जाते ही मैं वर्मा से शादी कर लूँगी। मेरी सारी बातें पक्की हैं। कोई बोला—बड़ी घुटी औरत है, और किसी-किसी ने तो यह कहकर चुटकी ली कि चलो, इस शहर में ऐसी दो-चार औरतें होनी चाहिए, जिससे लोगों का काम, घर के अलावा बाहर भी चल सके।

"मेरे कानों में भी इस प्रकार की बातें आतीं और मैं खून का घूँट पीकर रह जाती थी। मैं जानती थी कि समाज में किसी जवान और खूबसूरत नारी का स्थान क्या है और पुरुषहीन नारी के बारे में दुनिया क्या कहती है। फिर भी मैं सब झेलती गई, सुनकर भी अनसुनी करती गई।

"मेरे अप्रत्याशित निर्णय के बाद मेरे पति ने बहुत कोशिश की कि उनका तबादला रुक जाए, लेकिन उनका रिलीवर चार्ज लेने के लिए उनके सिर पर आकर बैठ गया तथा वह दिन भी आ ही गया जब मेरे पति बच्चों के साथ इस शहर से चले गए और स्टेशन से जब विदा करके मैं लौटी तो आतंरिक सूनापन मेरी आँखों के सामने था।

"दूसरे ही दिन मैं 'शिशु-निकेतन' में, जिसकी मैं मंत्री थी, सरो-सामान के साथ चली गई। मेरे सामने सूनेपन का एक ऐसा संसार था, जिसका निर्माण मैंने अपने हाथों किया था और जो स्वयं अपने घर में आग लगा दे, उसे दुनिया क्यों कर बुझाने जाएगी।

''मैं जी-जान से अपने घर-परिवार, पति-बच्चों को भुलाकर सामाजिक कामों में रात-दिन समय बिताने लगी। यह सही है कि डिग्री कॉलेज के प्रिंसिपल वर्मा से मेरे अच्छे संबंध थे, संभवत: मधुर भी, परंतु पति के जाने के बाद मैंने वर्मा को भी कोई तरजीह न दी।

''जिन लोगों ने मेरे ऊपर शक किया था, वे श्रद्धा करने लगे और चीन-भारत की लड़ाई के समय तो मैं प्रतिक्षण सौ गुने उत्साह से कई प्रकार के कामों में जुट गई। विगत दो वर्षों में पति-परिवार से अलग रहकर भी मैंने किसी को अपने ऊपर उँगली उठाने का मौका नहीं दिया था, मेरे उस आचरण ने मेरा साथ दिया। हर स्थान से राष्ट्रीय सुरक्षा-कोष में धन देने की होड़ सी लग गई और मेरे नगर के कलक्टर ने विशेष रूप से मेरे ऊपर यह भार सौंपा और मैंने सांस्कृतिक कार्यक्रमों का आयोजन करवाकर 'शिशु-निकेतन' के बच्चों से गलियों में गाना गवाकर, महिला आश्रम की बहनों से राखी बँधवाकर और स्वयं घर-घर घूमकर सोने-चाँदी और नकद मिलाकर एक लाख रुपए एक महीने से कम समय में इकट्ठे किए और यह राशि एक विशेष समारोह में राज्य के शिक्षा-मंत्री, जो एक बड़े राजनीतिक नेता थे, उन्हें समर्पित की गई।

''मंत्री महोदय ने हजारों की भीड़ में मेरी बहुत तारीफ की और नारियों से उन्होंने अपील की कि वे मेरे पथ का अनुसरण करें। उनके इस वाक्य पर कुछ ईर्ष्यालु महिलाओं और पुरुषों के मुख पर व्यंग्य की मुसकानें फैल गईं। मंत्री महोदय ने भाषण के बाद मेरे पति का परिचय जानना चाहा, तो जिले के नेताओं ने व्यंग्य और मुसकानों के साथ सारी बातें उन्हें बताईं। मंत्री महोदय की इन सारी बातों से मेरे प्रति और हमदर्दी बढ़ी तथा उन्होंने सर्किट हाउस में आकर भेंट करने को कहा।

''दूसरे दिन प्रात: जब मैं सर्किट हाउस में उनसे मिलने गई, तो उन्होंने अपने कमरे में मुझे अकेले बुलाया तथा बड़ी आत्मीयता और हमदर्दी से बातें कीं और स्वयं कहा कि महिला आश्रम एवं शिशु-निकेतन के लिए राज्य सरकार से अधिक-से-अधिक आर्थिक सहायता मुझे उपलब्ध कराएँगे। उन्होंने मुझे यह भी सलाह दी कि मैं 'ग्रांट्स' की अर्जियाँ शिक्षा-विभाग में तथा उनकी प्रतिलिपि मंत्री महोदय को यथाशीघ्र भिजवा दूँ।

''मैं जब चलने लगी तो उन्होंने मुझे रोक लिया और मेरे हाथों पर सौ-सौ के पाँच नोट रखते हुए बोले—मेरी ओर से व्यक्तिगत आपके शिशु-निकेतन के लिए।

''मुझे यह सब बहुत अच्छा लगा। कारण, मेरी मेहनत और निष्ठा की कद्र लोगों ने की। मंत्री महोदय के बताए अनुसार मैंने उन्हें अर्जियाँ भिजवा दीं और एक दिन मेरी खुशी में चार चाँद लगे, जब मंत्री महोदय का पत्र मुझे मिला, जिसमें लिखा था कि संस्थाओं की पूरी फाइल लेकर अगर मैं किसी दिन उनसे राजधानी में मिलूँ तो वे

पदाधिकारियों से सामने बातें करवाकर अनुदान की काररवाई तुरंत कर देंगे। साथ ही मेरे सामाजिक कार्यों और राष्ट्रीय सुरक्षा कोष के लिए मेरे प्रयासों की उन्होंने मुक्त शब्दों में सराहना की थी।

"मुझे ऐसा लगा, मानो सामाजिक कार्यों का प्रशस्त द्वार मेरे लिए सहज हो रहा है और मैं दूसरे ही सप्ताह सभी संस्थानों के कागज-पत्रों के साथ राजधानी पहुँच गई। मेरी एक दूर की रिश्तेदार उस शहर में रहती थी, मैं उसी के यहाँ ठहरी। हालाँकि उसके परिवार के भावों से स्पष्ट था कि वे मुझे सामान्यतः आलोचक नजरों से घूर रहे हैं।

"मंत्रीजी से मैं सवेरे के समय उनके घर मिली, उन्होंने बड़े उल्लास से मेरा स्वागत किया और अपराह्न में अपने कार्यालय में कष्ट करने को कहा। सचिवालय में उनके कार्यालय में मिलनेवालों की भीड़ लगी थी, परंतु उन्होंने मुझे तुरंत बुलाया और राज्य के शिक्षा-सचिव को सामने बुलाकर कल तक मेरे संस्थानों के लिए बीस हजार रुपयों का अनुदान देने का प्रारूप बनाने को कहा।

"मैं गद्‌गद थी। सचिव के जाने के बाद मैं और वे—केवल हम दो थे। सचिवालय का सजा-सँवरा कमरा, चमचमाता फर्नीचर, फाइलों के ढेर, दीवार पर गांधीजी, राजेंद्र बाबू और नेहरूजी की तसवीरें। खिड़कियों पर हलके झीने परदे, एक साथ दो-तीन फोन, टेबल पर अनेक प्रकार की सामग्री—ग्लोब, स्याहीदान, पेपरवेट आदि। इसके पहले मैं कभी भी किसी इतने बड़े कार्यालय में नहीं गई थी। मैं अवाक् सारी चीजों को घूर रही थी कि तभी मेरे कानों में मीठी सुरीली आवाज आई—आज रात आप मेरे साथ खाना खा रही हैं। कृपया साढ़े आठ बजे तक मेरे घर आ जाएँ। और हाँ, देर भी हो सकती है लौटने में, अतः जहाँ ठहरी हैं वहाँ कहकर आएँ कि लौटने में बारह भी बज सकते हैं।

"मैंने हामी भरी और नमस्कार कर कार्यालय से बाहर आई। रास्ते भर रिक्शे पर प्रफुल्लित मन से मैं सोचती गई, भला कैसे लोग मंत्रियों की आलोचना करते हैं, इतना शिष्ट-सौजन्यमय व्यवहार।

"संध्या ठीक साढ़े आठ बजे मैं उनके बँगले में हाजिर हुई। मेरे शरीर पर गुलाबी रंग की साड़ी थी, जिसे मेरे पति ने शादी की पहली सालगिरह पर बंगलौर से लाकर भेंट किया था। मेरा गोरा चेहरा गुलाबी साड़ी में वैसे ही प्रतिबिंबित हो रहा था, जैसे किसी गौरवान्वित साधु के शरीर पर पीत शॉल। मंत्री महोदय मेरी प्रतीक्षा में ही थे, जाते ही उन्होंने कहा, हम लोगों को बाहर खाने चलना है।

"मैंने जब चलने के पहले यह कहा कि घर में आपकी श्रीमतीजी से मिल लूँ, तो वे बोले—पूरा घर सिनेमा देखने गया है। खैर, मैं उनके साथ गाड़ी पर बैठकर जब चली तो कुछ देर में मुझे यह आभास हो गया कि हम शहर की सीमा से बाहर जा रहे हैं।

रह-रहकर मेरी अंगुलियों पर उनकी अंगुलियाँ छू जाती थीं, तो वे सॉरी कहकर हटा लेते थे।

''लगभग चालीस-पैंतालीस मिनटों के बाद गाड़ी एक खूबसूरत बँगले के सामने रुकी। चौकीदार ने आगे बढ़कर सलाम किया। अंदर प्रवेश करते ही मैं समझ गई कि यह कोई सरकारी बँगला न होकर निजी बँगला है। मंत्री महोदय ने यहाँ तैनात खानसामा को बुलाकर पूछा कि खाना तैयार है, तो उसने विनीत स्वर में उत्तर दिया—सर, अभी आधा-पौन घंटे की देर है।

''ठीक है, कोई जल्दबाजी नहीं है। मंत्री महोदय बोले—तब तक हम थोड़ा आराम करें। उनकी बातों से ऐसा लगता था, मानो यह मकान, यहाँ के कर्मचारी सभी मंत्रीजी के पूर्ण विश्वस्त हैं।

''चलिए, तब तक आपकी संस्थाओं के संबंध में हम विस्तार से बातें करें—कहते हुए मंत्री महोदय बगल के कमरे में मुझे लेकर चले। क्यों न यहीं बैठकर बातें हों—मैंने दबी जबान से कहा, लेकिन तब तक वे उठ चुके थे और लाचारी में मुझे भी उठना पड़ा।

''बगल का कमरा पूर्णत: शीत-ताप नियंत्रित था और उसमें एक साथ दो पलंग बिछे थे। वहाँ न तो कोई कुरसी थी, न सोफा। वे तकिए के सहारे बैठ गए, मैं पैताने कोने में सकुचाकर बैठी।

''आप जो सामाजिक कार्य कर रही हैं, इससे बढ़कर सेवा का और कोई काम नहीं हो सकता। नारी जीवन का सही उद्देश्य यही होना चाहिए। अभी तो बीस हजार रुपए मैं दिलवा रहा हूँ, लेकिन अगले वर्ष यह राशि चालीस हजार करवा दूँगा—वे बोले और इसके साथ ही मेरी बाँह पकड़कर उन्होंने कहा—आप किनारे इस प्रकार क्यों बैठी हैं, ऊपर ठीक से बैठिए—और जब तक मैं कुछ कहूँ, एक प्रकार से उन्होंने जबरन मुझे ऊपर खींच लिया।

''मैंने बड़ी निरीह आँखों से उनकी ओर देखा, जिनमें एक याचना और विनती थी और दूसरी ओर उनकी आँखों में विचित्र चमक थी, जिसमें एक ओर इस वर्ष के बीस हजार रुपए और दूसरी ओर अगले वर्ष के चालीस हजार रुपए झाँक रहे थे।

''मेरे बालों पर हाथ फेरते हुए उन्होंने पूर्ववत् मीठी जबान में कहा—तारादेवी, आप बुरा नहीं मानें, पहली बार मैंने आपको जब उस समारोह में देखा, तभी से मैं आपके लिए पागल हूँ। मैं सो नहीं पाता, कुछ कर नहीं पाता—सदा आपको याद करता रहता हूँ। मुझे अब मत तड़पाइए, बचा लीजिए। कहते हुए मुझे उन्होंने बेझिझक दोनों हाथों से कसकर अपने से चिपका लिया। मैं कसमसा उठी। मुझे ऐसा लगा, मानो किसी भूखे भेड़िए ने किसी अबोध हिरणी को पकड़ लिया है। मैं तड़प उठी—आप यह क्या

कर रहे हैं, विवेक से काम लीजिए! लेकिन उनकी पकड़ और तेज हो गई। मैंने घिघियाने की मुद्रा में दरवाजे की ओर देखा, जहाँ चिटकनियाँ खुली थीं, वे बोले—जरा भी मत घबराइए, अंदर कोई नहीं आएगा।

"और उसके बाद, मेरे साथ वही हुआ जो होता आया है, जो हो रहा है और जो सदियों तक होता रहेगा…"

वे कुछ देर को रुकीं। मैं विह्वल हो उठा था, वे शांत थीं। वातावरण स्तब्ध था। मेरी जिज्ञासा आगे की कहानी में और बढ़ गई थी। मैंने प्रश्न भरी आँखों से उनकी ओर देखा, तो वे बोलीं, "उसके बाद मेरे कंठ के नीचे खाना क्या ठुकता, मैं इतनी पतिता नहीं थी। मैंने इच्छा जाहिर की कि मेरी तबीयत ठीक नहीं है, मुझे पहुँचवा दें। उन्होंने पूर्ण परितृप्ति से खाना खाया और जबरदस्ती मेरे चलने के पहले सौ-सौ रुपए के पाँच नोट मेरी हथेलियों में दबाते हुए कहा—आपका आने-जाने में खर्च हुआ होगा, एक-दो दिन ठहरना भी पड़ेगा, इसका भार शिशु-निकेतन या महिला-आश्रम पर क्यों पड़े?

"मैं जहाँ ठहरी थी, वहाँ अपने रिश्तेदार के यहाँ साढ़े ग्यारह बजे लौट आई। अभी तक मेरी हथेलियों में कागज के तुड़े-चुड़े खंड थे, आँखों में मेरा अस्तित्व प्रश्नचिह्न सा झाँकता रहा और मैं मैं नहीं थी, कोई और होकर लौटी थी।

"मेरी रिश्तेदार जगी थी। उसने पूछा—कहाँ खाने गई थी? किसकी गाड़ी पहुँचाने आई थी? आज दिन भर तुम कहाँ घूमती रहीं? सभी प्रश्नों के जवाब में मैंने बस इतना ही कहा—मेरी तबीयत ठीक नहीं है, सिर में भयानक दर्द है और मैं सोना चाहती हूँ।"

सिल्क की धानी साड़ी और करीने से सजे-सँवारे बाल, चुस्त शरीर और फुरतीली आँखें, बोलने में स्वाभाविक मधुरता और लाघवता—ये सारी बातें मिल-मिलाकर सामने बैठी नारी के लिए युवती का बोध कराती थीं। हालाँकि मेरा अनुमान था कि इनकी आयु किसी भी रूप में पचास से कम नहीं है। जो जीवन की कहानी उन्होंने मेरे सामने रखी थी, वह झंझावात के समान मेरे सामने थी।

मेरी आँखों में प्रश्नों का सैलाब था, मैं यह भी नहीं चाहता था कि उन्हें कहीं से कुरेदूँ, किसी प्रकार की टीस पहुँचाऊँ या कोई भी ऐसा वाक्य अपने मुँह से निकालूँ, जो उन्हें हतप्रभ कर दे। लेकिन वातावरण का मौन हमें लील रहा था, उसे तोड़ते हुए मैंने कहा, "ताराजी, सामाजिक और सार्वजनिक जीवन में काम करनेवाली हर महिला के सामने बहुत बड़ा प्रश्नचिह्न है—उसका अपना अस्तित्व। मुझे आपके जीवन से पूरी हमदर्दी है।"

"मुझे हमदर्दियों के साये में जो दरिंदगी मिली है, उसे याद कर सिहर जाती हूँ। आप माने न मानें, लेकिन मेरी स्थिति ऐसी हो गई है कि हर हमदर्दी एक बिल के समान दिखाई देती है, जिसके अंदर से कोई काला नाग झाँकता नजर आता है।" कहते हुए वे

एक क्षण के लिए रुकीं और उस मटियाले प्रकाश में मुझे ऐसा लगा, मानो वह हँस रही हों, एक ऐसी हँसी, जिसमें व्यंग्य की टीस कूट-कूटकर भरी हो। फिर उन्होंने कहना शुरू किया—"मैंने एक मंत्री की बात आपसे कही तो आप चौंक गए, लेकिन मेरे इस जीवन में एक नहीं, अनेक उदाहरण भरे—एक से एक बड़े नेता, समाज-सुधारक, सरकारी पदाधिकारी और व्यवसायी।

"और मैंने अब इसी जीवन को सही जीवन मान लिया है। सोचती हूँ कि जब गिरी हूँ तो सही तौर से जीवन में समझ लूँ कि क्या अमृत है और क्या विष? सफेद और पीत और कीमती वस्त्रों में सजे-सँवरे समाज के कर्णधारों की आत्मा का कालिख जितना मैं देख पाई हूँ, बहुत कम देख पाते हैं।

"मैं कोई पेशेवर नहीं हूँ, खरीद-बिक्री में मैं विश्वास नहीं करती, लेकिन मेरी आँखों में अब सदा एक ज्वाला है कि रति बनकर हर काम को भस्म करती चलूँ, शायद मैंने अपने जीवन को ऐसा ही ढाल लिया—जहाँ अब पश्चात्ताप नहीं होता, दुख नहीं होता, ग्लानि नहीं होती, कोई झिझक भी नहीं होती—संतोष होता है कि जो संसार मुझे नचा रहा है, मैं भी उसे नचा रही हूँ।"

मैं चाँदनी रात में, जंगल के सन्नाटे में, धूमिल विश्वासों की छाँव में, उन्हें अवाक् सा देखे जा रहा था। वे जो थीं, जो हैं, जो रहेंगी—यह सारा-का-सारा प्रश्न था। न जाने कितनी कहानियाँ, कितनी ख्यातियत, कितनी किंवदंतियाँ अपने संबंध में वे ओढ़े चल रही थीं और सबका केंद्रबिंदु था—'शून्यवत्'।

आदमी किन स्थितियों का साया लेकर जीवन को ढो लेता है, इसका जीवंत और प्रत्यक्ष उत्तर मेरे सामने था।

हम दोनों उठे, किसी ने किसी से कोई बात न की, दो कमरों में हम सोने चले गए—लेकिन क्या शेष रात में हम दोनों में से किसी को नींद आई?

□

संघर्ष के बाद

"किंतु शादी से पहले तुम्हें एक शर्त मंजूर करनी होगी?" बहनजी ने मुझसे कहा।

"कौन सी शर्त?" मैं भी जानने को बड़ा उत्सुक हुआ।

बहनजी पहले तो भरभराईं, किंतु फिर उन्होंने वस्तुस्थिति को साफ कर देने के खयाल से कहना शुरू किया—"तुम तो जानते हो कि उषा नए विचारों में पली अपटूडेट लड़की है। पढ़ने में भी बराबर अव्वल नंबर पाती रही है और आई.ए. भी उसने प्रथम श्रेणी से ही इस साल किया है, और भी···" न जाने बहनजी क्या-क्या कहने जा रही थीं कि मुझसे न रहा गया और मैंने बीच में ही बात काट दी, "वह शर्त कौन सी है?"

"हाँ, वह भी सुन लो। यों तो तुमने बी.ए. पास किया है, किंतु फिर भी आधुनिक फैशन से तुम बहुत दूर मालूम पड़ते हो। अतः तुमको उषा के लिए कुछ आधुनिक बनना होगा। खादी के इस मोटे धोती-कुरते के बजाय गेवरडिन का सूट भी पहनना होगा और पाउडर, स्नो, क्रीम इत्यादि भी व्यवहार में लाने होंगे।"

पहले तो मैं कुछ चौंका। चौंकना भी वाजिब ही था। कारण, अब तक जब से मैंने होश सँभाला, बराबर खादी के मोटे-मोटे कपडे ही व्यवहार में लाता रहा। पिताजी के काफी आधुनिक होते हुए भी अपने को इस प्रकार से प्राचीनता का पोषक बनाए रखा। सो पाउडर, लैवेंडर आदि कभी भी व्यवहार में नहीं लाया और सूट-बूट पहनने की बात तो कभी स्वप्न में भी मेरे सामने आई ही नहीं। हालाँकि कॉलेज के साथियों ने कई बार मुझको इसके लिए तंग भी किया और झकझोरा भी कि अमाँ यार, तुम तो पहले सिरे के बुद्धू निकले, कम-से-कम दो इटालियन सूट तो बनवा ही लो कि कॉलेज का जीट रहे। लेकिन मैं टस-से-मस न हुआ।

किंतु आज बहनजी की शर्त ने मुझे बुरी तरह से झकझोर दिया। न जाने क्यों उषा के साथ शादी करने की मेरी प्रबल इच्छा थी, हालाँकि न तो उससे मेरा कोई प्रेम ही था और न कोई अधिक परिचय ही। परिचय नाम की वस्तु साधारणतया केवल यही थी कि

मैं जानता था कि वह उषा है और वह जानती थी कि मैं विनय हूँ। और इसके बाद जिस प्रकार सभी सभी को देखते हैं, उसी प्रकार मैंने भी उसे देखा था और उसने मुझे।

तो किसी प्रकार से यह संबंध टूट न जाए, इस विचार से मैंने बहनजी को सहमते-सहमते उत्तर दिया, ''अच्छा होता कि इस संबंध में शादी के पश्चात् हम दोनों मिलकर निश्चय कर लेते।''

''ठीक है, मैं तो दोनों के लिए भला ही सोचती हूँ, जिससे कभी वैमनस्य न हो सके। अगर तुम यह मानते हो कि शादी के पश्चात् तुम उसके साथ समरूपता स्थापित कर लोगे तो मुझे कोई एतराज नहीं है। लेकिन सोच-समझ लो।'' बहनजी ने अपना निर्णय सुना दिया।

□

उषा और मेरी शादी काफी धूमधाम के साथ हो गई। पहले की वार्त्ताओं से कुछ बातें समझ में आ जाती हैं, लेकिन पूरी नहीं। तो उसे पूर्ण कर देने का उत्तरदायित्व ही पहले मैं निभा दूँ।

उषा एक जिलाधीश की बेटी है, काफी सुशिक्षिता और उसी के अनुरूप सुंदर भी। जिलाधीश की बेटी होने के कारण उसका लालन-पालन और शिक्षा-दीक्षा आधुनिक ढंग से हुई है। और इसी कारण वह काफी आधुनिक ढंग से रहना पसंद करती है। कार में बैठकर घूमना, मरदों के सामने बिना सिर पर आँचल रखकर चलना, कुत्ते पालने का शौक, बातचीत में अंगेजी शब्दों का व्यवहार आदि गुण उसने अपने बाप के यहाँ ही सीखे हैं।

अब मैं अपने ऊपर आऊँ। पिताजी शिक्षा विभाग में सरकारी कर्मचारी हैं। पद ऊँचा अवश्य है, किंतु उतना रोबवाला नहीं, जितना कि उषा के पिताजी का। फिर भी अर्थ के मामले में कभी व्यर्थ होने की बात सामने न आई; दूसरी बात पहले ही मैं बता चुका हूँ कि साज-शृंगारों और बाह्याडंबरों से मुझे घृणा है। इसीलिए तो स्वयं में मैंने कुछ ऐसे संस्कारों का निर्माण किया कि सूट-बूट और पाउडर, लैवेंडर, क्रीम, सिनेमा, क्लब इत्यादि से सदा दूर रहा।

तीसरी पात्रिणी बहनजी के प्रति भी आपके मन में अवश्य उथल-पुथल होगी कि वे कौन हैं? बहनजी उषा की बड़ी बहन हैं, एंट्रेस की परीक्षा वे भी पास कर चुकी हैं। शादी हुए आज पाँच साल हो गए, पति पुलिस सुपरिंटेंडेंट हैं। मैं उनके ससुराल के संपर्क में ही आया और वहीं उनको न जाने कैसे-कैसे आप-से-आप ही बहनजी कहने लगा। वे भी न जाने क्यों मुझ पर अत्यधिक स्नेह रखने लगीं और एक दिन जब मैं कॉलेज की 'साहित्य परिषद्-का सभापति चुना गया और अखबारों में इसका जिक्र भी निकला, तो उसी दिन बहनजी ने मेरे सिर पर हाथ फेरते हुए कहा, ''विनय, मेरी भी

एक बहन है। पढ़ने में काफी तेज और बड़ी मेधावी।''

मैंने अन्यमनस्क-सा उत्तर दिया, ''हाँ।''

''बी.ए. पास करने के बाद तुम उसके साथ शादी कर लेना। बड़ी अच्छी जोड़ी रहेगी।'' बहनजी ने कहा था और मैंने सोचा था कि यह मजाक है और मैंने भी इसका उत्तर उसी रूप में दिया था, ''आप तो बराबर मुझे लज्जित ही करती रहती हैं।'' किंतु धीरे-धीरे मजाकरूपी बीज वृक्ष का रूप धरता गया और शादी के कुछ दिन पहले तक तो उसमें फल और फूल दोनों लग गए थे। शादी में बीचवान का काम बहनजी ने ही किया था। और शादी भी तिलक-दहेज की प्रथा से पूर्ण और काफी चहल-पहल से हुई थी। कारण, मैं अपने बाप का अकेला बेटा था, अत: मेरे पिताजी अपने जीवन की सारी साधें इसी में पूरी कर रहे थे और उषा भी अपने पिता की सबसे छोटी संतान थी, अत: वे भी अपने प्रेम को पूर्णरूपेण उलीच रहे थे। दोनों ओर से सेर का जवाब सवा सेर से दिया गया था।

शादी से पहले प्रत्येक हृदय में कुछ अभिलाषाएँ होती हैं। और मेरे हृदय में भी कई अभिलाषाएँ थीं, जिनमें से दो मुख्य थीं। साहित्यिक होने के कारण पहली बलवती अभिलाषा यह थी कि मेरी पत्नी की हस्तलिपि अच्छी हो, जिससे अपनी रचनाओं को उससे ड्राफ्ट करवाकर पत्रिकाओं में भेज सकूँ और दूसरी अभिलाषा पूर्णरूपेण स्वदेशी होने के कारण यह थी कि कम-से-कम एक-दो घंटे वह अपने हाथ से चरखे पर सूत काते, जिससे खादी भी अपने घर ही में बना लूँ। इसी विचार से भावी पत्नी के नाम शादी के पहले से ही मैंने एक छोटा सा सुंदर चरखा लाकर रख दिया था।

किंतु आदमी की कल्पनाओं से अधिक काम उसका कर्तृत्व देता है। शादी के पश्चात् कुछ इसी प्रकार की बात मेरे साथ भी हुई। उषा के साथ पहले तो कई महीने कोई महत्त्व के न बीते। कारण, मैंने एम.ए. में एडमिशन लिया और उसने बी.ए. में। मेरी पढ़ाई तो जारी रही किंतु कुछ कारणवश उसकी पढ़ाई छूट गई। मैंने इसका कुछ बुरा न माना, क्योंकि उषा यों भी आई.ए. पास थी और अपनी पत्नी को अपने समान ही एम.ए. देखने का अभिलाषी मैं न था।

तो बात मैं अपनी अभिलाषाओं की कर रहा था। उषा के साथ मेरी शादी से एक अभिलाषा तो अवश्य पूरी हुई, वह मेरी रचनाओं को ड्राफ्ट करने की थी, किंतु जब उषा से मैंने अपना दूसरा प्रस्ताव रखा तो वह कुछ उड़े-उड़े ढंग से बोली, 'देश तो आजाद हो गया, कपड़े भी सभी भारत में ही बनने लगे, फिर क्या आवश्यकता है इन सब झर-झंझटों की?'

मैं उसे न तो डाँट-डपटकर रास्ते पर लाना चाहता था और न गलत बहकावे की बातें कहकर ही। और ये दोनों बातें कम-से-कम उषा जैसी नारी के लिए संभव थीं भी

नहीं। वह कोई साधारण घर से तो आई नहीं थी, जो उसे डाँटा-डपटा जाता और न वह अशिक्षित ही थी कि उसे गलत बहकावा दिया जाता।

अतः मैंने विवेकबाण चलाना ही अधिक उपयुक्त समझा—"उषा, यह ठीक है कि इसकी अब कोई आवश्यकता नहीं रही, लेकिन स्वावलंबन क्या कोई बुरी वस्तु है?" मैंने उसकी ओर गौर से देखा।

और न जाने उसने किस विचार से कहना शुरू किया—"शायद शादी के पहले बहनजी ने आपसे कुछ कहा था। समन्वय का यह अर्थ नहीं होता।"

मैं तो आसमान से जमीन पर आ गिरा। मैं खाई खोदना नहीं बल्कि पाटना चाहता था। जीवन-संगिनी होने की वजह से उससे कोई बात न तो गुप्त रखना चाहता था और न किसी प्रकार का ऊपरी व्यवहार ही। अतः धीरे से मैंने केवल इतना ही कहा, "मैं उससे दूर नहीं जाता, लेकिन जरा तुम भी सोचो तो सही।"

शादी के पश्चात् अधिकतर यह देखा जाता है कि पति चाहता है कि पत्नी मेरे अनुरूप बने और पत्नी की भी यह आकांक्षा होती है कि पति पर मेरी छाप पड़े। यही बात मैं भी देख रहा था अपने और उषा में। अतएव कुछ दिनों तक तो मैं करीब-करीब उषा के अनुरूप ही चलता रहा। उसकी प्रसन्नता या उसकी फरमाइशों के अनुसार रेडियो का मीटर सीलोन पर रहने में मुझे कोई आपत्ति न हुई और कई बार केवल उसके वचनों के पालन हेतु मुझे सिनेमा भी जाना पड़ा।

लेकिन, एक दिन जबकि शहर में दो अक्तूबर को गांधी-दिवस मनाया जा रहा था और मैं वहाँ से भाग लेकर आया तो मेरी दिनचर्या ने मुझे झकझोर दिया। रात में मुझे अपने चरखे की याद आई और उसी समय मैंने उसे खोलकर सूत कातना शुरू किया। पास खड़ी उषा मेरे इस आकस्मिक कार्य को देखकर हैरान थी और मैं था जो सारी अनुभूतियों को अपने मुँह पर रखे सूत काते जा रहा था। डेढ़ घंटे तक लगातार मैं सूत कातता रहा और पोनी जब चुक गई, तभी मैंने उसे बंद किया। मेरी आँखें जब दाईं ओर घूमीं तो देखा कि पास बैठी उषा अपलक नयनों से बड़ी खामोशी के साथ मेरे कार्यों की ओर निहार रही है।

मैं मौन न रह सका, "तुम अभी तक क्यों जागती हो?"

"यों ही, चलिए, सोया जाए।" उसकी ओर से जवाब मिला।

दोनों पास ही पास दो खटियों पर सोए। कुछ देर बाद वह बोली, "आज के 'लोकहित' में आपकी रचना 'गांधीजी और उनकी देन' बड़ी अच्छी रही। वह बहुत लोगों पर असर डालेगी।"

मैंने केवल 'हाँ' भर कह दिया; हालाँकि उसकी इस बात से मुझ पर एक असर हुआ। मन में मैं सोचने लगा कि स्वयं लेखक पर ही जब उसके सिद्धांतों का असर न

पड़ा, तो पाठक पर क्या पड़ेगा!

मानव की एक दशा वह होती है, जब वह चारों ओर से हताश और निराश होता है तो स्वयं में ही साकार होने की चेष्टा करता है। विश्व उसे सूना दिखलाई देता है, अपने उसे पराए मालूम देने लगते हैं और स्वयं पर उसका विश्वास बढ़ जाता है।

मैंने अब नियमित रूप से चरखा कातना शुरू किया था। शादी के समय जो खादी की महीन धोतियाँ, खादी मटके का कुर्ता और बेहतरीन जूता आदि पहनना प्रारंभ किया था, उसे अब ज्यों-का-त्यों पड़ा रहने देता। बदले में मोटा-झोटा खादी ही व्यवहार में लाता।

उषा अपनी माँ की बीमारी का समाचार पाकर अपने घर चली गई थी। दो महीने बाद वहाँ से लौटी तो मेरे इन कार्य-व्यापारों को देख-देखकर कुछ ऐसी-वैसी सी हो गई। और मैं था जो अपने ही में मस्त।

नित्य प्रातः स्नान के पश्चात् गीता का पाठ करता, चरखा कातता और पढ़ाई का आखिरी साल होने के कारण उसकी ओर भी यथेष्ट ध्यान देता। उषा बातें करती, मैं भी कर लेता। वह कुछ पूछती तो उसका उत्तर संक्षेप में देता।

मकान दोमंजिला था। नीचे की मंजिल में परिवार के अन्यान्य सदस्य रहते थे और ऊपरवाले तीन कमरों में से दो में मेरा और उषा का संयुक्त निवास था। मैं इधर केवल अपने ही कार्यों में इतना मशगूल रहता था कि दूसरे लोगों का कुछ ध्यान ही न रहता था। अतः उषा की ओर भी मेरा कोई खास ध्यान न था।

किंतु एक बात इन दिनों मैं स्पष्ट देख रहा था—मैं ज्यों-ज्यों सादगी की ओर अधिक अग्रसर होता था, त्यों-त्यों उषा के फैशनों में वृद्धि होती जा रही थी।

मैंने मटका और महीन खादी पहनना छोड़कर मोटा पहनना शुरू किया तो उसने मिल के असाधारण कपड़े के ब्लाउज और रेशमी जार्जेट की साड़ियाँ पहनना शुरू कर दिया। मैंने तेल इत्यादि के झंझट से बचने के लिए बालों को छोटा करवा दिया, तो उसने बालों में नए-नए फूल खोंसने आरंभ किए। अर्थ यह कि मेरी सादगी उसमें सुंदरता के आवरणों के रूप में फूट पड़ी या उसके आवरण मुझमें सादगी के रूप में चमक पड़े, यह कह सकना बड़ा कठिन है।

और सबसे बड़ी बात तो यह है कि उसने न तो मुझे इस संबंध में कुछ कहा और न मैंने ही कभी उससे इस विषय में कुछ कहने-सुनने की आवश्यकता महसूस की। देख रहे थे दोनों, पर देखकर भी कुछ न देख पाते थे।

रात दोनों की साथ बीतती थी। अतः स्वाभाविक था, इक्की-दुक्की बातें हो जातीं। वे बातें परीक्षा संबंधित होतीं, उसके घर के संबंध की होतीं, साहित्य की नई दिशा की होतीं और एक खास चर्चा पर दोनों अकसर अटक से जाते। उस चर्चा का

विषय था—बहनजी। बहनजी की जब चर्चा चलती तो न जाने क्यों मैं कुछ सहमा-सहमा सा हो जाता, कुछ वह सहमी-सहमी-सी हो जाती और बात का विषय एकदम से कुछ बदलना पड़ता, नहीं तो बात ही बंद कर देनी पड़ती।

एक बात! समुद्र में जब बहुत बड़ा तूफान आता है तो उसके पहले चारों ओर एक सन्नाटा छा जाता है। आदमी जब मरने लगता है तो उससे पहले उसकी आँखों में अजीब प्रकार की चमक आ जाती है। बहुत बड़ा ज्वालामुखी जब फूटने को होता है तो उससे पहले पर्वत की ओर देखने से ही हमें अजीब प्रकार की नीरवता का भान होता है। आगे की घटना भी कुछ इसी प्रकार की है।

मैं एक दिन फर्श पर छोटे से कालीन पर बैठा चरखा कात रहा था कि उषा आकर धप्प से मैले फर्श पर ही बैठ गई। उसकी आँखों में एक अजीब प्रकार की चमक थी, जो बिल्कुल अप्रत्याशित दिखलाई पड़ी।

और उसने एकाएक पोनी ऊपर की ओर उठाते हुए मेरे हाथ को एक झटके के साथ पकड़ लिया और बोली, ''ठहरिए, आपको आज मेरी एक बात का जवाब देना होगा।''

मैं इस घटना से कुछ अचंभित सा हो गया और बोल सका कुछ भी नहीं। केवल प्रश्न की मुद्रा में मेरी आँखें उसकी ओर छन गईं।

वह बोली, ''आखिर यह सब कब तक चलेगा?'' और मैंने अनुभव किया कि उसकी बातें कुछ दर्द से भरी हुई हैं।

''क्या?'' मैंने पूछा।

''यही, मेरा और आपका संबंध।'' वह बोली।

''मैं कुछ समझा नहीं।''

''ठीक है, तो समझ लीजिए।'' शांतिपूर्ण ढंग से उसने कहना शुरू किया, ''मैं भी शिक्षित हूँ, आप भी शिक्षित हैं, फिर यह वैमनस्य शोभा नहीं देता। क्यों आप ऐसा करते हैं? क्यों आप ऐसे रहते हैं? क्या आपके जीवन में मेरा कोई भी स्थान नहीं?'' उसने तीन प्रश्न एक साथ पूछ दिए और मैंने देखा कि उसकी आँखें सजल हो उठी हैं।

मेरे हाथ से पोनी छूटकर फर्श पर गिर पड़ी और उसके कंधे पर से जार्जेट की साड़ी ढुलकनेवाली थी कि उसने उसे ऊपर चढ़ा लिया। मैं ज्यादा कुछ कहना न चाहता था, केवल बोला, ''उषा, मैं तुम्हारी सारी बातें समझ नहीं पाता हूँ।''

''कैसे समझिएगा, पहले स्वयं को तो समझ लीजिए।'' और वह फूट पड़ी, अब मुझसे न रहा गया। यों तो स्वभाव से ही ऐसा होता है कि किसी की आँखों में आँसू देखते ही स्वयं मेरी आँखों में आँसू आ जाते हैं और यह तो उषा थी। ''उषा, वह दिन शायद तुम न भूली होगी, जिस दिन तुमने मुझसे कहा था कि समन्वय का यह अर्थ नहीं

होता। तो फिर आखिर आज साफ बतला ही दो कि तुम चाहती क्या हो?''

''वही जो आप चाहते हैं, जो आप चाह सकते हैं।'' उसने कहा।

''क्या यह तुम हृदय से कह रही हो?'' मेरे मुँह से भी निकल पड़ा।

वह मेरे बाजुओं पर गिर पड़ी, मेरे कुरते की बाँहों में उसके आँसुओं की धारा। सूखने लगी और उसी भीगे कंठ से उसने कहा, ''तो क्या आपको मेरे ऊपर विश्वास भी नहीं है?''

और अब मुझसे न रहा गया। इतने दिन की पीड़ा और हृदय का सारा गर्द-गुबार हवा के झोंके के समान विदा हो गया और मैंने उसे अपनी ओर खींच लिया।

''उषा, अगर मुझे तुम पर विश्वास ही न होता तो तुम्हें मैं अपना बनाता ही क्यों? लेकिन क्या वास्तव में तुम वह कर सकोगी, जो मैं चाहता हूँ, जो मैं एक अरसे से अपने हृदय में सँजोए हुए हूँ और जोकि मेरे जीवन का सिद्धांत है?'' मैंने उसकी ओर गूढ़ आँखों से ताका।

''आपकी आज्ञा ही मेरे लिए सबकुछ है। मैं शिक्षिता हूँ, आधुनिक फैशनों में चूर रहनेवाली रमणी हूँ और एक उच्च परिवार में मेरा लालन-पालन हुआ है एवं मेरे संस्कारों को गढ़ा गया है। मेरे संस्कारों ने बराबर ही कहा है कि नारी और पुरुष दोनों समान हैं और नारी को भी यह हक है कि पुरुष के साथ कदम मिलाकर चल सके। लेकिन आज मैंने यह अनुभव कर लिया है कि नारी वास्तविक नारी वही है, जहाँ वह पति की है। अत: आपकी आज्ञा मुझे शिरोधार्य होगी। मैं आपकी हूँ।''

और आज मैंने इतने दिन बाद जाना कि भारतीय आदर्श पूर्णतया लुप्त नहीं हुए हैं, भले ही पाश्चात्य गगन के तारे हमारी संस्कृति पर छा गए हों। इनका ज्वलंत सबूत थी उषा, शिक्षिता नारी, आधुनिक फैशन में मशगूल रहनेवाली रमणी और अपने को पुरुष से कम न समझनेवाली स्त्री, किंतु सत्य की रफ्तार में वह खोखला आदर्श टिक न पाया, चरमरा गया और आवाज आई, नारी वास्तविक नारी वही है, जहाँ वह पति की है।'

मेरी चेतना जाग्रत् हुई, ''तो सुनो, तुम्हें आज से एकाकार होना होगा। आदमी अनमोल नहीं होता, उसकी जिंदगी अनमोल होती है। और तुम्हारे माथे पर मैं उसी अनमोल जिंदगी की सारी अभिलाषाएँ रखता हूँ। बोलो, क्या तुम उसे दे सकोगी?''

उसने माथा झुका दिया।

''ठीक है, तो कल से तुम्हें नित्य दो घंटे सूत कातना होगा, गीता का पाठ करना होगा, बाह्याडंबरों को तिलांजलि देकर स्वयं को समझाना होगा, और इन परिधानों का त्याग कर खादी के मोटे-मोटे वस्त्रों को ग्रहण करना होगा। तुम्हें स्वयं कस्तूरबा बनकर मुझे गांधी बनाना होगा। शिवरानी बनकर मुझमें प्रेमचंद बनने की प्रेरणा भरनी होगी और मेरे अदृश्य पथ को तुम्हें ही दिखलाना होगा। बोलो, देती हो वचन?'' मैं अपने

सारे तत्त्वों को सामने रख चुका था।

"मैं स्वीकार करती हूँ।"

और मुझे लगा कि यह संघर्ष पर शांति की विजय है, गुमान पर सौम्यता की विजय है और पाश्चात्य की अंधी संस्कृति पर भारतीय आदर्श की विजय है।

और उस विजय की नायिका है उषा या नायक हूँ मैं।

□

दूसरे दिन सूर्य की रश्मियाँ धरातल को चूम चुकी थीं और मैं हिंदी साहित्य के अपभ्रंश काल के अध्ययन में मग्न था। पाँवों पर किसी ने अपना सिर रख दिया, झुककर देखा तो उषा थी। मैंने अपनी बाँहों का सहारा दे उसे उठा लिया।

खादी की शुभ्र साड़ी शांति, सौम्यता और सुघड़ता के रूप में, सत्यं, शिवं, सुंदरम् का जयघोष करती हुई उसके शरीर की कांति द्विगु स्तिणित कर रही थी। अब तक वह केवल उषा थी, किंतु आज से उसने देवी का भी पद पा लिया था। मुझे लगता था कि उसके चरणों में गिर पड़ूँ।

वह एक नई जिंदगी की शुरुआत थी, जिसने अपनी भूलों की मजार पर सुनहरा ताज खड़ा किया था।

□

समझौते में बँधी जिंदगी

"मैं इन सभी बंधनों से अपने को अलग मानती हूँ।" बीच में टूटते सपने की थाह पाने के समान वह चौंककर बोली।

सामने बैठे प्रतुल्ल के लिए यह कोई अपरिचित बात नहीं थी। जब-जब वह किरण से मिला है, वह बातों के तार को इसी प्रकार तोड़ देती है और तोड़ के हर मोड़ पर झन्न की एक विरल आवाज होती है, जैसे किसी अबोध शिशु के हाथ से पीतल की तश्तरी पक्के फर्श पर गिर गई हो।

प्रतुल्ल भी इस बात को भलीभाँति जानता है कि किरण की थाह पाना कठिन है, लेकिन गोताखोर का पेशा ही यह होता है कि उसे मोती पाने के लिए अथाह जल में जाना ही पड़ता है—प्रतुल्ल का प्रयास कुछ ऐसा ही था।

जीवन में जिज्ञासा का अपना स्थान होता है। भटकन दिशा नहीं है, मगर संकेत जरूर है। हर चौराहा खोएपन का दिशा-सूचक होता है और हर आदमी जीवन की गरिमा का एक ऐसा बाँध है, जिससे संसार-चक्र चलता है।

बी.ए. के बाद फिलॉसफी से एम.ए. करनेवाली लड़की अपने को कितना भी बचाकर रखेगी, फिर भी दार्शनिकता का दाग उस पर लगेगा ही। इसीलिए माँ के समान स्नेहमयी प्रो. प्रभाशाली ने किरण से कहा था—तू पोलिटिकल साइंस में एम.ए. कर ले, फिलॉसफी का मोह छोड़ दे—कारण, तेरी बेतरतीबी और बढ़ जाएगी।

लेकिन किरण ने अब तक किसी का कहा नहीं माना—दादा-माँ-बाप-भाई-चाचा सब हैं, सबने जब-तब कुछ-न-कुछ कहा है, किंतु इसने बराबर वही किया है, जो इसके मन में आया है। और सच कहा जाए तो जीवन की वही मौलिकता किरण के लिए अभिशाप भी है और वरदान भी। इसीलिए किरण ने विद्रोह को संज्ञा नहीं मानकर विशेषण मान लिया है।

बी.ए. करने के बाद माँ-बाप चाहते थे कि अब यह शादी कर ले, घर बसा ले, पति और बाल-बच्चों के साथ जिंदगी को ढंग-ढर्रे पर ले चले; लेकिन वह नहीं हुआ।

किरण ने माँ को पत्र लिखा कि शादी की कोई भी बात करना बेबुनियाद है—मैं इतनी समझदार खुद हो गई हूँ कि भविष्य में क्या करना है, यह समझ सकूँ, मुझे शादी करके अपने जीवन को बरबाद नहीं करना है, मैं अभी पढ़ूँगी। और उसके बाद ही किरण ने फिलॉसफी में दाखिला ले लिया था। घर से पैसे आने बंद हो गए थे, माँ-बाप की ओर से चिट्ठी-पत्री भी, लेकिन मामा-मामी ने उसे सहारा दिया था, उसके जीवन की बेतरतीबी में तरजीह दी थी और मामी ने लिखा था—''बेटी, जब तक हम लोग जीवित हैं, तुम्हें किसी बात की तकलीफ नहीं होगी।''

एकरसता में डूबी जिंदगी में हर आदमी कोई सहारा चाहता है। प्रतुल्ल ने एम.ए. किया, लॉ किया, उसके बाद भी पढ़ने की भूख नहीं मरी, तो शोधकार्य में लग गया। रोज-ब-रोज कुछ शौकवश तथा कुछ कर्तव्यवश पुस्तकालय जाना आवश्यक था और वहीं उसने पहली बार किरण को देखा था।

आँखों में भावों की जगह अभावों की रेखा, सुरमई-सी देह, वाणी में लावण्य, चाल में बीन की मधुर झंकार सी लय, बेतरतीबी से सँजोए बालों की घनघोर लटें। मुँह पर विहँसन भरी गंभीरता और बेबात में छेड़ी गई बात के समान खयालों के पुंज।

और दूसरी ओर प्रतुल्ल आधी रात के 'जागते रहो' की आवाज के समान गुंजित स्वर, कुछ खोई-खोई-सी प्रकृति, अलमस्ती से भरा फक्कड़पन, रूप-रंगों का बिखराव, मुँह में सदा विहँसन भरी पान की लाली और बिना सुरमा लगाए सुरमई आँखें।

'डॉ. राधाकृष्णन की भगवद्गीता है?' किसी के मुँह से अत्यंत गंभीर वाणी सुनकर कुछ दूर बैठे प्रतुल्ल ने अपनी सुरमई आँखों को उठाया, यह कि किरण समान ताजगी से भरपूर जो मूर्ति पुस्तकालय के काउंटर के पास खड़ी थी—वह किरण थी।

न जाने क्यों इंट्यूशन के सहारे जटिल भी सरल हो जाता है। प्रतुल्ल का सपना सत्य के नजदीक आ गया था। वह अपनी उन्मुक्त जिंदगी को एक गाँठ दे देना चाहता था—जो कहीं ढीली न हो। शादी के समय पुरुष के अंगवस्त्रम् और नारी के अंचल सुहाग-कुमकुमता सुहाग की कोर की गाँठ जिसमें सिंदूर की लाली, अक्षत की और बिंदी की पवित्रता होती है—वही गाँठ जीवन को देने के लिए प्रतुल्ल देख रहा था।

और वसंत पंचमी के राग-रंगों में जब विश्वविद्यालय का सारा वातावरण मह-मह कर रहा था—उसी दिन संदर्भरहित व्याख्या के समान प्रतुल्ल ने किरण को छेड़ा, ''अब तो किसी एक निर्दिष्ट छोर पर हम दोनों को पहुँच ही जाना चाहिए, किरणजी!'' प्रतुल्ल का प्रश्न उत्तर के अधिक समीप था।

''अभिशापित सपनों को साकार करना। क्या आज भी हम यक्ष के समान मेघों से ही आँखमिचौनी खेलते रहेंगे?''

कसमसाते यौवन के उभार को अपनी पलकों से ढाँपने का व्यर्थ प्रयास करती हुई

किरण अपने में ही कुछ अटक गई थी। यों भी वह निर्णय के हर क्षण को टालने का प्रयास किया करती थी और आज भी वही क्षण उसके सामने बटखरे के समान उपस्थित हो गया था—या तो वह अपने को तौल ले या जीवनगत दृष्टियों को फिर एक बार टाल दे। बड़ा महँगा सौदा उसके सामने आ गया था।

किरण ने अब तक सबकुछ किया था, जीवन के साथ समझौता नहीं किया था। यही समझौते का क्षण, दुधारी तलवार के समान कच्चे धागे में बँधकर उसकी गरदन के पास लटक रहा था।

वह एक क्षण के लिए इस सवाल पर ठिठकी, चौंकी बिल्कुल नहीं, मानो यह अयाचित था और तब वह सीधे प्रतुल्ल की आँखों में आँखें गाड़कर सधे मंथर स्वर में बोली, ''कभी-कभी जीवन में इतने सारे सवाल आकर एकबारगी खड़े हो जाते हैं कि उनका कोई उत्तर नहीं होता, प्रतुल्लजी! मैंने जीवन को मात्र एक समझौता माना है, सिंदूरी लाली नहीं। अगर आप उस समझौते के लिए, जिसका आधार प्रतिबद्धता नहीं—ईमानदारी है, तैयार हों तो मैं भी तैयार हूँ। लेकिन मैं यह भी साफ कर दूँ कि यह समझौता कोई बंधन नहीं है, मैं अपने को बंधनों से अलग मानती हूँ।''

दोनों के बीच का धागा उस क्षण टूटने ही वाला था कि प्रतुल्ल ने खुद को सँभाला—''तो इसका मसविदा आप स्वयं तैयार करें।''

किरण ने इसे गंभीरता का रूप दिया था—''कैसा मसविदा, आपको पता होगा कि जनतंत्र का पौधा जहाँ सबसे अधिक मजबूत है, वहाँ का संविधान अलिखित है। हम दोनों का समझौता भी अलिखित हो, जिसका आधार जीवन की ईमानदार इतिवृत्तियाँ हों, न कि कोर्ट-कचहरियों के घिसे-पिटे मसौदे और बेईमानों के गवाह दस्तखत।'' इतना ज्यादा वह कभी नहीं बोलती थी।

दिन गुजर रहे थे। किरण और प्रतुल्ल दोनों इतने नजदीक आ गए थे, जहाँ से क्यों का अंदाज नहीं होता। एक फ्लैट में दोनों रहते थे, एक साथ दोनों कॉलेज जाते थे, एक ही टेबल पर बैठकर खाते थे और दोनों एक ही विषय दर्शनशास्त्र के प्रोफेसर हो गए थे।

लेकिन दूरियों का अंदाज बिखराव की गति होती है। एक फ्लैट में रहकर भी दोनों दो कमरों में रहते थे, एक साथ कॉलेज जाने में रिक्शे पर दोनों दो ओर देखा करते थे, एक टेबल पर बैठकर खाने का स्वाद दोनों का भिन्न था और दर्शनशास्त्र की पढ़ाई में एक जहाँ शंकराचार्य का उदाहरण देता, वहीं दूसरा चार्वाक की ओर मुड़ जाता।

बाहर का हर आदमी यही जानता था कि दोनों पति-पत्नी हैं, यहाँ तक कि प्रतुल्ल और किरण के घर के लोग भी यही समझते थे, लेकिन दोनों क्या थे, यह वे भी नहीं जानते थे। जिंदगी के समझौते का कटु निर्वाह दोनों किए चले जा रहे थे, प्रश्न था कि आखिर कब तक?

और वह दिन भी आखिर एक दिन आ ही गया। रात भर किरण जागती रही थी, लगता था मानो कोई खौलता स्वप्न उसकी आँखों में कौंधता रहा है। सवेरे जब महरी ने किवाड़ ठकठकाए, तो उसे दूसरी बार प्रयास नहीं करना पड़ा। चाय पीते समय प्रतुल्ल ने जब उसकी आँखों की ओर देखा तो वह अवाक् रह गया। वहाँ किरण नहीं थी, तभी किरण फूट पड़ी—"प्रतुल्ल, कब तक आखिर तुम मेरे साथ यों ही ताकते रहोगे?"

प्रतुल्ल के पास कोई जवाब नहीं था। वह बड़े परिश्रम से बोला, "मैं तुम्हारी बात को समझ नहीं सका।"

"प्रतुल्ल, समझौतों में बँधी जिंदगी का अब अंत कर दो। मैं अपने आपको बहुत समझाती हूँ कि तुम्हें पति मान लूँ, अपने को पत्नी, लेकिन मेरे अंदर कहीं कुछ ऐसा बैठा है, जो प्रतिबद्धताओं को कबूल करने नहीं देता। मैं विवश और लाचार हूँ।" शून्य में निहारती हुई वह कुछ देर के लिए रुकी और उसके बाद बोली, "मैंने निश्चय किया है कि मैं आज ही शाम को यहाँ से महिला कॉलेज-कंपाउंड में मिसेज शास्त्री के साथ रहने चली जाऊँगी और तुम किसी भली लड़की से शादी कर लो, एक ढंग ढर्रे पर अपनी जिंदगी बिताओ। मैंने रात-रात भर जागकर सोचा है—मैं जिंदगी भर रिक्तताओं से भरी रहना ही पसंद करूँगी···मैं···मैं···" आगे वह नहीं बोल सकी। वह बेतहाशा रो रही थी और प्रतुल्ल को पहली बार यह एहसास हुआ कि किरण औरत भी है, वह रो भी सकती है, उसका आँचल भी है और उस आँचल का प्रयोग आँसुओं को पोंछने के लिए भी वह कर सकती है।

कई वर्षों के समान एक दिन और फिर साँझ हुई। किरण ने एक-एक कर अपना सारा सामान बाँध लिया था—केवल मनीप्लांट्स और कुछ मादा या नर कैक्टस उसकी याद में बचे रह गए थे। प्रतुल्ल ने हिस्सा बँटाया था, लेकिन वह एक बार भी प्रतुल्ल की आँखों में आँखें डालने का साहस नहीं कर सकी थी।

एक ही टैक्सी में ठूँस-ठूँसकर नौ अदद सामान रख दिया गया था और किरण जब उस पर बैठ गई, तो उसने प्रतुल्ल के हाथों को अपने हाथों में लेकर आँखों से लगा लिया—"प्रतुल्ल, मैं तुम्हारी खातिर ही जा रही हूँ—मुझे याद करना।"

और टैक्सी चल दी थी। प्रतुल्ल ने आनी हथेलियों को देखा, वहाँ शीत-कणों के समान ढेर सारी बूँदें जमा थीं। पिछले सात सालों की जिंदगी गहरे उसाँस के रूप में उसके मुँह से 'आह' बनकर फूट रही थी। वह बड़े परिश्रम से अपने कमरे की दहलीज तक पहुँच सका और कुरसी पर धप्प से गिर गया—मानो वह कोई चेतन नहीं, जड़ हो। □

संत्रास

रह-रहकर उसे माँ की बात याद हो आती थी—'चौथ का चाँद न देखा कर, कलंक लग जाएगा।'

और वह हँसकर टाल देता था—माँ, जिंदगी भर तू मुझे भकुआ बनाकर रखेगी। लेकिन आज उसे कलंक लग ही गया। उसने पसीना पोंछते हुए नीले आकाश की ओर देखा, जहाँ हँसुए के आकार का चाँद किसी के गले की तलाश में स्थिर नीचे की ओर घूर रहा था। पर पता नहीं आज कौन सी तिथि थी—दूज या चौथ या और भी कोई तिथि।

'आज से मैं तुम्हारा मुँह नहीं देखना चाहती।' ममता ने उससे कहा था, जैसे उसका सारा व्यक्तित्व एक प्रश्नचिह्न हो।

दिल्ली वह एक दिन के लिए आया था, लेकिन यहाँ सात दिन उसे रुकना पड़ा था और उसका कारण ममता स्वयं थीं। जब भी वह जाने को होता, वह रोक देती—आज भर रुक जाओ, कल चले जाना। और ऐसे ही एक-एक दिन कल होते-होते सात दिन हो गए थे और सातवाँ दिन ऐसा आया था, जिसने उसके सभी बीते वर्षों को एक साथ लाकर सामने खड़ा कर दिया था।

पिछले सात साल से ममता से उसकी पहचान है, यह पहचान अब घनिष्ठता में बदल गई है और घनिष्ठता ने पारिवारिक मर्यादा का रूप ले लिया है। जिस कंपनी में वह काम करता है, उसके कामों से उसे कानपुर से बराबर दिल्ली आना ही पड़ता है और दिल्ली आने का माने ही है ममता।

ममता तेज है, सरल है, उदार है, व्यावहारिक है और मर्यादाओं में रहकर जीना जानती है। हरीश को उसने अपना भाई मान लिया है—उसके पति सुभाष को इसमें आपत्ति ही क्या हो सकती है। ममता का अपना भाई नहीं है। हरीश के कारण उस अभाव की पूर्ति हो जाती है तो ओर क्या चाहिए। हरीश है भी इसके योग्य—खानदानी परिवार का योग्य लड़का, सुशील, सुंदर और स्वस्थ-प्रसन्न, कोई ऐब नहीं, चाल-चलन में कोई खराबी नहीं।

लेकिन होनी को कौन रोक सकता है! माया ममता की आया है। पच्चीस-एक साल की ऐंग्लो-इंडियन लड़की। छरहरी, चुलबुली, शोख, तर्रार, खूबसूरती माँ-बाप की

देन है और शोखी उम्र की पुकार।

जब भी हरीश आता, वह तेज आँखों से उसे घूरा करती। जब चला जाता तब भी जाते-जाते दो आँखें उसका पीछा करती रहतीं। चाय का प्याला या पानी का गिलास बढ़ाते हुए माया अपनी अंगुलियाँ हरीश की अंगुलियों से छुआए बिना नहीं रहती। पता नहीं उस एक स्पर्श में उसे कौन सा सुख मिलता था। हरीश यह भी नहीं समझ पाता था कि माया की तृष्णा का शिकार मात्र वही है या हर पूर्ण पुरुष के प्रति माया की आँखों में शबनम के मोती हैं।

हरीश के ममता के घर में आने-जाने का क्रम ज्यों-ज्यों बढ़ता गया, माया की गदराई आँखों की ललक भी बढ़ती गई और धीरे-धीरे ऐसा होने लगा कि ममता जब कभी आँखों से ओझल होती तो माया हरीश को आकर छेड़ भी जाती और कभी-कभी भूल से उसके शरीर से टकरा जाती और फिर सॉरी कहकर मचलती हुई भाग जाती।

लेकिन हरीश निस्पृह था। उसकी इन बातों में रुचि न थी। ममता के घर में तो इस प्रकार के अवांछित कार्य की वह कल्पना भी नहीं कर सकता था।

इस प्रकार माया की शोख नजरें बड़ी तृष्णा से हरीश का पीछा कर रही थीं। ममता बाजार गई थी, सुभाष ऑफिस से लौटकर नहीं आया था और हरीश उसकी प्रतीक्षा में बैठा था। माया को इससे अच्छा मौका और भला कब मिलता?

''हरीश बाबू, चाय-कॉफी-कोका क्या लेंगे?'' उसने उसके काफी नजदीक आकर पूछा।

''कुछ भी नहीं, और लोग आते ही होंगे, सबको आ जाने दो।'' उसने साधारण सा उत्तर दिया।

''हरीशजी, मेरे हाथों अकेले में क्या कुछ ले लेने से गुनाह हो जाएगा?''

''तुम जाकर अपना काम करो, मुझे कुछ भी लेने की इच्छा होती तो जरूर कहता।'' मुँह पर आते रोष को दबाते हुए हरीश ने कुछ मिठास लाने की कोशिश की।

लेकिन लगता था मानो माया के माथे पर काम का भूत सवार है। वह हरीश के और भी करीब आ गई और बोली, ''हरीशजी, मैं आया का काम जरूर करती हूँ, लेकिन मैं भी जवान हूँ, हसीन हूँ, मांसल हूँ, भरी-पूरी हूँ तथा मेरे भी सीने में एक दिल है, जो धड़कता है। एक औरत के दिल की धड़कन को अगर कोई पुरुष नहीं समझ सके तो इससे बढ़कर अमानुषिकता और कुछ नहीं हो सकती।

''ममता मेम साहब में क्या है, जो मुझमें नहीं है?'' कहती हुई माया बिना किसी झिझक के हरीश की गोद में बैठ गई और उसने हरीश के गोरे-गोरे गालों का चुंबन लेना शुरू कर दिया।

हरीश के जीवन की यह अप्रत्याशित घटना थी—कल्पनातीत। गुस्से, घृणा, रोष और अमर्यादा से उसका तन-मन सिहर उठा। वह आपे से बाहर हो गया और उसने पूरी

ताकत से माया को नीचे ढकेल दिया—''बेशरम औरत, जरा तो सोचा होता कि तू क्या कर रही है?'' वह चिल्लाया।

औंधे मुँह जमीन पर गिरने के बाद माया किसी चोट खाए साँप के समान फुफकारती हुई उठी और पुन: हरीश के साथ लिपट गई।

''हरीशजी, किसी लड़की के दिल को इतनी आसानी से तोड़ देना संभव नहीं है। मैं केवल मनोरंजन के लिए प्यार कर रही हूँ।'' वह बोली।

हरीश उसे हटाए या कुछ कहे, उसके पहले कमरे का दरवाजा हिला और परदा उठाते हुए ममता ने अंदर प्रवेश किया और सामने के दृश्य को देखकर लगा, जैसे कोई बिजली गिरी हो—

''माया, बेहया, बेशरम, कमीनी, यह कोई सराय नहीं है, जो तुम ऐसी हरकत कर रही हो!'' वह गुस्से से पागल के समान चिल्लाई—''और हरीश, तुरंत कमरे के बाहर निकलो, आज से मैं तुम्हारा मुँह नहीं देखना चाहती।'' कहते हुए ममता ने अपने हाथ का 'वॅनिटी-बेग' कसकर माया के मुँह पर दे मारा।

माया तुरंत सँभलकर खड़ी हो गई और बोली, ''मेम साहब, मुझ पर क्यों नाराज होती हैं, इनसे क्यों नहीं पूछती। मैं इधर से होकर बाहर निकल रही थी, इन्होंने जबरदस्ती खींचकर…''

माया के शब्द पूरे भी नहीं हो पाए थे कि हरीश बड़े जोर से गिड़गिड़ाते हुए चिल्लाया—''झूठ, सफेद झूठ! दीदी, भगवान् की सौगंध खाकर कहता हूँ, मैंने नहीं इसी ने जबरदस्ती…''

''चुप रहो, हरीश, चुप रहो,'' लगता था, जैसे ममता की आवाज से सारा घर हिल रहा हो—''मुझे चकमा देने की कोशिश न करो। गलती मेरी है, जो गली कुत्ते को मैं प्रेमवश अलसेशियन समझ बैठी थी, अच्छा हुआ मेरा भ्रम आज टूट गया। मैं तुम्हारे पैर पड़ती हूँ, हट जाओ मेरे सामने से!'' कहती हुई धम्म से वह सोफे पर बैठ गई।

''ठीक है दीदी, मैं सदा के लिए आपके सामने से चला जाता हूँ, लेकिन जाने के पहले यह कहकर जाता हूँ कि मैं बेकसूर हूँ।''

हरीश जब ममता के घर से बाहर निकला तो उसका मन रह-रहकर उसे धिक्कार रहा था। उसके पाँव मन-मन भर के हो रहे थे, जो उठाए नहीं उठ रहे थे। सामने खड़े स्कूटर पर जब वह बैठा और उसकी नजर जब ममता के घर पर पड़ी, जिसका दरवाजा अभी भी खुला था, तो उसकी आँखों से फव्वारे के समान झर-झर आँसू बहने लगे।

आज बीस-पचीस साल बाद उसे सहसा याद आया कि माँ की बात कितनी सही थी—'चौथ का चाँद न देखा कर, तुझे कलंक लगेगा।'

उसे लग रहा था—काश, उसने माँ की बात मानी होती और चौथ का चाँद अनायास न देखा होता, तो शायद उसके जीवन में आज का दिन न आया होता।

□

अनायास

दिलीप को अपनी बातें कहनी पड़ी थीं—"पता नहीं क्यों, मैं इन दिनों मानसिक संताप से गुजर रहा हूँ। चाहता हूँ स्थिर रहूँ, लेकिन रह-रहकर अस्थिर हो जाता हूँ। न खाना अच्छा लगता है, न बोलना। न किसी से बातें करना, न कहीं आना-जाना।"

बात समाप्त होते-होते सुभद्रा ने पाया कि दिलीप अभी भी अस्थिर है।

उसने पूरी हमदर्दी और सहानुभूति के साथ कहा, "दिलीप, तुम्हारे समान मानसिक स्तर की ऊँचाई का व्यक्ति अगर असामान्य हो जाएगा तो फिर सामान्य कौन रहेगा! किस बात का अभाव है तुम्हें? पारिवारिक सुख और सामाजिक प्रतिष्ठा, सबकुछ तुम्हें प्राप्त है। फिर मैं नहीं समझती कि किसी प्रकार के मानसिक उद्वेलन या झंझावात में पड़कर तुम अपनी जिंदगी दूभर करो। यह कभी भी उचित नहीं।"

"सुभद्रा, तुम जो कहती हो, इसमें कहीं भी तर्क की कोई गुंजाइश नहीं। मैं स्वीकार करता हूँ इन बातों को; लेकिन पता नहीं क्यों, मैं एक ऐसे आयास के बीच से गुजर रहा हूँ, जहाँ मेरी अपनी ही बातें मुझसे टकराकर लगता है, चूर-चूर हो रही हैं।" दिलीप बोला।

"इसका कारण तुमने शायद कभी नहीं ढूँढ़ा। दिल और दिमाग दोनों को दो धुरियों पर लेकर तुम चलना चाहते हो, यह तुम्हारी नादानी है। अपने आपको त्रास देकर समस्याओं से छुटकारा पाना चाहते हो, राह कभी संभव नहीं है। इस प्रकार सुलझने की बजाय तुम और उलझते चले जाओगे।" सुभद्रा ने कहा।

रात आधी हो आई थी। पहरेवाले सड़कों पर चक्कर लगा रहे थे। आसमान में मटमैला चाँद रहकर भी न रहने का एहसास पैदा कर रहा था। न सुभद्रा की आँखों में नींद आ रही थी और न दिलीप सोने का नाम ले रहा था। दोनों के पास बातों का अथाह सागर था। जब भी दोनों पास होते, उसमें डूब जाना चाहते थे। डूबना और उबरना और डूबना।

दिलीप भोपाल में रहता था और सुभद्रा बंबई में। दिलीप एक लेखक के रूप में

ख्याति प्राप्त कर चुका था और सुभद्रा ख्याति-प्राप्त कॉस्मेटिक्स कंपनी की जन-संपर्क पदाधिकारी के रूप में बाह्य जीवन में हर प्रकार से सफल थी। कार, बँगला, नौकर, आया, खूबसूरती, दिल और दिमाग—किसी बात की कमी नहीं थी।

दिलीप और सुभद्रा ने एक साथ इलाहाबाद विश्वविद्यालय से एम.ए. की परीक्षा पास की थी और तब से दोनों शारीरिक रूप से एक-दूसरे से अलग रहकर भी मानसिक रूप से एक साथ थे। कोई महीना खाली नहीं जाता था जब दिलीप बंबई न आता हो। सामान उसका भले ही किसी होटल में रहा हो, उसका सारा समय सुभद्रा के साथ ही कटता था। सुभद्रा के पति एक सुप्रसिद्ध 'एक्सपोर्ट-इंपोर्ट' फर्म में असिस्टेंट मैनेजर थे और महीने में बीस दिन बंबई के बाहर भ्रमण में ही बीतते थे। लिहाजा, सुभद्रा बच्चों के साथ बंबई में एक ओर अपना काम और दूसरी ओर बच्चों की रखवाली किया करती थी।

सुभद्रा और दिलीप कॉलेज के सहपाठी रहे और दोनों एक-दूसरे के करीब रहे है, यह बात सुभद्रा के पति रमेश को मालूम है। दिलीप आता है, रहता है, सुभद्रा के साथ घूमता है, चला जाता है—यह भी रमेश से छिपा नहीं है; लेकिन उसे इसमें कोई एतराज नहीं। पति-पत्नी के संबंधों की परिणति रमेश सुखद पारिवारिक जीवन को मानते हैं, दकियानूसी विचारों को नहीं। दुनिया के हर कोने में घूमते हैं। क्लब, बार, पॉश-होटल-जीवन का एक अंग बन गया है, जहाँ सब कुछ होता है, जहाँ हर चीज की सुविधा है, जहाँ रमेश को कोई बंधन नहीं और जान-सुन-समझकर सुभद्रा ने इन बातों में न तो कभी दखल दिया, न कभी तनाव की स्थिति उसने पैदा की। तो फिर सुभद्रा अगर महीने में दो-चार दिन दिलीप-जैसे दोस्त के साथ गुजार दे हँस-बोलकर, तो रमेश को इसमें कोई आपत्ति नहीं।

दिलीप सुभद्रा को सुभद्रा कहता है, सुभद्रा दिलीप को दिलीप। दिलीप का बंबई इस बार लंबा हो गया है। कारण, उसकी एक कहानी पर एक सुप्रसिद्ध निर्देशक फिल्म बना रहा है। संवाद और गीत दिलीप ने स्वयं लिखे हैं। स्टूडियो से जो भी समय दिलीप को बचता है तथा आॅफिस से जो भी समय सुभद्रा को बचता है, दोनों एक साथ गुजारते हैं।

जुहू की शाम यों भी रौनकदार होती है, खासकर दो प्रेमी-हृदयों के लिए। फिर सभुद्रा और दिलीप तो और भी आगे थे—परस्पर इतने पास और इतने अनौपचारिक कि इन्हें देखनेवाला हर व्यक्ति यही समझता थे कि दोनों पति-पत्नी हैं।

''यह कितनी बड़ी विडंबना है जीवन की सुभद्रा, कि हम एक होकर भी दो है और दो होकर भी एक।'' सुभद्रा की दोनों हथेलियों को अपनी हथलियों से दबाते हुए दिलीप ने कहा।

सुभद्रा अलसाई-सी थी। पता नहीं क्यों, दिलीप के साथ जब भी वह अकेली होती

थी तो उसका यही हाल हो जाता था। लगता था उसे, मानो सो रही है, सोकर उठी है, पिए हुए है, खुमारी में है या किसी ने उसे बुरी तरह गुदगुदा दिया है। एक विचित्र प्रकार की सिहरन, एक झलक, एक राग, एक अनुरक्ति और सोया सपना।

बोली—'दिलीप, यह विडंबना नहीं, सच्चाई है। हम जो थे, वह है और आगे भी रहेंगे। क्या यही कम है कि हम दोनों ने लक्ष्मण-रेखा का अतिक्रमण नहीं किया।''

'क्या जीवन रेखाओं की कैद में ही बीत जाएगा? रामायण-कथा तो तभी पूरी हुई जब सीता ने स्वयं लक्ष्मण-रेखा का अतिक्रमण नहीं किया।'' दिलीप ने बात काटी।

''दिलीप, मैं नहीं चाहती थी कि स्वीकृत के दायरे में अपने आपको उपस्थित करूँ। लेकिन आज मैं अपने आपको रोकने का प्रयत्न करती तो हूँ, लेकिन रोक नहीं पाती हूँ, और आज मैं स्वीकारती हूँ कि प्रयासों के बावजूद जब-जब तुम मुझसे मिले हो, जब हम एकांत में पड़े हैं, मुझे ऐसा लगा है मानो 'नदी' में बाढ़ आ गई है, किनारों का बोध समाप्त हो गया है और यह बाँध टूट रहा है। लेकिन बहुत मुश्किल से मैंने आपको सँभाला है। क्यों, जानते हो? केवल इसलिए कि बाँध जब टूटता है तो तबाही-ही-तबाही उसका अंजाम होता है, जल के अनंत प्रवाह को रोक पाना कठिन हो जाता है, और फिर प्रलय का दृश्य सामने आ जाता है।'' एक साँस में सुभद्रा ने ये सारी बातें कह दीं, जो सहज होते हुए भी संभाव्य न थीं।

और उसके बाद दोनों उठे, जुहू तट ने उन्हें अपने से दूर जाते देखा, दोनों होटल में आए, आँखों की नमी में एक तरी आई, होटल का कमरा साक्षी-स्वरूप बना और उसके बाद वह सब हुआ जो पिछले सात-आठ वर्षों में न हुआ था या जो सात-आठ वर्षों में होने के इंतजार में था या जिसे न होना चाहिए था या जिसे कब का ही हो जाना चाहिए था या जो पुण्य था या जो पाप था या जो कुछ भी नहीं था या जो सब कुछ था।

एक छोटी-सी बात कितनी बड़ी बात होती है। होटल का कमरा बंद हुआ था शाम को आठ बजे, खुला था नौ बजे। एक घंटे में ही क्या-से-क्या हो गया था! दुनिया स्थिर हुई थी। सीमा असीम हुई थी, बिंदु को समुद्र मिला था।

वर्षों की चेतना समाप्त हो गई थी, इतिहास सिमट आया था, नक्षत्रों में टकराहट हो गई थी। दिलीप और सुभद्रा दूर से पास हो गए थे और पास से दूर। धरती और आकाश की दूरियाँ सिमट गई थीं, लेकिन आकाश हँसा था, धरती कुलबुलाई थी।

दिलीप ने टैक्सी बुलाई और सुभद्रा को छोड़ने उसके घर गया। चार मील की दूरी विचित्र संत्रास में कटी थी। दोनों में से किसी ने एक शब्द नहीं कहा। सुभद्रा अपने घर पहुँचकर उतरी और चुपचाप अंदर चली गई। न उसने दिलीप को उतरने के लिए कहा, न दिलीप उतरा, और वह सीधा वापस होटल चला आया।

सुभद्रा अपने बच्चों में लग गई जो अभी तक जाग रहे थे। दिलीप ने पहले एक

कहानी की किताब उठाई, पढ़ने का प्रयास किया, न पढ़ सका, फेंक दी। फिर वह लिखने बैठा, तीन-चार पन्ने लिखे-कोई कहानी, फिर सभी पन्नों को फाड़ दिया।

आदमी की स्थिति भी कभी बड़ी विचित्र हो जाती है—रहकर भी न रहना। सुभद्रा और दिलीप की स्थिति भी कुछ ऐसी ही थी। उस दिन के बाद दोनों खोए-खोए-से रहते थे, एक-दूसरे के साथ रहकर भी पास नहीं रहते थे, एक-दूसरे से कटे-कटे रहते थे। समझ में नहीं आता था दिलीप को कि वह क्या करे।

वह अपने को अपराधी मानने के लिए तैयार था, लेकिन उसे पता नहीं चलता कि उसका अपराध क्या है और अगर कोई अपराध हुआ है तो सुभद्रा ने रोका क्यों नहीं। उसने सुभद्रा की कोई बात आज तक न तो टाली है, न टालेगा। परंतु मन:स्थितियों के विचित्र ज्वार में वह जब अपने आपको टटोलता तो पाता कि उसने सुभद्रा की इच्छाओं के विरुद्ध कुछ भी नहीं किया है।

रह-रहकर उसे दो साल पहले की घटनाएँ याद आ जातीं। दिलीप के निमंत्रण पर सुभद्रा और उसके पति रमेश आए और फिर दिलीप उन्हें जबलपुर का भेड़ाघाट तथा खजुराहो दिखलाने ले गया। भला मध्य प्रदेश आने का अर्थ ही क्या हुआ—यदि खजुराहो और भेड़ाघाट न देखा जाए।

दिन भर खजुराहो के मंदिरों का मौन-शिल्प देखते रहे और रात 'पर्यटक विश्रामगृह' में बिताने की व्यवस्था की। सुभद्रा के पति ने दिन भर की थकान मिटाने को खाने से पहले एक-दो पैग लिये और खाना खाने के बाद तुरंत सोने चले गए। सुभद्रा और दिलीप चाँदनी रात में सामने खड़े मंदिरों को देखते रहे तथा एक-एक मूर्ति रात में भी उन्हें साफ दिखलाई-सी पड़ने लगी।

"दिलीप, जब कभी तुम मेरे पास होते हो, मैं बहुत मुश्किल से अपने आपको रोक पाती हूँ। पता नहीं क्या होने लगता है मेरी रग-रग में। एक अव्यक्त पीड़ा, एक वहशीपन, और जो कुछ मेरे मन में होता है, उसे मैं कह भी नहीं सकती।" सुभद्रा की ये स्पष्ट बातें भी अस्पष्ट थीं। दिलीप केवल देखता भर रहा था, बोला नहीं।

श्यामली आँखें, गौर वर्ण, मोहकता को मूर्तिमान करनेवाला स्वरूप, गदराई बाँहें, भरे-पूरे अवयव, अंगों में यक्षिणी-सी लोच, साफ-सुथरी आभा, बातों में मुखर निमंत्रण-सुभद्रा कुछ थी, भी ऐसी जो बिना कहे भी सबकुछ कह देने की क्षमता रखती थी।

दिलीप कोई बच्चा नहीं था, भरा-पूरा जवान था। यश, कीर्ति और लोकप्रियता में कोई कमी न थी। जहाँ कहीं होता, मजलिस पर छाया रहता, और यह सही बात थी कि उसके जीवन की एक ही कमजोरी थी—सुभद्रा। लेकिन वह मर्यादा-भंग में विश्वास नहीं करता था।

उसे लगता था कि वह सुभद्रा के लिए क्या कर दे। उसने शादी नहीं की थी—

कहीं उसका प्यार औरों में बँट न जाए। बहुत अधिक दायित्वों को लेकर न चलता था, एक उत्तरदायित्व में कहीं कोई कमी न आ जाए। किसी औरत या लड़की की छाया से भागता था—कहीं उसका नाग-पाश उसे फाँस न ले। और सबके बावजूद, उसे ऐसा लगता था कि सुभद्रा के लिए अपने आपको अर्पित कर देने की उसकी बलवती चाह, जिसे शायद सुभद्रा भी नहीं जानती थी, ऐसी थी—जो ऐसे ही निश्चल प्रेमी-हृदय में हो सकती है, जो पूर्णत: समर्पित हो चुका हो। और प्रेम तो एकाकी होकर भी अपने आपमें पूर्ण होता है, गौरीशंकर की चोटियों से भी अधिक ऊँचाई होती है उसकी। कह देने से वह भंग होता है, न कहने से परिपूर्ण।

सरल हृदय दिलीप एकांत क्षणों में सुभद्रा की न जाने कितनी तसवीरें बनाया करता था—आड़ी-तिरछी, सीधी-सपाट लकीरों की तसवीरें, अनहद नाद-सी, अंदर की अनुभूतियों से भरी-पूरी तसवीरें, 'तुमुल कोलाहल कलह में मैं हृदय की बात रे मन!' के समान तसवीरें!

और वह तसवीर जब पूरी हो गई थी तो उसके सारे रंग उड़ गए थे, कागज में दरार हो आई थी और दिलीप हतप्रभ हो गया था। जीवन में संभवत: ऐसा ही होता है। सीधी और सपाट रेखाएँ वक्र हो जाया करती हैं तथा रंग बदरंग हो जाते हैं—वैसे ही, जैसे सात रंगोंवाला इंद्रधनुष आता है, आकर चला जाता है।

लेकिन दिलीप को बार-बार लगता, उसका कसूर क्या है?

सुभद्रा सच में वही चाहती थी, जो उसका अभीष्ट था। पुरुष के दर्द को और उसके मर्म को एक नारी जितना समझ सकती है, उतना पुरुष स्वयं नहीं। वह अनुभव करती थी कि दिलीप को उसने अपने आपको अर्पित कर दिया था, लेकिन उस अर्पण से उसे स्वयं संतोष न था। मानसिक अर्पण शारीरिक युग्मता चाहता है और जीवन में एक ही क्षण होता है, जो जीव को विराट् की अभिव्यक्ति देता है।

सुभद्रा अपने आपको टटोलती है—विगत सात-आठ वर्षों से क्या वह एक क्षण आगत के समान उसके अंदर चिकोटियाँ नहीं काटता रहा है? क्या उस क्षण की कल्पना उसने स्वयं जागते-सोते, पढ़ते-लिखते, बातें करते और अपने कामों में तल्लीन होते हुए न की थी? क्या वह नहीं जानती थी कि वह एक क्षण जीवन में किसी-न-किसी दिन आएगा ही? क्या उस एक क्षण के लिए वह स्वयं प्रतीक्षित न थी? क्या वह क्षण उसकी आँखों में सपनों के समान न झाँका करता था?

हाँ, यह सही है कि सुभद्रा ने एक नहीं, अनेक बार उस क्षण को टाला है। लेकिन जब वह क्षण आ गया तो वह स्वयं हतप्रभ हो गई···यह अभिशाप है या वरदान?

पति विदेश में थे, बच्चों पर बेवजह झुँझला उठती थी। ऑफिस के कामों में उसका मन ही नहीं लगता था। एक दिन हिम्मत करके उसकी सेक्रेटरी ने उससे पूछ ही

लिया, "मैडम, इन दिनों आपकी तबीयत कुछ खराब सी लगती है?"

"मिस वर्गिस, मैं ठीक हूँ या अस्वस्थ, इसकी चिंता किए बिना तू अपने काम में मन लगा।" उसे भी डाँट दिया।

लेकिन उसे लगता कि उसके अंदर कोई ऐसी कील गड़ गई है, जो निकाले नहीं निकलती और रह-रहकर टीस पैदा कर देती है। रह-रहकर उसे अपने ऊपर गुस्सा आता—स्वयं वह गुनहगार है। कभी दिलीप पर उसे गुस्सा आता—वह नीच और पतित है। दुनिया पर गुस्सा आता—सबके सब कमीने हैं।

और कभी संतुलित होकर वह सोचती तो उसे लगता कि दिलीप का इसमें क्या कसूर है। विगत सात-आठ वर्षों में इतने निकट रहकर भी उसने कभी मर्यादा को भंग नहीं किया। डसने की बात तो दूर, उसने कभी जीभ भी न निकाली।

लेकिन जब कभी वह उसके सामने आने की कल्पना करती, वह गुस्से से, रोष से, ज्वाला से जलने लगती। पता नहीं, उसे क्या हो गया था। दिलीप—जो उसके जीवन के सबसे करीब था, जो उसके पति के पहले से ही उसका हमराही बना था—उसके प्रत्यक्ष होने की संभावना से ही वह काँप उठती।

पता नहीं यह नारी का दोष है या गुण—सबसे प्रिय वस्तु से ही वह सर्वाधिक घृणा कर सकती है, जीवन की चेतना को मृत्यु की करुणा बना सकती है और प्रत्यक्ष होकर भी कहीं दूर भटक सकती है। सुभद्रा भी नारी थी—उसमें भी पूरे तौर से ये बातें थीं।

दिलीप, जो उसके जीवन की सबसे बड़ी कमजोरी था, वह आज उसके रोष का सबसे बड़ा भाजन था। सुभद्रा को हक था कि उसने संपूर्ण भावनाओं के साथ उसे प्यार किया था तो घृणा भी करे। कभी-कभी प्यार और घृणा दोनों एक ही डाल के फल होते हैं।

आज भी असंतुलन का दिन था। अमेरिका से सुभद्रा के पति का केबल आया था—एयर इंडिया की उड़ान से वह आज शाम बंबई पहुँच रहे हैं। सुभद्रा ने दोनों छोटे बच्चों को तैयार किया, साथ लेकर एयरपोर्ट जाने के लिए। जहाज के आने का समय नौ बजे के करीब था, अभी तो सात भी नहीं बजे थे। उसे पता ही नहीं चलता था कि वह इस खाली समय में क्या करे। तभी दरवाजे की घंटी बजी। उसने दरवाजा खोला और अवाक् रह गई—सामने जड़वत् दिलीप खड़ा था। पिछली बार की घटना के बाद दोनों पहली बार मिल रहे थे, दोनों की नजरें टकराईं और एक साथ झुक भी गईं। दोनों में से किसी ने एक शब्द नहीं निकाला, पाँच-सात मिनटों का अंतराल न सुभद्रा पीछे हटी, न दिलीप आगे बढ़ा।

"मैं आज इस शहर से जा रहा हूँ, जाते समय तुमसे मिलने आया हूँ।" बड़ी

मुश्किल से दिलीप बोला। सुभद्रा ने आँखें उठाईं, पाया कि सामने जो आदमी खड़ा है वह दिलीप नहीं है, कोई बीमार सा आदमी, बढ़ी दाढ़ी, बिखरे बाल, धँसी आँखें और मुँह से शराब की गंध। दिलीप ने जीवन में कभी शराब को मुँह से नहीं लगाया।

"मैं अपराधी हूँ, मैं अपने आपको दंडित करूँगा और अब कभी भी इस शहर में नहीं आऊँगा। मैं जाता हूँ...जाता हूँ..."

कहता हुआ वह मुड़ा, कुछ दूर पर टैक्सी खड़ी थी, उसमें वह जाकर बैठ गया, गाड़ी चल दी और सुभद्रा खड़ी-खड़ी यह सब देखती रही। उसके मन में आया, वह दौड़े, दिलीप को रोके, उसे कसकर जकड़ ले, बाँहों की गुंजलिका में बाँध ले और कहे—'दिलीप, तुम निरपराध हो।' लेकिन वह एक शब्द भी नहीं बोल सकी। उसकी आँखों में आँसुओं का अंबार छा गया। उसने पागलों के समान बड़े जोर से दरवाजा बंद किया, बाहर की कोई हवा अंदर न आ पाए।...बच्चे अंदर चौंक गए।

मुँह में चुरुट दबाए, बिहँसती मुसकान लिये, कस्टम को पार कर जब रमेश बाहर आए तो उन्होंने सुभद्रा को गले लगाते हुए पूछा, "क्यों सुभद्रा, तुम बीमार थीं क्या? बहुत अस्वस्थ लगती हो। सूखकर आधी हो गई हो!"

"नहीं तो, बिल्कुल ठीक हूँ।" उसने जबरदस्ती मुसकराते हुए यह कहा और आँचल के छोर से अपनी आँखें पोंछने लगी।

रमेश नहीं समझ पाए कि ये आँसू सुख के हैं या दुख के?

□

सिलसिला

वह दिन और दिनों के समान ही था—चिपचिपाहट लिये और अपने उजाले में न जाने कितनी सारी कालिख पोते, दुबकाए, अनुभूतियों के पोर के समान दक-दक कि तभी दिन के उजाले में रातरानी का कोई पौधा अचानक फूल आया—जंगल में छितरा आए पलाश के टहटह फूलों या पत्तों के समान।

'मिलिए रेणुजी से। और रेणुजी, ये हैं समीर, मेरे दोस्त!' उसके प्रोफेसर मित्र ने बिना किसी भूमिका के यह परिचय का जाल वैसे ही फेंका था, जैसे कोई अनाड़ी मछुआरा किसी तालाब में जाल फेंकता हो। और दोनों ने पहली बार एक-दूसरे को देखा था।

समीर ने पाया कि प्रसाद की पंक्ति को चरितार्थ करती हुई 'बिखरी अलकें ज्यों तर्कजाल'...खुली लटें, किसी अनाड़ी चित्रकार की तूलिका के समान साधारण वस्त्र-परिधान, किसी अयाचित तम-यातना को प्रतिबिंबित करती सी रूप-सज्जा, न कोई शृंगार, न कोई बनाव, न लिपस्टिक की लाली और न 'इंटीमेट' की महक। आँखों में भी न पढ़ा जा सकनेवाला भाव, जिसे बेभाव कहना ही ज्यादा समीचीन होगा। और आँखें कुछ और पढ़ें, उसके पहले ही समीर के कानों में एक स्वर टकराया—"मैंने आपका नाम सुन रखा है और जानती थी कि किसी-न-किसी दिन आपसे मुलाकात होगी ही।"

"और मैं भी इसी को दुहराऊँ, तो अन्यथा तो नहीं लेंगी। मैं तो आपसे बिना मिले भी मिल चुका था। मेरी भाभी ने इतना अधिक आपके बारे में कह रखा है कि बिना कहे या देखे भी मैं कह सकता था कि आप रेणुजी हैं।" समीर का वाक्य आकार बनकर वहाँ छा गया और उसके बाद मिनट घंटों में बदल गए। एक से एक किस्से, कहानियाँ, बातें, ठहाके और हर ठहाके के अंत में एक ठहराव, जो समीर की विशेषता थी। और सहसा उन ठहरावों का केंद्रबिंदु रेणु हो गई थी।

"क्यों नहीं मेरे साथ कुछ देर के लिए आप सभी बाहर निकलें!" यह प्रस्ताव था समीर का, जो सर्वसम्मति से मान्य हो गया और समीर सबको लिये-दिए पहुँचा 'मुसाफिर' रेस्तराँ के उसी कोने में, जो उसका प्यारा कोना था और जहाँ वह जब कभी भी आता था

तो उसे लगता था, मानो यह कोना विशेष रूप से उसी के लिए बना है और रेस्तराँ का नाम 'मुसाफिर' शायद उसी के नाम को प्रतिबिंबित करता है।

चाय के साथ उसने जब कुछ नमकीन और मीठे का आदेश दिया तो रेणु सहसा बोल उठी, ''मैं तो मीठा नहीं खाती, केवल चाय पी लूँगी।''

''लेकिन आज तो आपको मीठा खाना ही होगा।'' समीर सहसा बोल पड़ा और दूसरी ओर से चित्रलिखित सा स्वर फूटा रेणु का—''अच्छा, जब आप कहते हैं तो खा लेती हूँ।''

समीर को यह आग्रह और उसकी अयाचित स्वीकृति पुलकन से भर गई। और उसके बाद बातों का एक अनवरत सिलसिला जारी हो गया—जहाँ और सारी बातें गौण हो जाती हैं, दिल की धड़कन और आँखों की बरौनियाँ ही प्रमुख हो जाती हैं। एक सिलसिला जब आरंभ होता है, तो आप-से-आप किसी अन्य सिलसिले का अंत हो जाता है। जिंदगी कोई सिलसिला नहीं है, फिर भी उसके परिवेश की कहानी सिलसिलेवार दस्तावेज है।

रात के सपनों का सिलसिला, भोर की किरण का सिलसिला, दिन के ताप का सिलसिला, मुँदी पलकों, खुली आँखों और अनवरत विश्वासों की आरती उतारने का सिलसिला, शाम की फुदक और उसके बाद कालिमा में डूबते वातावरण का सिलसिला, छनकर आती धूप और बेबस-बेजार अनकही कहानियों का सिलसिला—और कभी-कभी तो ऐसा लगने लगता है, मानो जिंदगी मात्र एक सिलसिला है, इसके अतिरिक्त और कुछ नहीं।

लेकिन कभी-कभी इन सिलसिलों का अंत नहीं होता। औपचारिक परिवेश की अनौपचारिक संध्या को अपने में लपेटे समीर जब अपने होटल वापस आया तो कई प्रश्नों ने उसे अपनी गुँजलिका में नाग-पाश के समान बाँध लिया था। अनेक लोगों से मिलना, बातें करना, भीड़ से जूझना, सफर में साथियों की तलाश करना, औपचारिकता का निर्वाह करना और जिंदगी को भाग-दौड़ के बावजूद बाँधे रखना उसका क्रम बन गया था। लेकिन पता नहीं क्या हुआ था आज की शाम कि रात घिर आने पर भी शरीर को बार-बार ऐसा लगता था, मानो शाम अभी गई नहीं है और समय भाग नहीं रहा है, स्थिर हो गया है कि तभी फोन की घंटी बज उठी थी—''आप कब तक हैं इस नगर में?'' फोन उठाते ही किसी ने उससे पूछा और क्षण जीवंत हो उठे—''एक-दो दिन तो जरूर हूँ।'' वह बोला।

''नहीं, मैं यह चाहती हूँ कि आप जाने के पहले मेरे हाथ का बना खा लें।'' रेणु की आवाज थी।

''जब आप कहें।'' स्वीकृति औपचारिकता की द्योतक थी।

''कल दिन में।'' छोटा सा वाक्य सुनाई दिया, ''और हाँ, आपके प्रोफेसर मित्र भी रहेंगे तथा उनकी पत्नी भी।''

और समीर कुछ बोले, कुछ कहे, हँसे, इसके पहले ही फोन रखा जा चुका था और एक रात तथा दिन का आधा हिस्सा दोपहर की प्रतीक्षा में बहुत लंबा हो गया था।

पुरइन के पत्तों पर जैसे बूँदें नहीं ठहरतीं, वैसा ही कुछ परिवेश था रेणु के घर का। यों उस छोटे से घर में माँ तथा छोटा भाई भी थे, लेकिन न जाने क्यों समीर को यह भान होता रहा कि यह परिवेश बिल्कुल एकाकी है तथा रेणु यहाँ रहकर भी नहीं रहती है तथा नहीं रहने पर भी रहती है। दो घंटों के उस 'लंच' मध्याह्न में बहुत सारी बातें होती रहीं। प्रोफेसर, उनकी पत्नी और समीर अनवरत बातें करते रहे, लेकिन रेणु, सिवा मुसकान बिखेरने के बातों में शायद ही हिस्सा ले सकी। लगता था, मानो उसकी मुसकान ही उसका स्वर है और उसके स्वरों में मुसकान का आरोह-अवरोह घुला है।

"रेणुजी, मैं बिल्कुल अनौपचारिक व्यक्ति हूँ। बैठने, चलने, फिरने, खाने, बतियाने—सबकुछ में। इसलिए मेरी अशिष्टता पर आप ध्यान न दें।" हँसते हुए समीर ने कहा और उत्तर में उसने पाई एक सशक्त मुसकान, और समीर को यह बहुत अच्छा लगा। उसका प्रतिपाद्य ही था मौन, जो आप-से-आप मुखर होता है—मुसकान, जो हँसियों को पीछे छोड़ देती है।

सहसा उसे लगा, रेणु न तो प्रस्तर-प्रतिमा है और न गुलदस्ते का नुमायशी फूल, बल्कि उसके अंदर कहीं विहग का एक ऐसा स्वर दबा पड़ा है, जिसके लिए किसी सिद्धहस्त संगत की जरूरत होती है, जो वीणा के तारों में सप्त-स्वर भरकर अथवा तबले का नाद उठाकर उसे मुखरित होने के लिए विवश कर दे।

और जब समीर वहाँ से विदा हुआ तो उसके मन में रह-रहकर बस एक बिजली कौंध जाती थी—क्या वह ऐसी संगत नहीं कर सकता, जो वीणा को सप्त-स्वर दे और मुसकानों के सागर में हँसी के बुलबुले पैदा कर दे।

उस घर की सादगी, उसका परिवेश, स्वाभाविक सौंदर्य, प्रकृति के प्रति रेणु का प्रेम और बोझिलता से दूर घरेलू संस्कार देखकर समीर का मन भर आया। महानगर के परिवेश में आज का आदमी जिंदा रहकर भी मुर्दा है, उसे प्लास्टिक के फूलों को सजाकर स्वयं को संतोष देने अथवा दूसरों के छलने की आदत पड़ गई है। और उसी महानगर के अंतराल में रहती हुई रेणु कितनी सहज और स्वाभाविक थी, यह समीर के लिए एक अयाचित संतोष का विषय था।

रेणु के घर का धवल वातावरण, उसकी आँखों का बाँकपन, मुसकानों की अविरल धारा, स्वरों की मंद्रता और रेणु के अंदर का बौद्धिक अनुराग—समीर के लिए एक परम मनोरम परिवेश-सुख जैसा था। होटल के कमरे में पहुँचते ही वह अपने को रोक नहीं सका और उसने रेणु को फोन लगाया। घंटी बहुत देर तक बजती रही जिसे समीर किसी खुशबू के समान झेलता रहा। रिंग होने की आवाज उसी परिवेश से जुड़ी थी, जिसे समीर ने देखा

था। छोटी सी तिपाई पर सफेद टेबल-क्लॉथ और उस पर गुलाबी रंग का वह फोन।

"ह···लो···!" किसी ने फोन उठाया तो सही। पूरे संदर्भ में यह एक अलसाया और उदास स्वर समीर के कान से टकराया, जिसे उसने अपनी अनौपचारिकता से ढक दिया, "रेणुजी, खाने के लिए कोई धन्यवाद या औपचारिकता का निर्वाह करने के लिए मैंने फोन नहीं किया। मात्र यह कि आपसे कुछ भी बातें न हो सकीं।···आपके घर का परिवेश मुझे बहुत अच्छा लगा।"

समीर रुका, लेकिन उधर से कोई आवाज नहीं। लगता था, मानो कोई बोलना चाहे, लेकिन आवाज उसकी कंठ में आकर कहीं फँस जाए।

"क्यों, क्या हुआ?" समीर ने परिस्थितियों से जूझने की कोशिश की और बदले में उसे अप्रत्याशित हँसी सुनाई दी। शिशु-मुसकान वय:संधि हँसी बनकर फूट रही थी, जैसे हरसिंगार झर रहा हो, अमलतास गदरा गया हो, अशोक में फूल आ गए हों।··· समीर हँसता हुआ बोला, "इसका अर्थ यह कि आप हँसना भी जानती हैं!"

"जानती थी; बीच में भूल गई थी; कल आपसे मिलने के बाद अनायास आज पुन: वर्षों बाद वह याद आ गई।" बेबाक सा वाक्य था, जिसके अंतिम छोर पर फिर हँसी की एक बूँद टपक आई, "मैं यह चाहती हूँ कि आपसे अपने बारे में सबकुछ बता दूँ। दूसरे मेरे बारे में कुछ कहें, उससे ज्यादा अच्छा है कि मैं स्वयं अपने बारे में आपको सबकुछ बता दूँ।" स्वर में हलकी सी मंद्रता आ गई थी।

"देखिए, रेणुजी, मुझे न तो आपके बारे में कुछ जानना है, न सुनना है। मैं स्मृतियों को कुरेदकर उन्हें लहूलुहान करने में कभी रुचि नहीं लेता। मेरे लिए सदा से अतीत चिता की राख रहा है और वर्तमान उस राख पर खिला एक लहलहाता पौधा। मैं राख को कुरेदने में नहीं, पौधों को सींचने-सहलाने में विश्वास रखता हूँ।" समीर अपनी स्वाभाविकता के छोर पर था।

"लेकिन समीरजी, हम दोनों को एक-दूसरे को पहचानना तो चाहिए ही।" समीर को लगा, मानो यह रेणु नहीं बोल रही है, नारी का वह संस्कार बोल रहा है, जो सदियों से मर्माहत होता रहा है, आँखों से लेकर आँचल तक सिसकियों का दुस्सह भार ढोते-ढोते···और रेणु भी उसी पंक्ति का एक अक्षर है।

"रेणुजी, आदमी का सबसे बड़ा परिचय उसका अपरिचय ही है। क्या होता है शब्दों का महल खड़ा करके? जो कुछ आँखें कह देती हैं, वह प्रयास करके भी हम शब्दों द्वारा व्यक्त नहीं कर सकते, और आदमी का मौन उसकी मुखरता से ज्यादा प्रभावकारी होता है। अनाम रिश्ते अधिक मजबूत होते हैं तथा सपने कभी-कभी सच्चाई से भी अधिक प्रीतिकर।

"मेरी-आपकी पहली मुलाकात हुई है, लेकिन क्या आपको ऐसा नहीं लगता कि

हम एक–दूसरे को जानते रहे हैं या कुछ भी जानने को शेष नहीं है। दरअसल, हम तो मात्र निमित्त हैं, क्षण ही वास्तविक हैं। जैसे परमाणु में कणों का महत्त्व होता है, वैसे ही जीवन में क्षणों का महत्त्व है।'' समीर सहसा दार्शनिक हो उठा था।

''फिर हमारी मुलाकात कब होगी?'' रेणु ने जानना चाहा।

''न भी हो तो क्या हर्ज है?'' समीर बोला।

''ऐसा नहीं; मिलना तो है ही।'' रेणु के स्वर में नारी की विह्वलता थी।

''क्या एक ही मुलाकात जीवन के लिए पर्याप्त नहीं है? रेणुजी, हम बिना मिले, बिना एक–दूसरे के प्रति किसी प्रकार की आकांक्षा जगाए, बिना लिखे–पढ़े भी तो जीवन भर एक–दूसरे को याद रख सकते हैं! अनौपचारिक जीवन की संध्याएँ बौने प्रहर का अभिषेक नहीं करतीं। हम जो भी हैं, वही रहें, जहाँ हैं, वहीं रहें, और एक–दूसरे के होकर रहें।'' समीर कुछ क्षण रुका, ''जीवन तो भावनाओं के सहारे जिया जा सकता है और, मेरी समझ में भावनाएँ औपचारिकताएँ नहीं हुआ करतीं।''

फोन में उसी समय कोई आवाज आई, ''जनाब, आपसे मेरा फोन फँस गया है, रिसीवर रख दीजिए, प्लीज!''

और उस दिन एक सिलसिला वहीं रुक गया था।

लेकिन जब एक सिलसिला शुरू होता है तो उसका अंत इतनी आसानी से नहीं होता। किसी पथचक्र के समान, सूरज के घोड़ों के समान, आसमान में पर फैलाए किसी परिंदे के समान, वह चलता रहता है। समीर तीसरे दिन जब बनारस पहुँचा तो डाक में अपरिचित लिपिवाले लिफाफे को उसने सबसे पहले खोला। अक्षरों में मासूमियत का बोध था और शब्दों में सहज स्थिरता।

''यह पत्र पाकर शायद आपको आश्चर्य लगे, तो आइए, पहले मैं आपको याद दिला दूँ—वह, एक, जो किताबों में मुसकराती, मौन रहकर बहुत कुछ बताना चाहती है—जीवन लेकर आई है, समुद्र में जा मिलने की नियति लेकर; पर वह खुद समुद्र की भाँति जीने का स्वप्न देखती है। पहचान गए न?''

और समीर अन्य डाक ज्यों–की–त्यों छोड़ इस पत्र का उत्तर देने लगा, ''मेरे लिए कोई संबोधन कठिन होता है। और शब्द सबकुछ दे सकते हैं, आकार नहीं। इसलिए यह संबोधनहीन पत्र आपको अजीब सा लगेगा। आपसे मिला, वापस आया और अभी, जब आपकी चिट्ठी मिली है, तो लगता है, मानो समय भाग नहीं रहा है, भीग रहा है और उससे भी आगे कहें तो, स्थिर हो गया है। कहीं कुछ मेरे साथ पा गया है—आकारहीन, शब्दहीन, कथ्यहीन, और कहीं कुछ मेरा छूट गया है—'क्या?' यह शब्दों के घेरे में नहीं आ रहा है।

''आपका पत्र मेरे लिए अयाचित विश्वासों की कड़ी है। मानता हूँ मैं कि हर कोई

एक सपना देखता है, एक सपना—किसी ऐसे हमसफर का सपना, जो संपूर्ण अच्छाइयों और बुराइयों के साथ किसी को अपना सके, अपना समझे, प्यार करे, दोस्त बने, और जिसे अपना सबकुछ मानकर अपने आपको न्योछावर किया जा सके।

''रेणुजी, मैं यह नहीं जानता कि आपका यह सपना कब सत्य बनेगा, लेकिन इतना तो कह ही सकता हूँ कि आपके विश्वासों को मैं 'घात' नहीं पहुँचाऊँगा और न अपने नखों से आपकी कामनाओं को लहूलुहान करूँगा।

''जिस स्थिति में भी, जैसे भी, और जहाँ कहीं भी आप रहेंगी, मेरा निर्मल प्यार आपको थपकियाँ देगा और बदले में वह किसी बात की आकांक्षा नहीं करेगा।

''मुझे उत्तरों की अपेक्षा नहीं होती और न आप उत्तरों की प्रतीक्षा करेंगी।

''जैसे संबोधन में मैंने कुछ भी नहीं लिखा, वैसे ही नीचे भी मैं कुछ नहीं लिख पा रहा हूँ।''

और फिर यह अनवरत सिलसिला चलता रहा—दो, चार, छह, दस, बीस··न जाने कितने प्रश्न, कितने उत्तर, कितने उत्तरहीन प्रश्न और कितने ही प्रश्नहीन उत्तर। प्रश्नोत्तर और उत्तरोत्तर—इनका भी एक अनवरत सिलसिला।

अंतराल सुख भी है और दुख भी। जहाँ इसमें उत्सुकता के पाँव जिज्ञासाओं के पथ पर भटकते हैं, वहीं न जाने कितनी मधु-मरीचिकाएँ इस बीच जीवन का शृंगार करती हैं। अंतरालों का बोध आत्मिक अनुभूतियों का प्रवेशद्वार है। और इसीलिए छह महीने के अंतराल के बाद जब समीर रेणु से मिला, तो रेणु का अंग-प्रत्यंग खुशी बनकर थिरक उठा।

''समीरजी, आपसे मैं बात नहीं करनेवाली हूँ और आप पर मैं बहुत नाराज हूँ। कई बार आप आते रहे, यह मुझे आपके प्रोफेसर मित्र से मालूम हुआ और बिना मिले चलते बने।'' मनुहारों को आकृति देती हुई रेणु ने कहा।

समीर बदले में हँस पड़ा। ''छह महीने तक आपके खाने का स्वाद जिह्वा पर बना रहा और यह हर क्षण आपकी याद मूर्तिमान करता रहा। अगले छह महीनों के लिए फिर उसी स्वाद को भरने आ गया हूँ।'' उन्मुक्त हास्य बिखेरता हुआ वह बोला।

''मैं इन बातों में या बहलावे में आनेवाली नहीं हूँ। पहले आप वादा कीजिए कि भविष्य में कभी भी एक महीने से अधिक का अंतराल आप नहीं करेंगे।'' नारी की स्वाभाविक विह्वलता और आग्रह दोनों रेणु के स्वर से फूटे पड़ते थे।

''लेकिन पहले एक वादा आपसे मैं ले लूँगा, तब कोई वादा करूँगा।'' समीर बोला।

''मैं देती हूँ।'' रेणु बोली।

''बिना सुने ही!'' समीर हँस दिया, ''भोली लड़कियाँ अकसर ऐसे ही फँस जाया करती हैं।''

''समीरजी, मैं कोई मोल-भाव थोड़े करती हूँ। और नारी का तो यह संस्कार ही

होता है कि जिस पर अपने को न्योछावर करती है, अधूरेपन के साथ नहीं। वह धोखा खा सकती है, धोखा दे नहीं सकती। फिर आपकी शर्त चाहे कुछ भी हो, सुनकर स्वीकृति दूँ तो वह निष्ठाहीन स्वीकृति होगी। क्या चाहते हैं आप, कहिए?'' लगता था, मानो रेणु नहीं, शकुंतला बोल रही हो, जो वर्षों तक एक अँगूठी के सहारे दुष्यंत के लिए बैठी रही।

''तो एक ही वादा चाहता हूँ मैं—हर महीने मैं आपसे जरूर मिलूँगा; लेकिन जिस महीने मैं नहीं मिल सका, आप स्वयं मुझसे मिलने आएँगी।'' समीर अप्रत्याशित रूप से गंभीर हो उठा था। रेणु ने आश्चर्य के साथ देखा कि सदा होंठों पर हँसी और ठहाके बिखेरनेवाला पुरुष भीग गया था और रेणु ने आगे बढ़कर अपने आँचल से उन खारे समुद्री-कणों को छान लिया। पहली बार का यह स्पर्श दोनों को सिहरा गया था। और यह उन दोनों की दूसरी मुलाकात थी।

पता नहीं, क्या है यह कहानी भी! शायद यह भी एक सिलसिला हो। लेकिन इन सिलसिलों को तोड़कर बढ़ा जाए तो कैसे?

विचित्र होती है जिंदगी, और उससे भी विचित्र है घटनाओं का जहरीला ज्वार। युधिष्ठिर का राजसूय यज्ञ हो या राजा परीक्षित का सर्पदंश या जनमेजय का नागयज्ञ—सब-के-सब एक सिलसिलेवार कहानी ही तो हैं। लेकिन हमने मान रखा है उन्हें पौराणिक आख्यान, जिन्हें हम पढ़ते ही नहीं, सुनते भी हैं और सुनकर ही संतोष नहीं होता, उन्हें गुनते भी हैं।

कभी-कभी ऐसा भी होता है कि दिन-महीने-साल आते हैं, जाते हैं—लेकिन हम किसी जड़ पत्थर के समान जकड़े-के-जकड़े खड़े रहते हैं। हाँ, मील के पत्थरों के समान, जो पीछे छूटते जाते हैं और राही आगे बढ़ते जाते हैं।

समीर ने कहा था रेणु से कि 'हर महीने मिलूँगा, लेकिन जिस महीने मैं नहीं मिल सका, आप मुझसे मिलने आएँगी।' पूरे छह महीने आए-गए, और कोई महीना ऐसा नहीं आया, जब समीर ने अपने कहे का पालन न किया हो; लेकिन एक दिन हवा का झोंका ऐसा भी आया जब कलेंडर का पन्ना फट गया, लेकिन तारीख स्थिर हो गई। चौथे से पाँचवें और पाँचवें से सातवें दिन का सूरज भी जब मध्याह्न आकाश तक पहुँच गया तो रेणु अपने को नहीं रोक सकी और बिना किसी से पूछे, कहे, समझे, उसने एक छोटी अटैची सँभाली और स्कूटर से स्टेशन पहुँच गई। किस्मत ने उसका साथ दिया, जो डीलक्स ट्रेन की चेयरकार में बनारस के लिए जगह मिल गई।

भेलूपुर अथवा रवींद्रपुरी खोजने में उसे कुछ भी दिक्कत नहीं हुई। लेकिन बहुत दिक्कत से उसे समीर का घर मिला। दस-बीस जगहों में पूछने के बाद जब वह करीब-करीब निराश ही हो रही थी। तो उसने एक जगह गाड़ियों-रिक्शों की भीड़ देखी, जहाँ एक भले आदमी से पूछा तो पता चला कि यही मकान समीर का है। उस घर की सीढ़ियों

पर कदम रखते ही वह थरथरा गई। न तो किसी ने कुछ भी उससे पूछा, न उसने किसी से, लेकिन इस ठसाठस भरी भीड़ का बोध रेणु को दहला गया। सीढ़ियों से वह ऊपर गई। हर जगह आदमी ही आदमी। लेकिन लगता था, मानो हर किसी की जबान सिल दी गई है। कोई कुछ नहीं पूछता, सब-के-सब जड़ के समान जहाँ हैं, वहीं खड़े हैं, कोई किसी से बात भी नहीं करता।

बरामदा पार कर वह उस कमरे में पहुँच गई, जहाँ दस-बीस लोग खड़े थे, बैठे थे—औरत और मर्द और एक-दो बच्चे, और एक स्त्री सिसकियाँ भर-भरकर रो रही थी। पलंग पर एक आदमी सोया था, जिसकी छाती ढकी थी फूलों से और किसी ने सिरहाने चंदन की अगरबत्ती जला दी थी, जिसकी सुगंध सारे वातावरण को मह-मह किए हुए थी।

रेणु निर्भयता के साथ किसी प्रस्तर-प्रतिमा के समान पलंग के सिरहाने जाकर खड़ी हो गई। उसकी आँखों में एक धुंध छा गई थी, जिसके पार कुछ भी दिखाई नहीं देता। लेकिन उसने सबकुछ देख लिया था, समझ लिया था। सामने जो आदमी पलंग पर सोया पड़ा था—वह और कोई नहीं, समीर था। समझदार रेणु जानती थी कि वह सोया आदमी अब कभी भी नहीं उठेगा। उसकी आँखों में न आँसू थे, न गले में हिचकी और न किसी प्रकार की घबराहट। किसी जड़ के समान जैसे वह खड़ी हुई, वैसे ही खड़ी रही। निर्निमेष उसकी आँखें समीर के चेहरे पर थीं। लोग आ रहे थे, जा रहे थे, बुदबुदा रहे थे, सिसकियाँ भर रहे थे; आँसू पोंछ रहे थे, लेकिन सिरहाने खड़ी निर्जीव-सी एक मूर्ति बिल्कुल बेखबर थी। किसी भी प्रकार की हलचल या कमरे और घर में हो रहे किसी प्रकार के क्रियाकलाप से उसे मतलब न था।

निश्चय यह किया गया कि शव-यात्रा सवेरे होगी, जिससे समीर के अधिक-से-अधिक साथी, दोस्त, संबंधी और परिचित उसमें भाग ले सकें। जाड़ों की रात में गंगा का किनारा यों भी भयावह वातास पैदा करता है। शव को कमरे के बाहर दालान में रखा गया और एक पंडित गीता-पाठ करने लगे। समीर की पत्नी कमरे से शव के साथ ही रोती हुई दालान में चौकी पर सिर टिकाए सुबकने लगी और दूसरी ओर एक और मूर्ति हिली तथा चुपचाप फिर वह सिरहाने आकर खड़ी हो गई। लाल बॉर्डर की सफेद साड़ी, शरीर पर कहीं और कुछ भी सजावट नहीं और न कोई आभूषण। उसकी आँखें एकटक टिकी थीं समीर के चेहरे पर और लगता था कि वह किसी भी क्षण अपनी आँखें खोलकर उन आँखों में झाँकेगा। दो खुली आँखें और दो मुँदी आँखें, लेकिन इन चार आँखों में कितना कुछ था, इसे शायद कोई नहीं जानता था। रात बीती, सवेरा हुआ, और रात की छँटी भीड़ फिर जुटने लगी। सारा मकान, दालान, बाहर का लॉन—सब भर गया। शव-यात्रा की तैयारी पूरी हो गई और देखते-ही-देखते दर्जनों हाथों ने एक साथ शव को कंधे पर उठा

लिया—राम नाम सत्य है···श्रीराम नाम सत्य है। हाँ, सच में यही केवल सत्य है? और सब झूठ है।

घर में कुहराम मच गया—चीख, चिल्लाहट, रुदन, सिसकी। बेटी की डोली उठती है तब और जवान आदमी का शव उठता है तब, शायद ही कोई हो, जिसकी आँखों में आँसू न आ जाते हों। बड़े से बड़ा बाँध भी टूट जाता है, ज्ञानी से ज्ञानी व्यक्ति भी हिल जाता है, बड़ी-से-बड़ी चेतना भी संज्ञाहीन हो जाती है। लेकिन सबके बावजूद वह एक मूर्ति न हिली, न रोई, न उसकी सिसकी सुनाई दी।

भीड़ जैसे आई थी वैसे ही छँट गई। अधिकांश घाट गए, कुछ घर। औरतें भी रस्मो-रिवाज समाप्त कर, समीर की पत्नी को धीरज बँधाकर, कुछ रोकर-बिलखकर चली गईं। समीर की पत्नी ने अपना आँचल हटाया तो उसे सामने दिखाई दी एक नारी-मूर्ति, जिसे वह पहचानती नहीं थी। लेकिन उसे देखते ही उसे लगा, मानो यह कोई बहुत दुखी स्त्री है। शोक के सागर में डूबे रहने पर भी वह अपने को नहीं रोक सकी और अपनी ओर निहारती उस मूर्ति के पास जाकर पूछा, "बहन, आप कौन हैं? मैं आपको पहचान नहीं सकी।"

"हम दोनों कभी नहीं मिले हैं; आप मुझे पहचानती भी नहीं हैं; और अब मुझे अपरिचिता ही बनी रहने दें। मैं जाने के पहले आपसे एक भीख माँगती हूँ।" वह मूर्ति अब अपने को नहीं रोक सकी और उसकी आँखों से अविरल धारा बह चली, "आप मुझे अपने वैधव्य का आधा हिस्सा दे दीजिए।" कहते-कहते वह हिचकियाँ ले-लेकर रोने लगी। लगा, मानो बाँध टूट गया है और अब वह किसी के रोके नहीं रुकेगा।

आधा घंटा ऐसे ही बीत गया, तब रेणु उठी और उसने समीर की पत्नी के पास जाकर उसके पाँव छुए और खड़ी हो गई। ऊपर की दीवार पर समीर की तसवीर लगी थी। लगता था, वह ठहाके मारकर अभी-अभी हँस देगा। उसने उसकी ओर देखा और बुदबुदाई, "आपने कहा था कि जिस महीने मैं नहीं मिलने आऊँ, तुम आकर मिल लेना। मैं आपकी संबोधनहीन रेणु, मिलने आई; मैंने वादा पूरा किया; लेकिन आपने वादा तोड़ दिया!" कहते हुए वह हिचकियाँ भरने लगी और समीर की पत्नी वेदना की इस मूर्ति को देखकर समझ नहीं पाई कि वह क्या करे? क्या सच में इस अपरिचिता ने उसके दुख का आधा हिस्सा बाँट लिया है या पूरा हिस्सा ले लिया है? वह सिसकियाँ भरती हुई कुछ बोले या कहे, उसके पहले ही रेणु कमरे से बाहर हो गई थी।

और वहीं हो गया था एक सिलसिले का अंत, जिसका प्रारंभ किसी को भी पता न था।

□

मंदिर की देहरी

दंडवत् देते-देते महादे की छाती छिल आई थी, लेकिन उसके जीवन का यह क्रम था, जिसे वह किसी प्रकार तोड़ना नहीं चाहता था। आज बीस वर्षों से लगातार हर चैत और कार्तिक में पड़नेवाले छठ व्रत के समय वह देव के मेले में आता, भोर का तारा आकाश में देखकर वह सूर्यकुंड में स्नान कर गीली धोती पहने कुंड की सीढ़ियों से ही दंडवत् देना शुरू करता और सूर्य मंदिर की देहरी पर जाकर, भीड़ से अलग हटकर आधा घंटे के करीब आँखें बंद किए ध्यानमग्न भगवान् भास्कर को समर्पित वाक्य गुनगुनाता रहता और फिर हर मूर्ति, सीढ़ी, दरवाजे को मस्तक नवाता, हर घड़ी-घंटे को बजाकर फिर किसी कुएँ पर जाकर स्नान करता।

पिछले बीस वर्षों से उसके जीवन के इन क्रमों में कभी कोई व्यवधान नहीं आया था और उसका मानना था कि बीस साल की उम्र से, जब से उसने छठ के समय से भगवान् भास्कर को दंडवत् देना शुरू किया, सूर्यकुंड में स्नान और सूर्य-मंदिर में दर्शन प्रारंभ किया, तभी से उसके जीवन का स्वर्णिम-विहान शुरू हुआ। बुधनी-सी पत्नी मिली, दो बैलों की खेती शुरू हो गई, सोने-सा लड़का पैदा हुआ, जिसका नाम पंडितजी के अनुसार उसने भास्कर रखा। दूसरे किसानों के खेतों में जहाँ पानी नहीं निकलता था, उसके खेतों में तीन पोरसे में ही लबालब पानी निकल आया और सालों भर फसल लहलहाने लगी। वह सोचता था कि यह सब सूर्य भगवान् की ही कृपा है।

भास्कर जब बड़ा हुआ और उसने बगल के कस्बे के स्कूल से मैट्रिक की परीक्षा पास की तो महादे ने उसकी पढ़ाई आगे जारी रखने के लिए पटना में नाम लिखवाया। गाँव के दूसरे बाबू भइयों के लड़कों से भास्कर के 'जिट' में कोई कमी न आए, इसलिए उसने गाँव के महाजन से कर्ज लेकर घड़ी, साइकिल और ट्रांजिस्टर खरीदकर दिया, टेरेलिन की कमीज और बुश्शर्ट सिलवाई और बेटे को दो सौ रुपए महीने का खर्च भी भेजना शुरू किया। उसके शरीर में बाप का एक ऐसा दिल था, जो धड़क-धड़ककर कह रहा था कि इस शरीर का खून और मांस बेचकर भी वह भास्कर को पढ़ाता रहेगा

और बड़े बाबुओं के लड़कों की पंक्ति में उसे बैठाएगा और एक बार किसी ऊँची कुरसी पर, जिस पर जज, कलक्टर, एस.डी.ओ. या प्रखंड का बी.डी.ओ. बैठता है या पुलिस का बड़ा हाकिम बैठता है, बैठा देखेगा और तब भगवान् को लाख-लाख धन्यवाद देकर अपनी आँखें मूँद लेगा।

शहर से जब बेटे की पहली चिट्ठी आई तो वह फूला नहीं समाया। अपने फेंटे में बाँधकर वह हफ्तों इधर-उधर घूमता रहा, जिस-तिस से उसे पढ़वाता रहा और जैसा कि बेटे ने लिखा था, एक और बुश्शर्ट तथा पैंट बनवाने के लिए, उसने गाँव के महाजन से, जिससे पहले ही पाँच सौ रुपए कर्ज ले चुका था, दो सौ रुपए और लेकर तुरंत ही मनीऑर्डर किया।

कार्तिक में छठ के समय उसने दंडवत् देते समय भगवान् को फिर लाख-लाख धन्यवाद दिया और अगहन-पूस में भगवान् ने उस पर अपना आशीर्वाद और उड़ेला, इस रूप में कि जिन खेतों में पिछली बार उसे डेढ़ सौ मन धान हुआ था, इस बार पूरे तीन सौ मन पैदावार हुई, क्योंकि उसने इस बार उन्नत किस्म का बीज ब्लॉक से लिया था तथा कृषि पदाधिकारी ने फर्टिलाइजर वालों को कहकर उसके खेतों को नुमायशी खेत बनवा दिया था, उसमें मुफ्त में पूरी खाद डलवा दी थी। और भगवान् भी जब देते हैं तो छप्पर फाड़कर—इस बार गल्ले का भाव भी आसमान को छू रहा था। पिछले साल चावल का भाव साठ-सत्तर रुपए मन तक चला गया था तो किसानों के चेहरों पर नई रौनक आ गई थी, लेकिन इस बार तो शुरू में ही नया चावल पचहत्तर-अस्सी रुपए मन बिक रहा था।

महादे ने मन-ही-मन हिसाब लगाया—एक सौ मन खेहन-बिहन के लिए रखकर बाकी धान या चावल बेच देने पर महाजन का कर्ज लौटे जा रहा था, भास्कर का साल भर का खर्च पूरा हो जा रहा था तथा दो बैलों का और लेना आवश्यक था, वह समस्या भी हल हो रही थी।

□

सबके बावजूद शहर और गाँव दो इकाई हैं। शहर जहाँ चकाचौंध है, रेशमी डोरे हैं, फूल हैं, पार्क हैं, चमचमाती सड़कें हैं, सिर उठाए बड़े-बड़े मकान एवं भवन हैं, होटल हैं, बार हैं, बड़ी-बड़ी दुकानें हैं, सजी-सँवरी मृदुभाषियाँ हैं, चमचमाती कारें हैं और मोहक वातावरण है, वहीं आज भी भारत के गाँव किसी टूटे हुए जीर्ण-शीर्ण मंदिर के भग्नावशेष की तरह मेंड़ों, खपरैलों, घास-फूँस की झोंपड़ियों, कीच-कादों-कोहवर-कोयल-कौआ-खैनी-बीड़ी-अंगोछा-अँगिया-करती-बिछुआ-हँसुली और चोपे हुए तेलों की धार के बीच मोटी माँग से होकर गुजरती पाव भर सिंदूरी रेखा के समान ही बेतरतीब हैं।

शहर, जो किसी नागिन की लट और साँप की फुफकार के जीवित प्रतिबिंब हैं और भारत के गाँव परंपरा-बोधों के अंदर जकड़े आर्थिक टूटन और कसमसाहट में साँस लेते सत्य-ज्ञान। पहले की पीड़ा अशेष कामना है और दूसरे का दर्द अगाध विश्वास।

शहर अमलतास का गदराया गुच्छा है तो देहात सेमल का फूल, जो मुरझाकर बिखर रहा है। एक की अन्विति रंग-रूपों और मधु-सपनों का अनगिनत ज्वार है तो दूसरे की व्याप्ति क्षीर-सागर से प्राप्त विष का पान।

आज भारत नदी के इन दोनों किनारों के बीच से अपनी नाव खे रहा है और प्रयास कर रहा है समन्वय या संतुलन का, परंतु विषमता की खाई इतनी बड़ी है जो सुलझाने की जिज्ञासा में समस्याओं को और उलझा देती है।

इसलिए गाँव का आदमी जब पहली बार शहर में पाँव रखता है तो उसके दिल की धड़कन तेज हो जाती है, मोटर का हॉर्न सुनकर वह चौंक जाता है, किसी आदमी ने डाँट दिया तो बेहोश होने लगता है तथा किसी शो-केस में सजाई गई औरत के बुत को असली समझकर आँखें लड़ाने की कोशिश करने लगता है और यह सोचता है कि कैसी बेशरम औरत है, जो पलक भी नहीं झपझपाती।

लेकिन वही आदमी शहर में चाहे कोई काम करने आए या पढ़ने आए, जब अपने गाँव में कुछ दिनों के बाद वापस आता है तो शहर उसके ऊपर इस प्रकार सवार हो जाता है कि हर गाँववाला उसे 'मुच्छड़' लगने लगता है तथा गाँव का यह माहौल भयानक, बीभत्स, पिछड़ा, दकियानूस एवं असांस्कृतिक।

□

पटना से छह महीने बाद भास्कर जब अपने गाँव कंचनपुर पहुँचा तो यह कहना कठिन था कि उसके लिए गाँव बदल गया था या गाँव के लिए वह बदल गया था। पैंट और बुश्शर्ट उसके शरीर पर वैसे ही चिपक गए थे जैसे गोंद के दोनों हिस्सों पर पानी लग जाने से टिकटें चिपक जाती हैं। गाँव के हर गली-कूचे को देखकर उसे उबकाई आती; बराबर भिन्नाता—कितने गंदे और बदतमीज और गए-गुजरे हैं ये लोग कि न रहना आता है, न पहनना और न उठना-बैठना।

"बप्पा, बैलों को जहाँ बाँधते हो, वहीं चारपाई भी क्यों डाल देते हो? और जिस हाथ से उन्हें सानी देते हो उसी हाथ से खैनी भी खाते हो। छिह-छिह!" जब-तब भास्कर अपने बाप को झिड़क देता। और महादे की समझ में बात नहीं आती कि इसमें भला क्या बुरा हो गया? आखिर वर्षों से यही क्रम तो चला आ रहा है और भास्कर को भी तो उसने ऐसे में ही बड़ा किया है।

एक दिन भास्कर ने अपने थाल की रोटी माँ के सामने उठाकर फेंक दी और माँ के

ऊपर बरसा, ''जिस हाथ से उपले थापती हो, गोबर निकालती हो, उसी हाथ से आटा भी गूँधती हो! रोटी में गोबर की गंध है, मैं ऐसी रोटी नहीं खाता। मेरा तो जी नहीं करता है कि इस गंदगी भरे घर में एक मिनट भी रहूँ।''

और बुधनी अपने बेटे को फटी आँखों देखती रह गई। पैदा हुआ उसी दिन से इसी तरह से खिला-पिलाकर बड़ा किया, पता नहीं आज इसे हो क्या गया है?

□

आश्विन के बाद कार्तिक आया और छठ-पूजा धूम फिर शुरू हुई। देव मेले की तैयारी में सारा इलाका लग गया। आस-पास के गाँवों से ही नहीं, दूर-दराज से बैलगाड़ियों में, ट्रैक्टरों पर, बसों में, टैक्सियों में भर-भरकर 'परबइता' आने लगे। 'उपास' के दिन भारी रेला-पेला, लाखों की भीड़, तिल रखने को जगह नहीं, सिर पर 'दउरी' और 'सूप' लिये अर्ग दिलवाने जा रहे मर्द और नई साड़ी पहने, नाक तक सिंदूर लगाए, छठ मैया के गीत गाती औरतें।

इन्हीं लाखों की भीड़ में एक महादे भी है—पस्त-त्रस्त-हारा-थका-चूर-चूर महादे, जिसने विगत इक्कीस-बाईस सालों की तरह आज भी दंडवत् दिया है, व्रत रखा है, सूर्य-मंदिर की देहरी पर जाकर माथा नवाया है, लेकिन प्रार्थना कुछ और ही की है।

उसकी आँखों में न रोशनी है, न हृदय में किसी प्रकार का उत्साह, न भावनाओं का ज्वार, न किसी प्रकार की लालसा। मंदिर के कोने में 'गुलायची' के पेड़ की जड़ के पास बैठा हुआ मंदिर के स्वर्ण-कलश की ओर निहार रहा है और बार-बार सोचता है कि 'सूर्यकुंड' में अगर डूबने भर पानी होता तो वह अपनी इहलीला आज ही समाप्त कर देता।

पैंतालीस-पचास साल का महादे सहसा महसूस करता है कि वह सत्तर-अस्सी साल का बूढ़ा हो गया है। उसकी कमर झुक गई है, आँखों की रोशनी चली गई है और वह अपने पैरों पर खड़ा नहीं हो सकता है। उसकी गीली धोती, जिसे पहनकर उसने दंडवत् दी है, बालुओं, कीचड़ों और खुरदरी सड़क की गिट्टियों में मिलकर रौंठ आई है और वह गीली धोती बदन से सटकर 'लीज-लीज' हो गई है।

भगवान् ने उसकी सारी बातें अब तक मानीं, उसे अच्छी पत्नी दी, शादी के दो साल के अंदर बच्चा दिया, हल-बैल दिए, खेती-गृहस्थी दी, अच्छा स्वास्थ्य दिया और जब भी महादे ने जिस चीज की कामना की, वह उसे मिली। लेकिन आज भगवान् से उसने कुछ और ही माँगा है। क्या भगवान् आज उसे निराश कर देंगे?

□

भास्कर के शहरी-जीवन का यह चौथा वर्ष था और उसके कॉलेज की पढ़ाई का भी चौथा साल। इस बार दशहरे की छुट्टियों में भास्कर जब घर आया तो वह बिल्कुल

बदला हुआ भास्कर था। माथे पर झूलते हुए लंबे-लंबे बाल, जैसे शादी-ब्याह में महादे ने नचनियों के सिर पर देखे थे, पिता के सामने ही सिगरेट पीकर 'फक-फक' धुएँ के छल्ले छोड़ना, जैसे बड़े-बड़े साहबों के मुँह से महादे ने देखा था। रात में बक्से से बोतल निकालकर गटागट कुछ पी जाना और फिर अनाप-शनाप बकना।

और बात यहीं रुकती तो भी गनीमत थी, लेकिन उसने अपने माँ-बाप से इस बार एक हजार रुपयों की फरमाइश की थी और जब महादे ने यह कहा कि इतना रुपया एक साथ वह कहाँ से लाएगा, इस बार तो पैदावार की हालत भी खराब है, तो वह गरजा था—''मैं यह सबकुछ भी सुनने को तैयार नहीं हूँ, तुम लोगों ने मेरा एडमीशन पटना में क्यों कराया था जब पूरे पैसे नहीं दे सकते? पैदा ही क्यों किया था, जब सँभालने की ताकत नहीं थी? पढ़ाने का मंसूबा क्यों बाँधा था जब गाँठ में कूवत नहीं थी?

''बूढ़े, सुन लो आँख खोलकर, मैं एक हजार रुपए लिये घर से नहीं जाऊँगा। और परसों तक मुझे यह पैसा चाहिए—चाहे तुम बैल बेचो, खेत बेचो, मकान बेचो या अपने आपको बेचो!''

यह बोतल का लाल रंग बेटे के मुँह से बोल रहा था, जिस बेटे के लिए महादे ने भगवान् से वर्षों मिन्नतें माँगी थीं, एक शाम खाकर, पैसे जुगाड़ कर भेजता रहा था, महाजन के सामने गिड़गिड़ाकर, चिरौरी-विनती करे कर्ज लेकर भी कभी दो सौ, कभी तीन सौ रुपए महीने भेजता रहा था, खद के शरीर पर कभी 'मिरजई' नहीं हो सकी थी, लेकिन बेटे को टेरेलिन की बुश्शर्ट और पैंट बनवाता रहा था, बेटे के लिए बड़ी-बड़ी, ऊँची-ऊँची कुरसियों के ख्वाब देखे थे—वही इकलौता बेटा किसी मुगल के समान उसके कलेजे पर सवार था—'एक हजार रुपया चाहिए परसों तक, नहीं तो घर-मकान में आग लगा दूँगा!'

माँ से यह अपमान कि बेटा अपने बाप को इस प्रकार बूढ़ा कहे सहा न गया और वह बीच में ही बोल पड़ी, ''भास्कर, जरा अपने बाप का तो खयाल किया कर, शरीर चिंता से टूट रहा है, किस-किस प्रकार से तुझे रुपया भेजा जाता है और तुझे इस प्रकार बोलते शरम नहीं आती।''

बुधनी के मुँह से यह शब्द निकलना था कि भास्कर ने अपने पाँव से चप्पल निकाली और अपनी माँ पर चला दी, ''चुप रह, बुढ़िया! मैं एक भी बात तुम लोगों की नहीं सुन सकता।''

और उसके बाद घर में महाभारत छिड़ गया था। महादे को लगा था कि वह अपने बेटे का खून ले लेगा, ढलती उमर थी, लेकिन देहात का खाया-कमाया शरीर था। उसने भास्कर को पटककर उसका गला दबोचा, ''हरामजादे, आज मैं तेरा खून कर दूँगा। जिस माँ की कोख से पैदा हुआ, उसी से इस तरह बातें करता है।'' महादे के दिल में

चार साल से बसा गुस्सा एक साथ बाहर आ गया था।

भास्कर की आँखें निकलने लगीं और वह 'औ-औ' करने लगा। बोतल का लाल रंग उड़ता नजर आया। बुधनी लपकी, उसने भरपूर ताकत से महादे की बाँह को झकझोरा, "भास्कर के बप्पा, ऐसा न करो, तुम्हें मेरी कसम है। जिस समय इसे पेट में लेकर नौ महीने बिताए थे, मैंने सारा दरद सहा था। इसकी बातें भी इसी प्रकार सह लूँगी। छोड़ दो, भास्कर के बप्पा, छोड़ दो।"

बुढ़िया का करुण विलाप महादे को कँपा गया और उसका हाथ ढीला हो गया, लेकिन उसका दिल ढीला न हो सका। वह चिल्लाया, "कमीने, निकल जा अभी इसी समय इस घर से, नहीं तो तेरी हड्डी-पसली एक कर दूँगा।" बाहर दरवाजे की ओर उसने इशारा किया और ऐसी परिस्थिति में भास्कर के लिए चारा ही क्या था। वह घर से बाहर हो गया, लेकिन उसके थोड़ी ही देर बाद महादे के मकान के पास पूरा गाँव जमा था। विचित्र भाग-दौड़ मची थी। किसी के हाथ में बाल्टी थी, किसी के हाथ में लोटा, तो कोई डंडे से खपरैल, छप्पर को पीटे चला जा रहा था—पश्चिम की ओर से मकान में आग लगी थी। चार कमरों के घर में दो कमरे बिल्कुल स्वाहा हो गए थे, दो को बचाने का प्रयास चल रहा था। भाग-दौड़ में दो बैल और एक बछिया झुलस गए थे, चावल की कोठी से बदबू फूट रही थी और मकान के सामने खड़ा महादे अपलक नयनों से इस 'स्वाहा' को देख रहा था। बार-बार उसका जी करता कि वह चिल्लाकर कहे कि छोड़ दो, मत बुझाओ इस आग को—लेकिन उसके मुँह से बोली नहीं निकलती थी।

आग जब शांत हुई तो लोगों की भीड़ ने उसे घेर लिया, "कुछ पता चला, किसने आग लगाई, कैसे आग लगी?" लोग पूछ रहे थे।

"कान खोलकर सुन लो, मैंने स्वयं इन्हीं हाथों से अपने घर में आग लगाई थी!" चुप्पी तोड़ता हुआ महादे गरजा, "मैं पूछता हूँ, तुम सब क्यों आए आग बुझाने? मैंने तो किसी को बुलाया नहीं था।"

और भीड़ धीरे-धीरे छँट गई। कोई बोल रहा था, "भले का जमाना नहीं है, जिसके लिए चोरी की, वही कहे चोर।" तो कोई यह कहता हुआ जा रहा था, "महादे का दिमाग खराब हो गया है!"

दूसरे दिन गाँववालों को यह भी पता चला कि आग की लपटों में बुधनी भी फँस गई थी, किसी प्रकार बाहर निकली और चार बैलों में से दो बैल झुलसकर मर गए। महादे का कहीं पता नहीं था, चार दिन बाद ही छठ का व्रत था, शायद वह देव की ओर चला गया था।

देव का सूर्य-मंदिर जिसके निर्माण, जिसके काल, जिसकी तिथि के संबंध में कितनी किंवदंतियाँ प्रसिद्ध हैं, आसमान की ओर सिर उठाए खड़ा था। इसके संबंध में

यह कहा जाता है कि बावन पोरसे के इस मंदिर का निर्माण स्वयं विश्वकर्मा ने अपने हाथों से किया।

तिथि, काल, निर्माण—कोई भी हो, बिहार में कला और शिल्प की दृष्टि से यह सूर्य-मंदिर अद्वितीय है। यों तो हर रविवार को यहाँ हजारों की संख्या में दर्शनार्थी आते हैं, लेकिन सूर्य-पूजा यानी 'छठ-व्रत' जिसकी बिहार में सबसे अधिक महत्ता है, उस समय दर्शनार्थियों की संख्या लाखों में हो जाती है।

पूरे इलाके में इस मंदिर की बड़ी प्रसिद्धि है और दुखी मनुष्य भगवान् की देहरी पर बड़ी आशा लेकर आता है।

महादे हिला, जैसे कोई शव या प्रेत-छाया हिले। बढ़ी दाढ़ी, खिचड़ी बने बाल, कादो-कीचड़ से सना पूरा शरीर तथा शरीर से तिलचट्टे के समान सटी धोती। वह मंदिर की देहरी तक बहुत मुश्किल से डगमगाता हुआ पहुँचा और दंडवत् की मुद्रा में गिर पड़ा और उसके मुँह से अस्पष्ट शब्द निकले—"हे भगवान्! अगले जीवन में निरवंश रखना, लेकिन ऐसा बेटा मत देना।"

लोगों की भीड़ आती रही; जाती रही, लेकिन महादे वैसे ही पड़ा रहा। अंत में कुछ लोगों ने उसे उठाने की कोशिश की; लेकिन वह इसके पहले ही उठ चुका था।

महादे उठ गया, लेकिन छोड़ गया सदा के लिए एक सवाल—शिक्षा और संस्कृति की धरती और प्रबुद्ध केंद्र क्या कटे या टूटे अभिषेक की सृष्टि तो नहीं कर रहे हैं, जहाँ एक नहीं, कई भास्कर रोज-ब-रोज कितने महादेवों का खून पी रहे हैं और छोड़ रहे हैं—आस्थाहीनता का ऐसा प्रश्न, जिसका उत्तर ढूँढ़े नहीं मिलता।

□

आर-पार की मंजिलें

साउथ हॉल
लंदन
15 सितंबर, 1974

प्रिय सोम,

सोचती थी कि सहसा आकर हौले से तुम्हारे कमरे में वातायन से आती किसी हवा के समान दबे पाँव प्रवेश करके, किसी बच्चे के समान दोनों हथेलियों से तुम्हारी आँखें बंद कर दूँगी, एक शब्द भी नहीं बोलूँगी और तब तक नहीं छोड़ूँगी जब तक मुझे पहचान न लो।

लेकिन नहीं, अगले महीने का आना अनिश्चित समय के लिए टल गया है। भुवन को यहीं एक अच्छी नौकरी मिल गई है—वे उसमें टँग गए हैं और मैं उनके साथ थम गई हूँ? वैसे ही जैसे हवा के सहारे बादल का कोई टुकड़ा आकाश के कोने में थम जाए।

मैं क्या करूँ, तुम्हीं बताओ न! जिंदगी किसी बैल के कंधों पर रखे जुए की तरह या किसी टहनी के ऊपर फैली अमरलता-सी हो गई है। भुवन के सिवा मेरा अपना कोई अस्तित्व है ही नहीं, और यह अस्तित्व सहारा मात्र है, वरना मैं कैसे तड़पकर इस अस्तित्व को ओढ़कर चल रही हूँ यह तुम्हें बताने की जरूरत मैं नहीं समझती। कारण, सोम! तुम्हीं तो मेरे जीवन में एक ऐसे हो, जो बिना कुछ कहे भी मेरी हर बात समझ सकते हो और बिना लिखे भी मेरी हर बात पढ़ सकते हो।

लंदन आए मुझे ठीक एक साल हुआ। इस एक वर्ष में एक दिन भी ऐसा न गया होगा, जब मैं तुम्हें याद न कर पाई हूँ। हर क्षण तुम मेरा पीछा करते रहे हो, बल्कि मैं यह स्वीकार करूँ कि मैं तुम्हारे आस-पास ही मँडराती रही हूँ।

दुनिया को जब ये बातें मालूम होंगी तो पता नहीं वह क्या भला-बुरा सोचे, लेकिन

तुम्हारे सामने मैं साफ स्वीकार करती हूँ कि मैं शरीर से और मन से अलग-अलग जीती रही हूँ।

भुवन के साथ जब मैं रहती हूँ तब, पता नहीं क्यों, मुझे लगता है कि तुम्हारे ही साथ हूँ।

क्या करूँ सोम, समझ नहीं पाती। तुम होते तो खुलकर तुम्हीं से पूछ लेती और तुमसे कहती कि इस प्रकार मेरा पीछा करना छोड़ दो, मैं तुम्हें और भुवन को साथ-साथ लेकर नहीं चल सकती। लेकिन इतनी दूर से, एक वर्ष के अंतराल में मैं यह कहने का हक खो चुकी हूँ।

भुवन मेरे पति हैं, मैं उन्हें न तो कभी दुख दूँगी, न दगा; लेकिन सोम, सच कहती हूँ, तुम्हें भी इस प्रकार अँधेरे में लटकता छोड़कर मैं जीवन भर अपने कंधों पर अपराध-बोझ ढोने के लिए तैयार नहीं। तुम्हारी आँखों में मेरे लिए कितना प्यार और विश्वास छलकता है! तुम्हारी वाणी में मेरे लिए कितना समर्पण, कितना नतिभार है! और इससे भी आगे बढ़कर मैं जानती हूँ कि तुम केवल मेरे लिए हो, सिवा मेरे प्रति मूक समर्पण के और तुम्हारे पास कुछ नहीं है। तो बताओ न, मैं कैसे तुम्हें छोड़कर जी सकती हूँ!

मैं जानती हूँ कि तुम्हें मुझसे कोई स्वार्थ साधना नहीं। तुम्हें यह भी चाह नहीं कि मैं बराबर तुम्हारे सामने बैठी रहूँ। तुम तो यह भी आकांक्षा नहीं रखते कि मैं अपने लंबे खतों में इस प्रकार अपने को खोलकर रख दूँ। लेकिन सोम, औरत किसी मर्द को पहचानने में भूल नहीं कर सकती। और अगर कोई स्त्री किसी मर्द को न पहचान पाए तो इसका अर्थ यह है कि उसमें स्त्रीत्व की कमी है। और औरत दुनिया की हर वस्तु को ठुकरा सकती है, किसी के निश्छल प्यार को नहीं।

सोम, अच्छा होता अगर हम मिलते ही नहीं; और उससे भी अच्छा होता, अगर मिले थे तो मिलने के बाद कभी बिछुड़ते नहीं। आदमी को भविष्य का कोई विश्वास नहीं होता। नहीं तो मैं 'पत्तोंवाली बुढ़िया' का यकीन क्यों नहीं करती, जिसने मेरे हाथ से पीपल का एक पत्ता तुड़वाकर उसकी रेखाओं को देखकर भविष्यवाणी की थी कि मेरी हथेलियों की रेखाओं में और पीपल के पत्तों की रेखाओं में बड़ी समानता है; इसलिए मैं जीवन भर इनके समान ही डोलती रहूँगी, कभी स्थिर नहीं हो पाऊँगी।

मैं उस दिन हँसी थी; लेकिन आज लगता है, मानो उस बुढ़िया की बात अक्षरशः सत्य हो रही है। जरा सी हवा के झोंके में वे पत्ते कितना डोलने लगते हैं! वैसे ही मैं थोड़ी स्थिर हुई नहीं कि अस्थिर हो जाती हूँ।

भुवन बराबर कहा करते हैं कि 'यह तुम्हें क्या हो जाता है?' मैं उन्हें क्या बताऊँ कि बचपन में गुड़िया का खेल खेलनेवाली और गुड्डे से शादी रचानेवाली लड़की इसे खेल न समझकर सत्य समझती है। इसीलिए सोम, रह-रहकर मुझे एक दौरा चढ़ता

है—सच्चाइयों से जूझने का दौरा, और उस दौरे के क्रम में सोचती हूँ कि सबकुछ खोलकर भुवन को कह दूँ। और यह भी कह दूँ कि भुवन, एक साल निर्विकार रूप से मैं लंदन में रह गई; अब एक दिन के लिए ही सही, मुझे दिल्ली जाने दो। और यदि भुवन ने दिल्ली जाने से मुझे रोका तो मैं भागकर स्वयं चली जाऊँगी।

भुवन मेरा खोयापन और मेरी अस्थिरता देखकर मेरा हाथ पकड़ लेंगे—"चलो, तुम्हें 'हाईड पार्क' में घुमा लाऊँ या चलो, आज फिर एक बार 'ओह कलकत्ता' देख आएँ।" और तब मेरी आँखों में 'राजघाट' या 'विजयघाट' नाच जाता है। उन हरी-भरी दूबों की तुलना में संसार का कोई पार्क मेरी आँखों के सामने तुच्छ लगता है। जानते हो, क्यों? इसलिए कि उन दूबों पर हमारी और तुम्हारी न जाने कितनी अमिट रेखाएँ अंकित हैं।

क्यों ऐसा होता जा रहा है मेरे साथ? हिस्टीरिया के रोगी के समान अपने से दूर हो जाती हूँ। किसी की आवाज नहीं सुनाई देती और कभी-कभी बैठे-बैठे चौंक जाती हूँ।

मैं एक दिन कहनेवाली हूँ भुवन से कि तुम तो अब बड़े डॉक्टर हो गए, दूसरों का इलाज करते हो, पहले मेरा इलाज कर लो, तब आगे बढ़ो, नहीं तो दुनिया तुम पर हँसेगी।

जब से दिल्ली जाने का कार्यक्रम अनिश्चित काल के लिए स्थगित हुआ है, तब से मैं और अधिक 'बीमार' हो गई हूँ। मेरा वजन कम नहीं हुआ है, मेरी कांति भी नहीं मुरझाई है, फिर भी मैं बीमार हूँ, और ऐसा बीमार जिसके लिए शायद कोई इलाज है ही नहीं।

भुवन लिवरपूल गए हैं एक हफ्ते से। शायद परसों आएँ। मुझे भी चलने के लिए बहुत कहा, लेकिन मैं मना-मुनाकर यहाँ रह गई। परसों आते ही वे मुझे अपनी बाँहों में भर लेंगे और दिन हो या रात, 'बेड' पर ले जाएँगे, और मैं उनकी आतुरता को रोक नहीं पाऊँगी, और एक से एक किस्से-कहानियाँ शुरू कर देंगे—फलाँ लेडी डॉक्टर, फलाँ नर्स, फलाँ मरीज गले पड़ गई, लेकिन मैंने सबको दुत्कार दिया—तुम्हारे पाँव की धूल के बराबर उनमें कोई नहीं। वह अपने तड़पते होंठ मेरे होठों पर रख देंगे और मैं दूर, कहीं बहुत दूर, हजारों मील दूर, सपने में खो जाऊँगी और मुझे लगता रहेगा कि भुवन भुवन नहीं है, सोम है, और मैं मैं नहीं हूँ, 'बेबी' हूँ। और तुम, ऐसे क्षणों में, यहाँ से कोसों दूर बैठे होगे और तुम्हारे होंठों के बीच में टँगा सिगरेट ऐसे क्षणों में सहसा गिर जाएगा।

सोम, दुख होता है रह-रहकर मुझे, और पीड़ा होती है कि कभी तो तुमने अपना प्राप्य मुझसे ले लिया होता। तुम सदा मुझे 'काठ' का मानते रहे, लेकिन तुम भी तो 'पाषाण' ही थे। अपनी अधमुँदी पलकों को तुमने मुझमें गड़ा दिया होता, सीढ़ी से

उतारते समय पकड़नेवाले हाथ से मेरी कलाइयाँ सदा के लिए मोड़ दी होतीं, कहीं कोई एक ऐसा दाग दे दिया होता जो मेरी धरोहर होता, कहीं तो सीमा–रेखा पार कर जाते, जिसे याद करके उन क्षणों में मैं जी लेती···। लेकिन सोम, पूर्ण पुरुष होकर भी तुम अधूरे रहे। क्या तुमने यह अपेक्षा की थी कि मैं या कोई स्त्री तुम्हारा हाथ पकड़कर यह कहेगी कि आगे बढ़ो या तुम्हारे होंठों पर अपने अधर रखकर कहेगी कि पान करो?

सोम, तुम बहुत भोले रहे! इसीलिए तो लड़कियाँ तुम पर मरती थीं। वहाँ मैं जिन बातों को मुँह से निकाल नहीं पाती, उन्हें खुलकर लिख रही हूँ। और आज जब मैं लिख ही रही हूँ, तब कोई आवरण नहीं रखूँगी—वे सारी बातें भी कह दूँगी, जो किसी स्त्री को किसी पुरुष से नहीं कहनी चाहिए।

भुवन को इन दिनों बहुत शौक है पिता बनने का। बार–बार कहते हैं कि दवा का प्रयोग मत करो। यह भी कहते हैं कि इंग्लैंड के हवा–पानी में बच्चे का रंग–रूप निखर जाएगा। सोम, मैं डरती हूँ कि बच्चा वैसा ही होता है जैसी आकृति माँ के दिमाग में उस समय रहती है। और मैं सबकुछ कर सकती हूँ लेकिन अपने मानस में बसी तुम्हारी तसवीर को कैसे हटा दूँ? प्रेम कोई शीशा तो है नहीं, जिसे तोड़ दूँ या फोड़ दूँ।

यह भी सोचती हूँ कि बच्चे को देखकर कोई परोक्ष या प्रत्यक्ष में यह न कह दे कि यह तो ठीक सोम के समान है। और तब मैं या भुवन कहाँ–कहाँ यह कहते फिरेंगे कि बच्चा होने के साल भर पहले या साल भर बाद तक सोम को देखा भी न था।

वास्तविकता यह है कि हम खयालों में ही जीते हैं और वे खयाल अमूर्त होकर भी मूर्त हुआ करते हैं। मैं तुमसे कितनी दूर हूँ, लेकिन सच्चाई यह है कि ज्यों-ज्यों समय बीत रहा है, मैं तुम्हारे और पास होती जा रही हूँ, हर क्षण, हर घड़ी।

मैं जानती हूँ, तुम मेरे पत्र का जवाब सिवा औपचारिक शब्दों के और कुछ नहीं दोगे। तुम्हें डर लगता है कि तुम्हारे पत्र भुवन के हाथ न पड़ जाएँ। लेकिन बिना देखे भी, मैं तुम्हारे हर क्षण को यहाँ महसूसती हूँ—रात–रात भर सिगरेट के कशों के सहारे काटना, कई–कई दिनों तक चाय या कॉफी की चुस्कियों से अपने को बहलाना, हर काम को मुसकराकर या हँसकर टाल देने की प्रवृत्ति, 80–90–100 किलोमीटर की रफ्तार से तुम्हारी कार की उड़ान, तीन–चार बजे रात तक जागते रहने की तुम्हारी आदत, और दिन–दिन भर सोए रहने की बेतरतीबी। मेरे वहाँ न रहने पर इन सभी बातों में वृद्धि ही हुई होगी।

लेकिन सबके बावजूद, सोम, मैं तुमसे प्यार करती ही रही और जब तक इस दुनिया में हूँ, प्यार करती रहेगी। प्यार एक भावना है, समर्पण की चेतना, खो जाने की प्रक्रिया, पा जाने का एहसास, मिट जाने की तमन्ना, जिंदगी की हवस और मर जाने की तड़प। इसका संबंध शरीर से नहीं होता, प्राण–मन–आत्मा इसके साक्षी होते सोम, मैंने

तुम्हें कभी कुछ दिया नहीं, लेती ही रही। तुम मेरे लिए एकांगी प्रेम की प्रतिमा बने रहे, किसी लड़की की ओर निगाह भी नहीं उठाई। संसार नहीं बसाया, पति नहीं बने, पिता बनने की आकांक्षा नहीं की; मेरे शरीर को कलुषित नहीं किया; भुवन को विदेश जाने के लिए पैसे की जरूरत थी, तुमने अपनी पैतृक जमीन बेच दी और बिना माँगे जबरदस्ती पंद्रह हजार रुपए लाकर दे दिए कि ये डेस्क में यों ही पड़े-पड़े सड़ रहे हैं। मेरी हर पीड़ा या गम को खुशी या मुसकान में बदलने के लिए तुम किसी घायल पक्षी के समान तड़पकर रह जाते थे; मेरी हर कीमती साड़ी तुमने खरीदी और भुवन को मैंने झूठ-मूठ कहा कि यह माँ ने भेजी है और माँ को कहा कि भुवन ने खरीदी है। मेरे मुँह से अभाव या चाह की एक बात निकली कि तुमने उसे पूरा करने के लिए आसमान-जमीन एक कर दिया और बदले मैं मैंने तुम्हें क्या दिया? पीड़ा, वेदना, त्रास, कसक, और सिगरेट के भूलभुलैयानुमा धुएँ में रहने का एहसास।

इसीलिए सोम, आज मैं अपने आपको रोक नहीं पा रही हूँ, न क्षगा कर रही हूँ। लोग कहते हैं—शीशे के टुकड़े जोड़े नहीं जा सकते, और अगर किसी प्रकार जोड़े गए भी तो उनकी खूबसूरती चली जाती है। शायद दिल शीशे से भी तरल होता है, और मैं उस टूटे दिल को जोड़ने का अथक परिश्रम कर रही हूँ। वह चिथड़े-चिथड़े हो गया है, लेकिन मैं उसमें कोई पैबंद नहीं लगाऊँगी। इस जीवन में यदि मौका मिला तो ठीक, नहीं तो अगले जन्म में ही सही, तुम्हें ढूँढ़कर सौंप दूँगी। तुम चौंकोगे—यह क्या? मैं उत्तर दूँगी—यही है तुम्हारा प्राण।

तुम कभी नहीं जान पाओगे कि तुम्हारा कितना बड़ा बोझ मैं अपने सीने पर ढोए चल रही हूँ। मैं जिस दिन लंदन आ रही थी, उस दिन जान-बूझकर तुम दिल्ली से बाहर चले गए थे—साथ पालम न जाना पड़े। विदा देने की वह पीड़ा तुम्हें सह्य नहीं हुई।

काश, तुम उस दिन रहते, मिले होते, तो मैं कुछ हलकी होकर आती। कापुरुष तुम, तुमसे न बनता, मैं तुमसे स्वयं लिपटकर कहती—कब तक तुम अपने एक वृत्त में बने रहोगे?''' सहने की भी एक सीमा होती है!

और मैं जानती हूँ कि तुम अपने को रोककर भी नहीं रोक पाते, और कहीं-न-कहीं तुम्हारा एक दंश मुझमें अंकित हो जाता और उसे मैं सँभालकर सँजो लेती।

लंदन बहुत बड़ी जगह है। लाखों जीवित युग्म रेंगते रहते हैं। लेकिन इस भीड़ में भी मैं एकाकी ही हूँ, यहाँ रहकर भी मैं यहाँ नहीं हूँ। और ऐसी ही रह जाऊँगी, ताजिंदगी।

सोम, अब बस करती हूँ। लेकिन एक बात और—मैं तो बेबस हूँ; परंतु तुम, एक दिन के लिए ही सही, क्यों नहीं लंदन आ जाते? बस, तुम्हें एक क्षण देख लूँगी और उस क्षण को मैं अपने मातृत्वकोष में भर लूँगी और साहस बटोरकर भुवन को कह

दूँगी—भुवन, अब तुम पिता बन सकते हो।

जानते हो, भुवन क्या कहेंगे? कुछ नहीं, हँसकर मेरी बाँह पकड़ लेंगे। यहाँ किसी फ्लैट में बिना बुलाए कोई आता-जाता नहीं। और उसके बाद कहेंगे—इलू, बेटा हुआ तो हम उसका नाम देंगे प्रवास और बेटी होगी तो उसका नाम देंगे विभा। और उस समय मेरे होंठों पर एक वाक्य आकर तड़प जाएगा—इसका नामकरण सोम करेगा। मैं जानती हूँ कि मेरे मुँह से यह वाक्य नहीं फूटेगा, लेकिन आज ही कहे देती हूँ—बेटा होगा तो उसका नाम रखूँगी—रवि और बेटी हुई तो उसका नाम दूँगी किरण। इसलिए कि ये दोनों नाम तुम्हें बेहद पसंद हैं। और जब कभी मेरे मुँह से 'रवि' या किरण' निकलेगा, तब-तब सोम, तुम सामने आकर खड़े हो जाओगे।

तुम्हारी ही
इला

कुल्लू : हिमाचल
15 अक्तूबर, 74

प्रिय इलू,

पिछले एक हफ्ते से तुम्हारा पत्र लेकर मैं पागलों के समान इधर-उधर घूमता रहा। इस बीच मैंने उसे बीस बार तो जरूर पढ़ा है, लेकिन हर बार मुझे लगा, जैसे कोई नया पत्र पढ़ रहा हूँ और पहले मैंने इसे कभी पढ़ा ही न हो। दिल्ली के दमघोंटू वातावरण से दूर आज ही मैं कुल्लू भाग आया हूँ—केवल इस पत्र को पढ़ने के लिए, जहाँ मैंने अभी-अभी इसे फिर पढ़ा है। चाहता हूँ कि उत्तर दूँ, लेकिन क्या यह मेरे वश की बात है! तुम्हारी किसी बात का मैंने जवाब आज तक नहीं दिया; फिर तुम्हारे इस पत्र का जवाब, जिसका हर वाक्य और शब्द साथ-ही-साथ प्रश्न और उत्तर दोनों हैं, इसका उत्तर क्या दूँ!

तुम्हारी नजर में मैंने अपनी कहानियों में सदा भावुकता का शिकार अपने किसी भी पात्र को नहीं होने दिया, और तुम मेरे लिए सदा एक ऐसी जीवित प्रतिमा रही हो, जिसे मैंने कभी पात्र नहीं बनने दिया।

इला, पुरुष के एक निश्चित ढाँचे से मैं अपने को अलग मानता हूँ। भुवन के विदेश जाने के बाद तीन महीने तक तुम दिल्ली में रहीं, निर्द्वंद्व एक-दूसरे के साथ हम घूमते रहे; लेकिन मैंने कभी अपने को कमजोर महसूस नहीं किया। परंतु तुम्हारे पत्र ने मुझे झकझोरकर रख दिया है।

पुरुषत्व की हर पुष्टता के बावजूद मैंने तुमसे कभी भी कुछ नहीं चाहा। क्यों? मैं

जानता हूँ—केवल इसलिए कि तुम्हारी पवित्रता भंग कर मैं तुम्हारी पूजा नहीं कर सकता था। और एक बार हम गिरकर उठ नहीं सकते थे। और मैं अपने को उस पुजारी के समान नहीं मानता जो प्रसाद की हर थाली से लड्डू का कुछ हिस्सा भगवान् को भोग लगाने के बहाने अपने पास रख लेता है। इला, 'प्यार' शब्द इतना घिस-पिट गया है, या हलका हो गया है, जिसका उच्चारण भी मेरी जिह्वा को कष्ट देता है, लेकिन इतना कहना चाहता हूँ कि मेरी दुनिया एक वृत्त के सहारे घूमती रहती है और उस वृत्त का केंद्रबिंदु तुम हो। मुझे कहीं कोई असंतोष नहीं है—न तुमसे, न भुवन से, न अपने आपसे, न दुनिया से, न समाज से। क्या तुम्हें सभी की नजरों में किसी के लिए गिराकर मुझे संतोष होगा? क्या तुम्हें भुवन से जुदा करके मुझे प्रसन्नता होगी? क्या अपनी बाँहों में भर लेने या अपने अधरों को तुम्हारे अधरों पर रख लेने या इससे भी कुछ आगे बढ़ जाने से मुझे तृप्ति मिल जाएगी? नहीं, कभी नहीं।

मेरे जीवन की बेतरतीबी, जागते सपनों का विश्वारा, रहते-रहते खो जाने की खुसूसियत, अपने आपको मिटा देने की चाह, निरुद्देश्य भटकते रहने की पीड़ा, कुम्हार के चाक के समान अहर्निश किसी कील पर घूमते रहने की बेचैनी और जीवन भर किसी शापित यक्ष-सी जिंदगी—मैं तो अब इसी का आदी हो गया हूँ। और मैं मानता हूँ कि मेरी यह निर्ममता ही मेरा जीवन है; और जिस दिन यह स्रोत सूख जाएगा, अपने जीवन को ढोए चलने की मेरी प्यासी जिजीविषा भी समाप्त हो जाएगी।

तुमने जो बातें अपने बारे में, अपने दाह के बारे में कही हैं—क्या सोचती हो, मुझमें वह पीड़ा किसी भी रूप में कम है क्या? लेकिन, सोचो तो सही। तुम्हारा अस्तित्व तो भुवन पर टिका है, लेकिन मेरा? मेरा तो सारा जीवन ही अधर में झूल रहा है। और मैं नहीं चाहता कि किसी व्यवस्था के बोझ से वह अब दबे।

लेकिन बहुत जोर देकर मैं एक बात तुमसे कहना चाहता हूँ—तुमने किसी भाँति अपने आपको अगर पीड़ित किया तो मैं उस दिन अपना मानसिक संतुलन खो दूँगा। और तुम यदि भुवन को छोड़कर यहाँ आईं तो तुम पाओगी कि सोम किसी पागलखाने में है और तुम्हारा सोम वह सोम नहीं है। इसलिए कि इला का स्थान अब 'मिसेज भुवन' ने ले लिया है। डॉ. भुवन, एफ.आर.सी.एस. नामी डॉक्टर। बड़ा बँगला। लंबी गाड़ी। माली। दरबान। चौकीदार। दो-चार गबरू कुत्ते। क्लीनिक में मरीजों की बेहद भीड़। बड़ा बैंक बैलेंस। दो-चार प्यारे बच्चे। और मैं जब कभी डॉ. भुवन के बँगले के सामने से स्कूटर से, टैक्सी से या पैदल गुजरूँगा, तब मेरी आँखें रह-रहकर खिड़कियों के परदों को निहारा करेंगी कि इनके पार किसी कमरे में 'मिसेज भुवन' बैठी अपने को सजा-सँवार रही होंगी, किसी पार्टी में जाने के लिए।

इला, तुम्हें चिढ़ाने या व्यंग्य के लिए ये बातें नहीं लिख रहा हूँ, बल्कि वह दिन

मेरे लिए अतिशय सुख और संतोष का होगा। मेरे समान एक यायावर यही कुछ तो सँजो सकता है भविष्य के लिए। दर्दों को हँसकर पीनेवाले विषपान करके भी बच जाते हैं और मैं अपने जीवन को एक ऐसी ही जिंदगी बनाकर रखना चाहता हूँ, जिसमें मेरे बाद मेरी कोई परंपरा न रहे; बस तुम रहो और यही मेरी निशानी होगी।

साथ घूमते या पार्क में बैठे-बैठे कई बार मेरे जी में आया है कि तुम्हें इतने जोरों से अपने सीने से लगा लूँ कि मेरा और तुम्हारा शरीर एकाकार हो जाए, फिर कभी अलग न होने के लिए। तुम्हारे होंठों से टपकते शब्दों को कानों से नहीं, होंठों से पी लूँ और तुम्हारे सेबों को मात करनेवाले गालों का उषा शिखर अपने दाँतों से ढहाकर सदा के लिए एक छोटी सी झील बना दूँ। लेकिन नहीं, क्या फिर मैं उस झील से निकल पाऊँगा?

एक साल हो गया हमें बिछुड़े। मैं अपनी कमजोरी किसी प्रकार भी प्रकट नहीं करना चाहता था। लेकिन इला, वर्ष का हर दिन मैंने एक युग के समान काटा है, अंगुलियों पर गिने हैं; बुदबुदाकर दिन, सप्ताह और महीने जोड़े हैं। कॉफी-हाउसों तथा होटलों को तिलांजलि दे दी है। राजघाट, विजयघाट, नेहरू पार्क का मुँह तक नहीं देखा है, बार-बार तुम्हें चिट्ठियाँ लिखी हैं और टुकड़े-टुकड़े करके रख दी हैं। कई बार सपनों में तुम्हें अपलक निहारा है; करवट बदलते अनेक रातें आँखों में काट दी हैं। मैंने आत्मपीड़ा भोगी है जरूर, लेकिन पीड़ा में तुम्हें ढूँढ़ा नहीं है।

मैं जैसा हूँ, वही मेरी नियति है। मैं लंदन आकर क्या करूँगा? तुम उदास न होना; डॉ. भुवन की एक अच्छी पत्नी के समान हर क्षण को जीने का प्रयत्न करना। समझौते की जिंदगी में मन और तन का विभेद इस प्रकार नहीं रखा जाता कि जीवन का रस ही सूख जाए। मेरे लिए क्या यही कम है कि तुम्हारी हर साँस में जीवित विश्वास अपनी अनुगूँज पाता है।

इला, मेरी आँखों में जो संसार बसा है, उसे मैं कभी भी क्षत-विक्षत नहीं होने दूँगा। सुख किसी का भुजपाश नहीं बन सकता, वह अंतरिक्ष में भटकते किसी उपग्रह की भाँति संवादों में ही संतोष पाएगा।

मैं कितना भी लिखूँ, न मुझे लिखकर संतोष होगा और न तुम्हें पढ़कर। कभी-कभी अनंत पीड़ाएँ आदमी के अंदर सुख का न सही, संतोष का भान जरूर कराती हैं।

तुम्हें याद होगा, उस दिन नेहरू पार्क में टीले से उतरते समय तुम्हारे पाँव फिसल गए थे। तुम गिरी थीं। और मैं स्वयं तुम्हें बचाने के प्रयास में बेतरह लुढ़क गया था और बाँह में हलकी मोच आ गई थी, जो अब कभी-कभी मासूम-सा दर्द देती है। जान-बूझकर ही कभी इसे किसी डॉक्टर को नहीं दिखाया। मैं इस दर्द को पाल रहा हूँ। अब दर्द ही मेरी नियति है और उसकी टीस मेरा प्राप्य।

तुम्हें याद हो या न हो, उस दिन करोलबाग से लौटते हुए टैक्सी में तुमने बेसब्री से मेरा हाथ पकड़ लिया था, सामने के शीशे में देखकर टैक्सी-ड्राइवर सरदार मुसकराया था और मैंने छिटककर तुम्हारा हाथ परे कर दिया था, केवल इसलिए कि हमारी किसी हरकत पर कोई हँसे, यह मेरे लिए असह्य था।

और उस दिन, बुद्धा पार्क में तुम्हारी आँखों में मैंने सहसा कुछ तैरता पाया था—मैं समझ गया कि शायद कहीं हम दोनों सीमाओं का अतिक्रमण न कर दें, और मैं किसी जरूरी काम का बहाना कर तुम्हें घर पहुँचा आया।

एक-एक कर आज जब बातें याद आती हैं, तब लगता है कि कुल्लू और लंदन की दूरी सिमट जाएगी। सर्दियों की यह रात पसीने में हमें भिगो देगी और अब तक सहने का जितना सारा प्रयास किया है और संयम का जो भी बाँध बाँधा है, वह टूट जाएगा और हम नहीं बचेंगे, बह जाएँगे।

आकाशवाणी में काम करनेवाली लड़की कुमारी लीला चोपड़ा की याद शायद तुम्हें हो। वह गोरी-सी औसत कदवाली लड़की, जिसने मुझे कई चिट्ठियाँ लिखी थीं कि मेरी कहानियाँ उसके दिल के तारों को झनझना देती हैं। वह कई दिनों तक लगातार कभी कोई साहित्यिक चर्चा करने, कभी मन बहलाने मेरे पास आती रही, और एक दिन उससे न रहा गया तब फूट पड़ी—सोमजी, आप आदमी हैं या पत्थर? आपके दिल में कोई धड़कन नहीं होती, पिपासा नहीं जागती, सपने नहीं कौंधते! मैं आती हूँ और आपसे यह भी नहीं होता कि औपचारिक ही सही, दिल से दो बातें तो कर लें।

मैं हँसा—मिस, आप गलतफहमी में हैं; मैं कई बार आपको कहते-कहते रुक गया हूँ कि मैं अपने फ्लैट में अकेला हूँ; आपको लोग यहाँ देखकर क्या कहेंगे! आखिर आप एक संभ्रांत कुँआरी कन्या हैं। उत्तर था—मैं उसी कुँवारेपन को आपके कुँवारेपन से जोड़ने की आकांक्षा लेकर आती हूँ और देखनेवालों से नहीं घबराती, दुनियावाले जो चाहे कहते रहें।

मैं चौंका—मिस लीला, किसी सुहाग के समान मेरा कुंवारापन एक अक्षत अनुराग है, जिस पर किसी प्रकार का वार सहन नहीं कर सकता। मुझे माफ करेंगी, दुनिया का डर भले ही आपको न हो, मुझे तो है। कारण, लोग मुझे संभ्रांत और सुशील व्यक्ति मानते हैं। उस दिन से पुनः मेरे पास आने की हिम्मत नहीं हुई, लेकिन सुना है, कई लोगों से वह दुनिया भर की मेरी शिकायतें किया करती है।

इला, साल भर में ऐसे दो-चार उदाहरण और जमा हो गए, लेकिन पता नहीं क्यों, किसी में मुझे कोई आकर्षण दिखाई नहीं देता। अपनेपन का बाँध और तुम्हारी याद, ये दोनों कवच और कुंडल के समान मेरी रक्षा करते हैं और विश्वास मानो, कोई भी कुंती मुझे धोखा देकर मेरे कवच और कुंडल का हरण नहीं कर सकेगी। वास्तविक प्रेम का

प्रतीक मेरे लिए तुम्हारी खुशी है। लेकिन यह भी भय होता है कि कहीं प्राप्त करके मैं सदा के लिए खो न जाऊँ। क्या करूँ, मेरी समझ में कुछ नहीं आता। झंझावात में डोलती तरुशिखा के समान मेरी स्थिति है।

यह पत्र समाप्त होने का नाम ही नहीं लेता। खिड़की के शीशे पर पानी की बूँदें लुढ़क रही हैं। आसमान में केवल बादल ही बादल घिर आए हैं, पत्तियों की शाखों पर शबनम की बूँदें जलकण के समान टँग गई हैं। एक सफेद सा प्यारा कुत्ता बरामदे में बैठा अजनबीपन से बाहर देख रहा है और मेरी कल्पना में तुम्हारा लंदन का फ्लैट आकर खड़ा हो गया है। शायद वहाँ भी ऐसे ही बादल घिर आए हों। दृश्य का सुहावनापन अंदर ही अंदर बिजली की तड़प पैदा कर रहा हो। टेरेस या कमरे की खिड़की से लगी बैठी तुम कहीं दूर खो गई हो और पीछे से आकर तुम्हारे कंधे या आँखों पर हाथ रख डॉ. भुवन ने तुम्हें चौंका दिया हो।

बस करता हूँ। अब सोचता हूँ, कहीं भुवन ने इस पत्र को पढ़ लिया तो तुम्हारी क्या स्थिति होगी। यह सोचकर सिहर जाता हूँ। बार-बार मन में आता है कि अन्य पत्रों के समान ही इसे भी फाड़कर फेंक दूँ, टुकड़े-टुकड़े कर दूँ। लेकिन अब ऐसी निर्ममता मुझसे न होगी। हाँ, तुम इसे रखना मत, फाड़कर फेंक देना—कहीं ऐसी जगह, जहाँ दुनिया भर की गंदगी और कूड़ा पड़ा हो। उसके नीचे इस पत्र के टुकड़े अनंत काल के लिए दब जाएँ और फिर ये बीज बनकर उपजें। कालांतर में वह एक वृक्ष हो जाए और उसकी हर टहनी पर एक ही फूल खिले, जिसका नाम हो—'इला'।

केवल तुम्हारा,
सोम

साउथ हॉल,
लंदन
21 नवंबर, 1974

प्रिय सोम,

जहाँ तुमने अपना पत्र समाप्त किया है, वहीं से मैं शुरू करती हूँ। तुम मुझे क्या समझते हो? मैं कोई पाषाण-मूर्ति हूँ, जिस पर किसी भी चीज का असर न हो? मेरे बस की बात नहीं है कि मैं तुम्हारे अक्षरों को मिटाऊँ या तुम्हारे पत्रों को फाड़ दूँ। तुम स्वयं अपने हाथों यह निर्मम काम करो, मैं यथावत् इन पत्रों को वापस कर दूँगी।

मैं व्यवस्थित होने का ढोंग करते-करते पुनः अव्यवस्थित हो गई हूँ। तुम्हारे पत्र ने झील के थिर पानी में कोई कंकड़ डालकर उसमें अनेक भँवर पैदा कर दिए हैं। तुम्हारे हर अक्षर पर तुम्हारा गोल मुखड़ा रह-रहकर झाँक जाता है और मैं जानती हूँ कि कच्चे

धागों को बटोरकर अपनी जीवन-यात्रा किसी प्रकार भी संतुलित रूप में नहीं निभा पाऊँगी। मेरे हाथ-पाँवों की बेड़ियाँ, बिना दीखे हुए भी, रह-रहकर मुझे कसमसा देती हैं। चुंबक के सामने लट्टू की धार टेढ़ी हो गई है; उसे कैसे सुधारूँ, समझ नहीं पाती।

मेरे सोम, मैं तो तुम्हें बहुत दृढ समझती थी, लेकिन तुम्हारे पत्र ने स्पष्ट कर दिया कि तुम मुझसे भी कमजोर हो। तुम्हारा पागलपन क्रूर मजाक न बन जाए, इसका रास्ता किसी-न-किसी प्रकार हमें निकालना ही होगा। हम दरिया के दो किनारों पर खड़े होकर ललचाई नजरों से दर्शक बने नहीं रह सकते, और न धार में इस प्रकार कूद ही सकते हैं कि बह जाएँ। हाँ, तुम्हारे एक इशारे पर किसी भी समय तुम्हारी इला डूबने के लिए तैयार है। बोलो, तुम क्या कहते हो?

मैं मार्केटिंग के लिए बाहर निकली थी, इसी बीच तुम्हारी चिट्ठी अन्य पत्रों के साथ आई और भुवन के हाथों में ही पड़ी। वे जल्दी में कहीं जा रहे थे, ज्यों-का-त्यों रखकर चले गए। मैंने जब आकर तुम्हारा पत्र देखा तो धक्क से रह गई।

लेकिन मेरे अंदर बैठा 'मैं' यह भी कह गया कि भुवन ने इस पत्र को पढ़ लिया होता तो ठीक था। सारी सच्चाई उन्हें पता चल जाती और तब जो होना होता, हो जाता। भला हजारों मनों का यह असहनीय बोझ कब तक ढोती रहूँगी। मैं भी आखिर एक जीव हूँ, पीड़ा का यह भयानक बोझ कब तक सहती रहूँगी।

और तुम्हारे पत्र ने द्वंद्वों को और भी बढ़ा दिया है। मेरे अंदर कई प्रश्न ऐसे पैदा हो गए हैं, जिनका उत्तर मेरे पास नहीं है। तुम सामने होते तो मैं मुँह से बिना कुछ बोले कहती कि मेरी आँखों में झाँककर देखो और बताओ कि नियति क्या है?

सोम, वर्तमान को छोड़कर जो भविष्य की बातें किया करते हैं, वे तो पलायनवादी हैं। भला जिसने वर्तमान को नहीं सँभाला, वह भविष्य का सौदा कैसे कर सकता है? तुम्हें अब कुछ सोचना ही होगा। हम ऐसे अधर में लटके नहीं रह सकते। यही न होगा कि दुनिया हम पर हँसेगी। हँस ले, लेकिन भविष्य तो हम पर नहीं हँसेगा कि हम दोनों ने वर्तमान के साथ केवल छलावा किया।

जो कुछ तुम चाहते हो, कह दो, सोम! भला हो या बुरा, मैं आज के युग में भी तुम्हारे लिए 'मीरा' बन जाऊँगी, जिससे आनेवाला भविष्य अतीत की साक्षी देकर वर्तमान की पुष्टि कर दे। एक बार साहस बटोरकर भुवन से मैं कह दूँगी—भुवन, मैं आपको अब धोखा नहीं देना चाहूँगी। तन का और मन का यह विश्वासघात मुझसे अब सहा नहीं जाता। आप अपने सैकड़ों भारतीय दोस्तों के समान ही किसी एक गोरी चमड़ीवाली को पसंद कर लीजिए और उसे अपनी बाँहों में भरकर जीवन के अरमानों की पूर्ति कीजिए। मुझे क्षमा कर दीजिए और अपनी शुभकामनाओं के साथ मुझे विदा कर दीजिए।

मैं अनुमान कर सकती हूँ कि भुवन पर क्या प्रतिक्रिया होगी``वही, जो भूचाल के समय पृथ्वी की होती है। लेकिन वह सँभल जाएँगे। सहसा उन्हें विश्वास नहीं होगा कि मैं क्या कह रही हूँ। लेकिन उसके बाद वे प्रश्नों की झड़ी लगा देंगे। रात-दिन यही तो करना पड़ता है उन्हें, असाध्य रोगियों के ढेर सारे सवाल। उसके बाद ही वह उपचार करते हैं, दवा देते हैं, प्रेस्क्रिप्शन लिखते हैं।

मैं उनके सारे सवालों के जवाब में बस इतना कहूँगी—'भुवन, आप तो डॉक्टर हैं; जानते हैं कि मन अगर शरीर का साथ छोड़ दे तो आदमी मृतप्राय हो जाता है। मेरी भी वही स्थिति है। और मेरी दवा सिवा सोम के और कुछ नहीं है। भुवन, मैं आपको असहनीय दुख दे रही हूँ; लेकिन दूसरी ओर, भयानक पीड़ा का बोझ न मुझसे सहा जा रहा है और न सोम से।'

जानते हो, सोम, औरत पर जब पागलपन सवार होता है तो वह कुछ भी कर सकती है।

सोम, मैं उसी दिन की प्रतीक्षा कर रही हूँ कि कब मेरे ऊपर यह पागलपन सवार होता है।

तुम्हारी ही,

इला

□

अतृप्ति : परितृप्ति

तृप्ति; परितृप्ति; अतृप्ति।

भागती गाड़ी, नाचते पहिए, छकछक की बेमेल आवाजें, जलता बल्व, खर्राटे लेता सहयात्री, बंद दरवाजे, सरसब्ज रात और सबके बीच वह।

कौन है वह? रह-रहकर अपने आपसे पूछना चाहता है, पूछता रहता है, खुरेचता है, गुदगुदाता है, सिसकियाँ लेता है, आँखों से नींद को भगा देता है, पलकों को अपलक बनाने की कोशिश करता है, सोते-सोते जाग जाता है, जागते हुए सो जाता है—कौन है वह?

निशीथ-अंधकार, प्रकाश से दूर, भरा सन्नाटा, कालिमा, सियारों के रोने का स्वर, कुत्तों के भूँकने का समय, चौकीदारों-पहरेदारों के 'जागते रहो' की कर्कश आवाजें।

हाँ, निशीथ ही है उसका नाम, सुमन एडवर्टाइजिंग कंपनी का मैनेजिंग डायरेक्टर, भला सा सुदर्शन युवक, सात-आठ हजार तक की मासिक आय और ऊँची गद्देदार कुरसी, एयरकंडीशन ऑफिस, फिएट पर थिरकते हाथ, मुँह में सदा पान की लाली, इंपोर्टेड सिगरेट के लच्छेदार धुएँ छोड़ने का शौक—वह निशीथ ही है।

नाम भले ही उसका निशीथ हो लेकिन, उसके अंदर कहीं भी अंधकार नहीं है, भरा है केवल प्रकाश ही प्रकाश, उषा की लाली। किसी नवजात बछड़े के समान कुलाँचें भरने की ललक। भोर की अगवानी में मुरगों के बाँग देने की-सी थिरकन। किसी पहाड़ी नाले के रागान उन्मुक्तता। गेहुँअन साँप के केंचुल के समान स्वच्छ चमचमाहट। बहुत दिन के बाद मालिक से मिल रहे किसी एलसेसियन कुत्ते की दुम के समान हलका बाँकपन। किसी मर्माहत गरीब को लाख रुपयों की लॉटरी का पुरस्कार मिल जाए—ऐसी अप्रत्याशित खुशी।

और इन सभी तंतुओं को एक साथ मिलाकर यदि एक तसवीर खींची जाए—तो वह तसवीर बनेगी निशीथ की।

'जीवन की सबसे अनमोल निधि सौंपने के बाद और मेरे पास है ही क्या, जो तुम्हें

दे सकूँ।' कितने सहज, मगर संवैधानिक स्वर में वंदना ने कहा था और रह-रहकर यह तीर निशीथ को गुदगुदा देता है तथा कसमसा देता है। उसे लगता है कि इस वाक्य को मुट्ठियों में बाँध ले, उसकी पकड़ मजबूत कर दे। कभी भी मुट्ठियों को न खोले और किसी प्रकार की हवा और किसी प्रकार का प्रकाश इसे न लगने दे।

कम बोलनेवाले अधिक बोलनेवालों से अधिक प्रभावशाली होते हैं। निशीथ कम बोलने का प्रयास करता है। वंदना की बातें उसकी सारी धमनियों को छेदकर अंदर चली गईं, उसने चाहा कि कसकर उसे कलेजे से लगा ले, जकड़ दे, घंटों उसी स्थिति में अजंता की गुफाओं की मुद्रा को सजीवता प्रदान कर दे, लेकिन उसके बजाय उसने अपने ही गालों को हथेलियों में भर लिया और छर-छर वंदना की ओर देखता भर रहा निश्शब्द और वंदना को भी यह मुद्रा अच्छी लगती है—बुत के समान बिना हिले-डुले अपलक निशीथ की आँखें और उसने उठकर उसे झकझोरा—"उठो, जाओ, तुम्हें गाड़ी भी तो पकड़नी है।"

गाड़ी भागी जा रही है—मथुरा, आगरा, ग्वालियर और न जाने कौन-कौन से स्टेशन और सबको लाँघकर परसों सवेरे आएगा हैदराबाद।

हर बार उसके साथ ऐसा ही होता है। एक पाँव जमीन पर और दूसरा पाँव ट्रेन में—हवाई जहाज पर और हर बार विदा के मर्माहत क्षण आते हैं। किसी क्रौंच पक्षी के विलाप के समान, लेकिन बहेलिए का निशाना बना क्रौंच पक्षी वह स्वयं है।

"वंदू, यह मेरा दोस्त है निशीथ। यूनिवर्सिटी का सबसे अच्छा टेनिस और बैडमिंटन का खिलाड़ी है। पढ़ने में भी उतना ही तेज। इसके लिए चाय ले आओ और कुछ नाश्ता भी।" कमल ने वंदना से कहा था और पहली बार ही चाय का प्याला हाथों में देते हुए वंदना की हथेलियों में स्पर्श की गुदगुदाहट हुई थी और उसके मन में आया था कि ये युनिवर्सिटी के 'स्पोर्ट्समैन' लड़के बड़े 'वो' होते हैं।

और धीरे-धीरे निशीथ के बारे में किसी शोधकर्ता के समान उसने सारी बातें जान ली थीं—इंजीनियरिंग फाइनल इयर का छात्र है, काफी समृद्ध माँ-बाप का लड़का है, हँसने-हँसाने और गप्पें मारने में उतना ही तेज है जितना पढ़ने में और खेलने में तथा उसके भाई कमल की इच्छा भी साफ जाहिर हो रही थी कि निशीथ और वंदना की जोड़ी बहुत अच्छी रहेगी।

लेकिन कर्ता और कर्म में भेद बना रहता है। निशीथ और वंदना जुड़कर भी न जुड़ सके और बिछुड़कर भी जुड़ गए। अजीबोगरीब बातें हुईं।

"निशीथ, तुम मुझे भी जानते हो और अपने आपको भी। परिस्थितियों ने हमें रास्तों से भटका दिया है, लेकिन हम एक हैं, रहेंगे भी, और जो कुछ भी हुआ है, उसे तुम भलीभाँति जानते हो, मैं क्या कहूँ।" उदास पलकें, जिनमें मोतियों की माला थी,

भरकर वंदना बोली।

"वंदू, तुम्हें बहुत कहने की आवश्यकता नहीं है, जो हुआ वह सहा नहीं जाता। रह-रहकर यही सोचता हूँ कि क्या कर दूँ।" सिगरेट के छल्ले छोड़ते हुए निशीथ ने कहा। कमल से उसने वंदना का नाम 'वंदू' ग्रहण कर लिया था।

"निशीथ, दर्द की अभिव्यक्ति देने के लिए कभी-कभी आँसू भी बड़े हलके पड़ते हैं। अगर भगवान् ने साहस दिया होता तो हृदय चीरकर मैं तुम्हें दिखाती कि घृणा किसे कहते हैं और प्यार किसे कहते हैं।" वंदना ने रुँधे कंठ से कहा।

"मत कहो अब कुछ भी, वंदना। मेरे जैसा कायर यह सब देख-सुनकर भी सहता है—तुम्हारी आँखों के आँसू मेरे लिए अग्निपरीक्षा के समान हैं।" सीने से चिपकाते हुए निशीथ ने कहा।

और किसी के पदचाप ने दोनों को अलग होने को बाध्य किया, वरना जब भी ऐसी स्थितियाँ आतीं, दोनों अमरलता के समान जुड़ जाते। ऐसे क्षणों में पता नहीं चलता था कि कौन डाल है और कौन पात और कौन उसके ऊपर अमरलता।

वही हुआ था जो अमूमन होता आया है। हलके-फुलके उपन्यासों में, चलती-फिरती कहानियों में, 'बॉक्स-हिट' वाले चलचित्रों में और पुराने जमाने के नाटकों में ऐसा ही होता आया है। बल्कि जीवन में भी ऐसा ही होता रहता है। आए-गए दिनों और ऐसी सच्चाइयों के साथ, जैसे भोर की किरण और पूनो की चाँदनी।

वंदना के पिता को जीवन जीने का हर नशा था—शराब, जुआ, सैर तथा और भी बहुत कुछ। इसके लिए वक्त-बेवक्त मित्र बनकर किसी ने सदा साथ दिया तो एकमात्र राधेश्याम अग्रवाल ने। और राधेश्याम ने इसके लिए बाबू मुरारीलालजी को न तो कभी तंग किया, न कोई शर्तनामा लिखवाया, न किसी प्रकार का नोटिस ही दिया या नालिश की। कारण, राधेश्याम कोई ऐरे-गैरे साहूकार नहीं थे, जो मूल के बदले सूद लेकर संतुष्ट हो जाएँ—उनकी बाँकी नजर पत्थर और हीरे को परखना जानती थी। और इसीलिए वे निश्चिन्त थे कि मुरारीलाल को दिया पैसा एक का दो या दो का चार या चार का आठ होकर नहीं आएगा, बल्कि दस का सौ और सौ का हजार होकर वापस आएगा—और…

और एक दिन मुरारीलालजी जब पैसे के लिए बहुत 'जरूरी' कहते हुए राधेश्यामजी के घर पधारे तो पाँच सौ रुपयों की गड्डी उनकी हथेलियों पर रखते हुए राधेश्याम ने उन्हें हिसाब दिखलाकर इतना ही कहा—"मुरारीलालजी, इसको लेकर साढ़े बारह हजार हो गए। मैं तो आपकी कद्र करता हूँ, इसलिए कभी 'न' नहीं कहता और न तो तगादा करता हूँ, लेकिन हिसाब दिखाना जरूरी था।"

मुरारीलाल ने उस दिन इतना भर ही कहा, "भाई, तुम्हारे एहसानों का बोझ मैं

कभी भूल नहीं सकता। जल्द ही कुछ उपाय करके ये पैसे लौटाऊँगा।''

लेकिन न तो कभी वह 'जल्द' आया, न पैसे आए तथा साढ़े बारह हजार रुपयों की राशि छह महीनों में बढ़कर पंद्रह हजार तक पहुँच गई।

और एक दिन जब मुरारीलालजी पुन: पाँच सौ रुपए कन्या की शादी ठीक करने के लिए माँगने आए तो राधेश्याम की आँखों में विचित्र चमक झाँक गई और खिजाब लगी मूँछों पर उन्होंने दो बार हाथ फेरा और अंदर के कमरे में मुरारीलालजी को हुक्का पेश करते हुए धीरे से बात की शुरुआत की—''अपनी कन्या की शादी की बात कहाँ चला रहे हैं?''

''कहीं खास अभी देखा नहीं है, आज से इसी काम में लग रहा हूँ! अगर आपकी नजर में कोई अच्छा लड़का और घर हो तो बताएँ।'' मुरारीलाल ने कहा।

''लड़की की उम्र क्या है और आप खर्चा क्या करेंगे?''

''बीस साल पिछले महीने उसने पूरे किए और बी.ए. भी पास कर गई। फिर लेने-देने की बात तो घर देखकर करेंगे।''

इधर राधेश्याम के हाथ रह-रहकर मूँछों पर फिर रहे थे—''मुरारीलालजी, आप तो पिता तुल्य हैं, अगर बुरा न मानें तो एक प्रस्ताव रखूँ।''

''बड़े शौक से।'' खुशी के साथ मुरारीलाल ने कहा।

राधेश्यामजी का भी हौसला बढ़ा। बोले, ''मुरारीलालजी, आप तो यही न चाहते हैं कि लड़की खानदानी और ऊँचे घर में जाए। चाँदी के थाल में सोने के चम्मच से खाए और आँगन में दो-चार बच्चे गुलजार किए रहें।''

''आपने मेरा आशय ठीक समझा। बल्कि इसमें एक बात और भी जोड़ दें कि शादी का बहुत बड़ा भार आपको ही अपने कंधों पर लेना होगा।'' दूने उत्साह के साथ राधेश्यामजी की बात सुनकर मुरारीलालजी ने कहा, ''कोई अच्छा घर और वर आपकी नजर में हो तो तुरंत बताइए।''

''मुरारीलालजी, क्यों नहीं है ऐसा घर और वर, लेकिन नाम लेते हुए डरता हूँ, कहीं आप बुरा न मान जाएँ।'' कुछ टोह लेते हुए राधेश्याम ने वैसे ही कहा, जैसे वे अपने घर में सोने-चाँदी के जेवरों को गिरवी रखाते समय मोल-भाव करते थे।

''मेरी भलाई करने जा रहे हैं आप और बदले में मैं बुरा मान जाऊँगा, क्या मुझे किसी कुत्ते ने काटा है?'' मुरारीलाल बोले।

राधेश्यामजी ने इस पर खोंसा, पुन: एक बार मूँछों पर हाथ फेरा और धीमे मगर सधे स्वर में कहा, ''मुरारीलालजी, दस साल पहले मेरी पत्नी का स्वर्गवास हुआ और तब से दर्जनों लोग मेरी शादी के लिए एड़ी-चोटी का पसीना एक करते रहे, लेकिन मैंने सबको टके-सा जवाब दे दिया। लेकिन मुझे शुरू से ही आपके प्रति हमदर्दी रही है।

आपकी श्रद्धा भी करता रहा हूँ, फिर आपका खानदान भी ऊँचा है। अत: मुझे कोई एतराज नहीं है आपसे संबंध जोड़ने में।''

''क्या आपका कोई बच्चा है, कहाँ पढ़ता है वह, क्या है उसकी उम्र?'' मुरारीलालजी ने निरीह शब्दों में जिज्ञासा प्रकट की।

राधेश्यामजी ने इस बात पर चट से मुरारीलालजी के पाँव छू लिये। ''आप मेरे पिता तुल्य हैं। मैं ही हूँ आपका वह बच्चा। मुश्किल से मैंने पैंतालीस पार किया है। फिर मेरी और आपकी लड़की की जोड़ी बिल्कुल ठीक रहेगी। मैं उसे रानी के समान रखूँगा।''

''राधेश्यामजी, जरा सँभलकर बात करें, आपको शर्म करनी चाहिए। आपकी हिम्मत कैसे हुई ऐसी बात मुँह से निकालने की?''

मुरारीलालजी के मुँह पर घृणा के भाव क्रोध के रूप में फूट पड़े।

''मुरारीलालजी, याद कीजिए, पंद्रह हजार रुपए का बकाया—कहाँ से आप चुकाएँगे, फिर शादी में भी पंद्रह-बीस हजार का खर्च कहाँ से आएगा? और मुझमें कौन सी कमी है मुरारीलालजी। जीवन एक सौदा है, लेना और देना, देना और लेना। एक हाथ से दो और दूसरे से लो। और आप अपने मन से पूछकर देखो, सिवा इस संबंध के और आपके पास क्या है देने को?'' राधेश्याम अग्रवाल ने मछली फँसाने का आखिरी जाल फेंका।

और हाँ-न करते-करते, धरती-आसमान छूते, वंदना और कमल के विद्रोह की बातें कहते-सुनते, दिन कई जरूर निकले लेकिन वे बिल्कुल बीत नहीं सके और अंत में वंदना श्रीमती राधेश्याम अग्रवाल हो गई। गदराया यौवन और चाँद को शरमानेवाला मुखड़ा वैसे ही गिरवी हो गया जैसे सोने की चूड़ियाँ, नथें, बालियाँ, कड़े, मटरमाला और अंत में मंगलसूत्र।

□

और छह महीनों के लिए ट्रेनिंग में गए निशीथ को यह सबकुछ पता नहीं चल सका। जब उसे पता चला तो चाँदनी रात बीत गई थी और वातावरण पर अमावस्या की कालिमा छा गई थी।

''वंदना-वंदू, मैं तुम्हें हर कीमत पर मुक्त कराना चाहता हूँ। चाहे जैसे भी हो। छिपकर तुमसे मिल लेता हूँ, तुम्हें चूम लेता हूँ, कुछ और भी आगे बढ़ जाता हूँ, लेकिन मन को संतोष नहीं होता। तुम्हें अपना बनाना चाहता हूँ, दरिंदों के पंजों से बाहर निकालना चाहता हूँ।'' निशीथ ने कहा।

''निशीथ, तुम जो कहो, मैं करने को तैयार हूँ। तुम्हारी पीड़ा मुझसे खुद नहीं देखी जाती। बताओ तुम्हीं, क्या है रास्ता?'' वंदना बोली।

विक्टोरिया के सामने चौरंगी में बैठकर दोनों बातें कर रहे थे। एकाध दिन बीच देकर दोनों इसी भाँति कहीं-न-कहीं मिला करते थे। राधेश्याम अग्रवाल आठ-नौ के

बीच में अपनी दुकान पर चले जाते थे और लौटकर रात में आठ-नौ तक ही वापस आते थे। इस बीच का सारा समय वंदना का अपना था।

और राधेश्याम के लिए इतना ही काफी था कि नई और जवान बीवी के पति हैं। फिर नई और जवान बीवी का रोबदाब यों भी पति के ऊपर रहता ही है।

कलकत्ता कोई नगर तो है नहीं, वह तो महानगर है। और महानगर की नब्बे-सौ लाख की आबादी में दो प्राणियों को कहीं आश्रय मिल जाता था, बात करने के लिए, प्यार करने के लिए, और सबकुछ करने के लिए।

रात की रानी वंदना, दिन में निशीथ की अंक में बंद हो जाती और निशीथ के लिए दिन का यह उजाला ही निशीथ था, लेकिन यह कब तक?

और निशीथ सच में वंदना को प्यार करता था और वंदना भी निशीथ पर जान देती थी—लेकिन दोनों को कोई रास्ता नहीं सूझता था।

□

लेकिन हृदय से किया गया प्यार अपना रास्ता खुद ही ढूँढ़ लेता है।

"मैं सेठ राधेश्याम अग्रवालजी से मिलना चाहता हूँ।" अग्रवाल ब्रदर्स की सीढ़ी पर चढ़ता हुआ एक युवक अधेड़ से बैठे सज्जन से पूछ रहा था।

"कहिए क्या बात है?" सामनेवाले सज्जन ने गावदी तकिए से हटकर घबराकर पूछा। स्पष्ट था कि जमाना खराब है, कोई भी इन्कमटैक्स, विजिलेंस या सेल्सटैक्स का ऑफीसर कभी भी आ सकता है। आकर कभी भी इन हाथों में हथकड़ी लगा सकता है। यह सोचते हुए राधेश्याम ने खड़े होकर युवक का स्वागत किया।

"राधेश्याम अग्रवालजी से मुझे कुछ जरूरी बातें करनी हैं।" नौजवान ने कहा।

इधर से हकलाती-सी आवाज आई—"हें, हें, हें, हें, हें, कहिए, क्या सेवा करूँ? मैं ही हूँ सेवक राधेश्याम।" दाँत निपोरते हुए राधेश्यामजी ने कहा। उनके साथ के चार-पाँच व्यक्ति सबके सब चौकन्ने थे।

"मैं आपसे अकेले में बातें करना चाहूँगा।" नवयुवक ने कहा और साथ ही उसकी आँखों में वंदना की तसवीर घूम गई। लगा, जैसे श्वेत कमल पर कोई काला भौंरा बैठ गया है। उसका दिमाग भन्ना गया, उसने मन ही मन संकल्प किया—आज आखिरी फैसला कर देना है।

"सेठजी, मुझे लोग निशीथ कहते हैं। इसी नगर में पैदा हुआ, बढ़ा और अब एक कंपनी का मैनेजिंग डायरेक्टर हूँ! मैं आपसे कुछ बातें साफ करने आया हूँ। इजाजत है?" निशीथ बोला और उसने अनुभव किया कि राधेश्याम की साँस फूल रही है। "हाँ, हाँ, बताइए।"

"आपसे यह बात जानने आया हूँ कि आपने अपनी पत्नी वंदना को उसके पिता

बाबू मुरारीलालजी से कितने में खरीदा और साथ ही यह भी कि उस पैसे का यदि उतना ही ब्याज आपको मिल जाए, तो क्या आप उसे मुक्त कर सकते हैं?''

सामने बैठे नवयुवक ने बड़ी बेतकल्लुफी के साथ सिगरेट जलाते हुए उसका धुआँ राधेश्याम अग्रवाल के मुँह पर फेंक दिया।

''आपको इस तरह की नादान बातें मेरी इज्जत के संबंध में कहते हुए झिझक नहीं होती?'' राधेश्यामजी ने कुछ तेवर दिखाने की कोशिश की।

''मुरारीलालजी की इज्जत लूटते और उनकी बेटी का सौदा करते समय आपको कोई झिझक हुई थी? राधेश्यामजी, यह तो सौदेबाजी है। एक हाथ से दो और दूसरे हाथ से लो।'' निशीथ के स्वर में कहीं भी अस्थिरता नहीं थी।

इधर राधेश्याम की कँपकँपी बढ़ती जा रही थी, उन्हें याद आया, मुरारीलालजी से उन्होंने भी यही शब्द कहे थे। अपने को स्थिर बनाते हुए उन्होंने कहा, ''आप कहना क्या चाहते हैं, आप क्यों आए हैं, आपको मेरी जिंदगी से क्या मतलब?''

''राधेश्यामजी, तीनों बातों का स्पष्ट जवाब सुन लीजिए—मैं चाहता हूँ कि वंदना आपके चंगुल से मुक्त हो! मैं यहाँ आपके पास वैसे ही सौदेबाजी करने आया हूँ, जैसी सौदेबाजी आपने मुरारीलालजी से की थी और रहा तीसरा प्रश्न तो कान खोलकर सुन लीजिए—यह आपकी व्यक्तिगत जिंदगी का प्रश्न नहीं है, मेरे पूरे जीवन का प्रश्न है।'' कहते हुए निशीथ ने अपना ब्रीफकेस खोला और उसमें से सौ-सौ रुपयों के पाँच बंडल निकालकर राधेश्याम के सामने पटक दिए—''गिन लीजिए, पूरे पचास हजार। पंद्रह हजार, जो आपसे मुरारीलाल ने लिए थे, दस हजार जो शादी के नाटक में आपने खर्च किए और पच्चीस हजार उन सभी रुपयों का सूद।''

राधेश्याम अवाक् थे! न कोई शब्द मुँह से निकल रहा था और न जबान हिल रही थी। काटो तो खून नहीं।

राधेश्यामजी ने अनुभव किया—सामने बैठे नौजवान की आँखों में एक संकल्प झाँक रहा है। उन्होंने वंदना की जो सौदेबाजी मुरारीलालजी से की थी, उसमें काइँयापन था, काम-वासना की घिनौनी लिप्सा थी, मजबूरियों से लाभ उठाने का कमीनापन था—लेकिन निशीथ की सौदेबाजी प्रेम और प्यार के पर्वत का एक ऐसा शिखर था, जिसका किरीट कभी झुकता नहीं है। उसमें सर्वत्र न्योछावर कर देने की एक ऐसी कामना झाँक रही थी, जो राधेश्याम की आँखों से छिप नहीं सकी। जो आदमी ऐसे हठ-संकल्प रख सकता है, वह कुछ भी कर सकता है—मर भी सकता है अपनी आन पर, और दूसरों को भी मार सकता है आन रखने के लिए। राधेश्यामजी सिहर गए।

''मुझे रात भर का मौका दीजिए कुछ सोचने के लिए।'' बँधी घिग्घी से उन्होंने यह बात कही।

निशीथ ने अपने सिगरेट का आखिरी कश खींचा—''राधेश्यामजी! इन पैसों को अपनी तिजोरी में बंद करके रखिए, रात भर गरमी रहेगी तो सोचने में भी आसानी होगी। इससे अगर मन न भरे तो और माँग लीजिएगा। मैं कल ठीक इसी समय आपके सामने आखिरी फैसले के लिए हाजिर होऊँगा।''

□

''निशीथ, लगता है कि इस जीवन का अब अंत कर दूँ। रात मैंने किस प्रकार काटी, वर्णन नहीं कर सकती। पशु-तुल्य मेरे पति ने भी कसर नहीं उठा रखी। कभी कहता कि तुम मेरी जान लेने पर अड़ी हो। कभी कहता कि इस शहर से हम दोनों भाग चलें। कभी मुझे जान से मार डालने की धमकी देता था। कभी कहता कि जिस नौजवान से फँसी हो, उसे मैं जानता हूँ, उसका मैं खून ले लूँगा। कभी मेरी साड़ी को नोंचकर फेंक देता। कभी कहता कि आज रात मेरी-तुम्हारी आखिरी रात है। रात भर पागलों के समान वह व्यवहार करता रहा। लेकिन मैंने आज की रात भी उससे अपने को बचा लिया। परंतु निशीथ, अब मैं जिंदा नहीं बच पाऊँगी।'' कहते हुए वंदना फूट-फूटकर रोने लगी।

निशीथ ने उसके माथे पर हाथ फेरा—''वंदू, दीया बुझने के पहले भभकता है तथा पक्षी के प्राण जब निकलने लगते हैं, तब वह अंतिम बार कसकर अपने पर फड़फड़ाता है। राधेश्याम की भी यही हालत है। भगवान् ने चाहा तो आज की रात तुम्हें उस पशु के पास रहने की नौबत नहीं आएगी।''

वंदना निशीथ की कुछ भी बात नहीं समझ सकी। जब विदा होने का समय आया तो वंदना की आँखों से झर-झर आँसू बहने लगे। उसके मुँह से बस इतना ही अस्फुट स्वर निकला—''नि···शी···''

□

घड़ी में संध्या के पाँच बजने को आए और इधर राधेश्याम अग्रवाल का दिल रह-रहकर जोरों से धड़कने लगा। बार-बार वे सड़क की ओर निहारते, मानो कोई लुटेरा सबकुछ लूटने आ रहा हो अथवा इस आशा में भी देखते मानो कोई अनाड़ी हीरा लेकर आ रहा हो और राधेश्याम उसका दाम पत्थर के समान देकर उसे टरका दें और ठीक उसी समय 'अग्रवाल ब्रदर्स' के सामने ब्लू-फिएट गाड़ी आकर रुकी और साथ में कलवाला परिचित ब्रीफकेस लिये निशीथ उतरा। और राधेश्यामजी अपने चेहरे पर भय, घबराहट, परेशानी और मातम लिये उठ खड़े हुए और उस सुदर्शन युवक को लेकर अंदर के कमरे में चले गए।

''आपने क्या निश्चय किया?'' बिना किसी भूमिका के सिगरेट जलाते हुए निशीथ ने पूछा।

"आप पढ़े-लिखे विद्वान् और समझदार युवक हैं। आप स्वयं समझ सकते हैं कि शादी के बाद कैसे कोई पति अपनी ब्याहता पत्नी को ऐसे ही छोड़ देगा? भला दुनिया क्या कहेगी?" राधेश्यामजी ने महसूस किया कि आज वे कल से अधिक स्वस्थ हैं।

"राधेश्यामजी, दुनिया में हर रोग का कोई-न-कोई इलाज है।" निशीथ हँसा, "क्या उस दिन दुनिया नहीं हँसी थी, जिस दिन बेटी की उम्र की लड़की को आपने अपनी पत्नी बना लिया था? क्या उस दिन आपको कोई शर्म नहीं आई थी, जिस दिन मुरारीलाल की जिंदगी से आपने उनका रस चूस लिया था।" निशीथ ने रुककर ब्रीफकेस से एक कागज निकाला, "इस कागज पर आप और वंदना दोनों हस्ताक्षर करेंगे, यह कोर्ट में पेश होगा। और वंदना तथा आप दोनों तलाक लेकर अलग-अलग जीने को स्वतंत्र होंगे।"

"लेकिन कोर्ट-कचहरी में भी तो कम खर्च नहीं पड़ता है।" कहते हुए राधेश्याम अग्रवाल ने कुछ अर्थ भरी दृष्टि से निशीथ की ओर देखा।

निशीथ ने उनका आशय समझ लिया और जेब से पर्स निकालते हुए उसमें से सौ-सौ के पचास नोट निकाले, "राधेश्यामजी, ये रहे पाँच हजार रुपए उस खर्च के लिए। अब तो आप खुश हुए होंगे। आपने कितने गहने, सामान बंधक रखे होंगे और उनका सूद आपको कई गुना मिला होगा, लेकिन जीवन में पहली बार जीवित सौदा करके भी आपको लाभ ही लाभ है। लेकिन राधेश्यामजी, याद रखिएगा, निरीह का खून केवल छलकता ही नहीं है, सर पर चढ़कर बोलता भी है।

"प्रेम और पैसे में उतना ही अंतर है, जितना आपमें और मुझमें। आपने वंदना को मांस का लोथड़ा समझा था। कितने हीरों के हार, चूड़ियाँ, मंगलसूत्र, टीका आपने बंधक रखे होंगे, लेकिन उनमें से बहुत ऐसे होंगे, जिन्हें रखनेवालों ने छुड़ाया नहीं होगा। आपको उनका ही स्वाद लगा है और आपने सोचा होगा कि यह बंधक भी कोई नहीं छुड़ाएगा, कारण मुरारीलालजी तथाकथित शादी के तीसरे महीने ही दुनिया से चले गए। लेकिन राधेश्यामजी, हीरों के हार, सोने के छल्ले, चाँदी के बिछुए और ताँबे-पीतल के लोटे-गिलास पचाना आसान है, परंतु जीवित मणिमाला को पचाने की ताकत आपमें नहीं है।

"देर मत कीजिए, मुझे और भी कई काम हैं। हस्ताक्षर कीजिए इस कागज पर।" निशीथ ने कलम निकालकर राधेश्यामजी के हाथ में पकड़ा दी। राधेश्याम ने मूर्ति के समान उस कागज को बिना पढ़े हस्ताक्षर कर दिए।

"अब आइए आप मेरे साथ, अपने घर। हस्ताक्षर के पहले तक वंदना आपकी पत्नी है, उसके भी हस्ताक्षर जरूरी हैं।"

राधेश्यामजी ने पाँच हजार रुपयों के नोट तिजोरी में बंद किए और जैसे कोई मुजरिम भागने की कोशिश किए बिना सिपाही के इशारे पर जेल से कोर्ट और कोर्ट से जेल जाता है, वैसे ही वे भी निशीथ के साथ हो लिये।

वंदना ने अपनी खिड़की से जब गाड़ी से अपने पति और निशीथ को एक साथ उतरते देखा तो सहसा उसे विश्वास नहीं हुआ। ड्राइंग-रूम में बिठाकर राधेश्यामजी अपनी पत्नी को बुलाने अंदर गए और दोनों के वापस आते ही निशीथ ने कागज सामने कर दिया। "श्रीमती राधेश्याम अग्रवाल, इस कागज पर आपके हस्ताक्षर चाहिए।"

वंदना ने एक बार भी न तो मुँह उठाकर देखा और न यह जानने की चेष्टा की कि यह कैसा कागज है तथा क्यों हस्ताक्षर करवाए जा रहे हैं? उसने दस्तखत कर दिए—'वंदना'।

'मिसेज अग्रवाल, कल कोर्ट में यह कागज पेश होने के पहले तक आपको अपने नाम के बाद में अग्रवाल लिखना जरूरी है।" कहते हुए उसने कागज पुनः वंदना की ओर बढ़ा दिया।

□

हस्ताक्षरयुक्त कागज को ब्रीफकेस में रखते हुए निशीथ ने कहा, "वंदना, अब तुम्हें चौके के अंदर पैर भी नहीं देना है, सीधे मेरी गाड़ी में बैठो। जेल के सींकचों से बाहर आया कैदी फिर अंदर नहीं जाता, रह जाती हैं केवल स्मृतियाँ। आज से अब तुम आजाद हो। औपचारिकता के नाते ही सही, राधेश्यामजी को नमस्कार कर दो और धन्यवाद दे दो।" निशीथ ने बड़ी सज्जनता के साथ कहा और गाड़ी स्टार्ट करके अपनी बगल में बैठी वंदना की ओर इशारा करते हुए अंतिम चुटकी ली—"राधेश्यामजी, आज से अब आप हम दोनों के श्वसुर हुए। कल साढ़े दस बजे कोर्ट आना न भूलिएगा।" गाड़ी चल दी। राधेश्यामजी को अब होश आया। अब तक मानो वे बेहोश थे।

बाहर दालान में ही हक्के-बक्के से बैठ गए।

दूसरे दिन जुडिशियल मजिस्ट्रेट के सामने दो दरख्वास्तें एक साथ पेश हुईं—पहला आवेदन राधेश्याम अग्रवाल और वंदना अग्रवाल के तलाक का और दूसरा आवेदन वंदना और निशीथ की शादी का।

मजिस्ट्रेट ने अपने सामने दोनों पतियों को देखा—राधेश्याम अग्रवाल को भी और निशीथ भटनागर को भी, और गुलाब की कली के समान बीच में खड़ी वंदना बार-बार अपने सौभाग्य के सूर्योदय तथा दुर्भाग्य के सूर्यास्त पर फूली नहीं समाती थी।

□

चित्र-ध्वनि

और उस दिन वह फूट-फूटकर पहली बार रोई। मैंने दोनों हाथों से उसे थाम लिया, ''यह बच्चियों सी क्या करती हो? क्या पागल हो गई हो? कभी भी ऐसा नहीं किया करते।'' कहते-कहते स्वयं मेरा गला भर आया और उसे चुप कराने के प्रयास में मैं खुद ही रो पड़ा।

बारिश तब तक थम चुकी थी और चाँद बादलों के बीच से झाँक रहा था। बाहर ठंडी हवा बह रही थी और सिहरन या कंपन की जगह एक मादक बोध पैदा कर जाती थी। ''चलो, तुम्हें बाहर घुमा लाऊँ।'' मैंने उसे स्वस्थ और सहज बनाने की दृष्टि से कहा। उसने अपने कंधों पर शॉल डाली और मैंने अपना पूरी बाँहों का स्वेटर पहना तथा दोनों होटल से बाहर निकल आए।

प्राणी जब अपने आपसे भी भागना चाहता है तो प्रकृति ही उसे सबसे अधिक सहारा देती है। किरण के जीवन की भी यही दशा थी। उसके पास सबकुछ था—पिता की समृद्धि, माँ का प्यार, एम.ए. तक की डिग्री, गदराया बदन, व्यवहार की मृदुलता और स्वाभाविक सरलता। लेकिन सबकुछ होते हुए भी उसकी आँखों में विचित्र सूनापन था। ऐसा सूनापन, ऐसी खामोशी, जो समुद्र में तूफान आने से पहले होती है।

शादी से वह भागती रही है। माँ-बाप ने कई बार बातें कीं, कई खूबसूरत पढ़े-लिखे होनहार, प्रतिष्ठित, संपन्न वर की तलाश भी की। लेकिन किरण को कोई आकर्षित नहीं कर सका। और उसकी सूनी पलकों को भरने की कोशिश यदि किसी ने की भी तो किरण के सामने कोई टिक नहीं सका। हर युवक की आँखों से वासना का अनगढ़ भूत उसे झाँकता हुआ दिखाई देता था, पर किरण स्वयं एक ऐसी ज्वाला थी, जिसके दाह को सह पाना हर किसी के लिए संभव भी न था।

और ऐसे ही सूने क्षणों में मैं उसके जीवन में आया। मेरा और किरण का संपर्क या अपनापन न तो कोई दाह था न सिंदूर की रेखा और न ही जीवन के एकात्मिक होने की कोई अभिव्यक्ति। फिर भी चंद दिनों के आपसी समझौते ने दोनों के अंदर यह घर कर

लिया कि हम एक-दूसरे के पूरक भले न हों, सहारा जरूर हैं।

हम दोनों की मुलाकात का संयोग भी विचित्र था। मैं एक महीने के यूरोप के दौरे पर था और पेरिस में रात की खुमारी मिटाने 'इफेल टॉवर' की सैर को निकला। रात के ग्यारह बज रहे होंगे। लिफ्ट पर साड़ी में लिपटी एक औरत को देख होंठों पर सहसा मुसकराहट बिखर गई। लेकिन साड़ी और नारी कभी-कभी गफलत भी पैदा कर देती हैं। एक सप्ताह पहले ही मैं लंदन में यह मुसीबत झेल चुका था। 'सरफ्रिज' में कुछ खरीदने गया। वहाँ करीने से साड़ी में लिपटी एक महिला को भारतीय समझकर नमस्ते कर बैठा। जवाब में उसने मुँह बिचका दिया। मैं हारनेवाला नहीं था, पीछे लग गया, "सुनिए, कोई भारतीय मिलता है तो मुझे इस पराए देश में बड़ी खुशी होती है। बिना बातें किए जी नहीं मानता।"

"आदाब अर्ज, जनाब! मैं रावलपिंडी की रहनेवाली हूँ, किसी दिल्लीवाली को खोज लीजिए और उस पर मुहब्बत के ये अंदाज बिखेरिए।" उसने छूटते ही उत्तर दिया, जो भारत-पाक युद्ध के दौरान सहज ही था और मैं अपनी भूल पर स्वयं थप्पड़ खा गया।

कहावत है, 'दूध का जला छाछ भी फूँककर पीता है।' अतः हवा की रफ्तार में भागती उस लिफ्ट पर साड़ी की आभा ने मुझे स्मित हास तक जरूर ला दिया, लेकिन आश्वस्त नहीं किया। हिम्मत करके पूछा, "आप भारतीय हैं?"

"क्या मैं देखने से कुछ और लगती हूँ? मैं पूर्णतः भारतीय हूँ।" प्रांजल हिंदी में यह वाक्य सुनने को मिला।

कह नहीं सकता कि 'इफेल टॉवर' की वह कौन सी मंजिल थी—सातवीं या आठवीं या तेरहवीं', लेकिन यह जरूर याद है कि उससे ऊपर लिफ्ट नहीं जाती थी। हम दोनों साथ-साथ उतरे थे और दोनों दो दिशाओं में जाकर एक बिंदु पर पुनः मिल गए थे, जहाँ सामने ही कैफे का दरवाजा था और मेरे मुँह से सहसा निकला था— "अगर आपको कोई आपत्ति न हो तो चलकर एक प्याला कॉफी साथ पिएँ।" बिना कुछ बोले वह साथ हो गई और ऑर्डर देने के बाद मैंने उसकी ओर देखा था।

कोई अमूर्त सौंदर्य न था। न कहीं सेब की लाली थी, न लटों का बिखराव था, न हिप्पियों का बेगानापन था, न शृंगार प्रसाधन के कोई चिह्न थे, न होंठों पर कोई थिरकन थी और न साड़ी या चोली में कोई खास विशेषता थी। केवल आँखों की पुतलियों में एक विचित्र कंपन था। जिसमें कभी-कभी अधरों का मौन संदेश भी मुखर हो जाता था। "लोग आपको क्या कहकर पुकारते हैं?" बात की शुरुआत मैंने ही की।

"वही, जो मेरे माँ-बाप ने जन्म के समय नाम दिया था—किरण।" वह बोली।

"बड़ा प्यारा और भला नाम है।" बात को आगे बढ़ाने के लिए मैंने कहा।

“हो सकता है,” सरल रूप से वह बोली। तब तक बेयरा कॉफी ले आया था। उसने स्वयं कॉफी बनाई, मुझे दी। पहली ‘सिप’ के साथ मुझे हँसी आ गई, बगल की टेबल पर बैठे नवयुवक ने अपनी गोद में साथ आई लड़की को खींच लिया था और बड़े करीने से उसके होंठों को चूम रहा था।

“पेरिस में यह सब आम बात है।” बिना कुछ कहे या पूछे किरण ने कहा और मैं उसकी साफगोई पर मुग्ध हो गया।

“आपके साथ के लोग क्या होटल में हैं?” मैंने उससे पूछा।

बेझिझक वह बोली, “मैं अकेली हूँ।”

“क्यों, क्या आप अकेली यूरोप घूम रही हैं और इस आधी रात को भी अकेली यहाँ तक आ गईं?” मैं सच आश्चर्य में था।

“केवल यूरोप नहीं, अकेली दुनिया घूम रही हूँ। इसमें आश्चर्य क्या है? मैं कलकत्ता में रहती हूँ। वहाँ कोई भी जवान लड़की शाम को अकेली या अपने पति के साथ या अपने माँ-बाप के साथ निकलने की हिम्मत नहीं करती। हर जगह ‘रवींद्र सरोवर’ कांड की आशंका रहती है। लेकिन मैं सात-आठ देशों में अकेले घूमने के बाद परसों पेरिस पहुँची हूँ। रात हो या दिन, घूमती रहती हूँ, लेकिन हाथ लगाने की बात तो दूर रही, किसी ने बुरी नजर से भी कहीं मुझे नहीं देखा। क्या हो गया है मेरे देश को?”

वह कुछ देर के लिए रुकी और मैंने उसे दूसरी बार गौर से देखा। तीसेक साल का गदराया बदन, जहाँ कहीं भी कुछ अस्वाभाविक नहीं था।

“हमारे देश में औरत केवल वासना-पूर्ति का साधन है, लेकिन पाश्चात्य देशों में यौन गौण है, व्यक्तित्व का निखार प्रमुख। अब आप पेरिस को ही ले लें। रात हो या दिन, सड़कों पर, कॉफी हाउसों में तथा पार्कों में खुलेआम प्रेम का प्रदर्शन मिल जाएगा, परंतु उसकी स्वाभाविकता देखकर सहज ही यह स्पष्ट हो जाता है कि यह दोनों पक्षों की सहमति का बोध है। अपने देश में राक्षसों के समान निगल जाने को आतुर आँखें देखकर मैं तो सिहर जाती हूँ।

“कॉलेजों में सहपाठियों की बात तो अलग रही, प्रोफेसरों की आँखों में भी वही ज्वाला। टैक्सियों में चलो तो ड्राइवर पीछे की सीट के निशाने पर शीशा ठीक करके निगलने को तैयार। किसी पार्क में निकलो तो जिंदा खा जानेवाली दृष्टियों की भरमार। कोई घर में अपना संबंधी भी आ जाए तो पहले वह यौवन की ओर ही देखेगा। बसों, ट्रामों, सिनेमाओं या किसी भी सार्वजनिक स्थान पर किसी-न-किसी प्रकार शरीर-अर्पण की दस-पाँच क्रियाएँ जरूर…” यह कहते-कहते ऐसा लगा जैसे विकृति के चिह्न उसके मासूम होंठों पर छलक आए हैं।

बिल के भुगतान के लिए उसने पहल की, परंतु मैंने रोक दिया और फिर हम दोनों साथ उतरे। उसे अकेले अपने होटल में जाने में कोई झिझक न थी, लेकिन मैं टैक्सी में उसे उसके होटल छोड़ आया। रास्ते में कई जगह पेरिस की तसवीर सामने झाँक गई। कई जगह नाइट क्लबों के अंदर से छनकर झाँकती रोशनी और संगीत का स्वर अंदर का सबकुछ कह गया, लेकिन वह कुछ नहीं बोली। मैंने कई बार उसकी आँखों में झाँककर देखा। वहाँ शून्यता न थी, वरन् एक आश्वस्त गूँज थी, पेरिस में यह आम बात है।

मेरी और किरण की यह पहली मुलाकात थी।

दूसरे दिन मैं जब उसके होटल के कमरे में गया तो रात की साधारण लड़की एक झलक में मुझे असाधारण-सी लगी। हर जगह बिखरी किताबें, लिखे गए कागजों के बिखरे पन्ने, तूलिकाओं और रंगों के बीच पूरी-अधूरी कलाकृतियाँ, वातावरण में एक सुवासित गंध।

पाँच दिनों का मेरा पेरिस-प्रवास आज भी स्मृति पर आच्छादित है। दोनों साथ-साथ घूमते रहे, रात में, दिन में। वह कई बार मेरे होटल में आई, कई बार मैं उसके पास गया।

'मोनालिसा' की पेंटिंग के सामने खड़े होकर मैंने उसे चिकोटी काटी थी, "ये आँखें तो आज भी तुम्हारे पास सुरक्षित हैं।"

"लेकिन मोनालिसा की आँखों का जीवित विश्वास आपको कहीं नहीं मिलेगा?" पहली बार उसके स्वर में मुझे हलके दर्द का एहसास हुआ।

और वे पाँच दिन पाँच मिनटों या पाँच घंटों के समान बीत गए थे। यात्रा का दौर मानो किसी मादक गंध की तलाश में था। एथेंस, वेनिस, पेरिस और अब वियना। मैं फ्रैंकफर्ट के लिए रवाना हुआ।

अलविदा पेरिस, अलविदा किरण, अलविदा ये पाँच दिन और पाँच रातें।

□

दिन बीतने में समय लगता है, लेकिन वर्षों के बीतने में कोई समय नहीं लगता। यूरोप-यात्रा की धुँधली स्मृतियाँ कभी-कभार ही ज्वार बनकर उठती थीं। सात साल हो गए थे। घटनाओं पर परतें इतनी पड़ जाती हैं कि उन्हें कुरेदने में भी कष्ट होता है।

सवेरे की चाय के साथ मैं एक अखबार पढ़ रहा था कि मेरी नजर एक चित्र पर जाकर ठहर गई—सुप्रसिद्ध चित्रकार वाणी के चित्रों का अशोका होटल में विराट् प्रदर्शन। लेकिन यह चित्र...मेरी आँखों में पेरिस की वह संध्या, रात, इफेल टॉवर, मोनालिसा, सब एक साथ घूम गए...यह तो किरण है।

मैंने उसी समय निश्चय किया कि शाम को अशोका होटल में इस चित्र प्रदर्शनी को देखने जरूर जाऊँगा।

''आ···प···!''

''सु···म···!''

सामने वही लड़की खड़ी थी, जो वास्तविकता के समान सात साल पहले लिफ्ट में मिली थी और सपने के समान बियाबान में खो गई थी। ज्यों-की-त्यों वही। वही नाक-नक्श, बदन, चेहरा और वही प्यासी-पथराई आँखें। प्रदर्शनी विदेशी और देशी दर्शकों और कला-प्रेमियों से भरी हुई थी। निश्चय हुआ कि ग्यारह बजे रात मैं उससे इसी होटल के कमरे में मिलूँ।

''पिछले सात वर्षों के अंतराल को जानकर तुम क्या करोगे?'' मेरे यह पूछने पर कि पिछले सात साल कैसे थे, क्या थे, वह बोली, ''पहले भी मेरी संगी-साथी तूलिकाएँ थीं और आज भी वे ही हैं। जैसे सिंदूर से अपनी कोई माँग भर के सुहागिन की उपाधि पाती है, वैसे ही मैं भी इन रंगों और कूचियों से अठखेलियाँ करके अपने को सौभाग्यशाली मानती हूँ।''

रात आधी से अधिक हो गई थी। मैंने कहा, ''अब मुझे चलना चाहिए।''

''क्यों? आखिर तीन-चार घंटों में तो सुबह हो ही जाएगी। क्यों नहीं बातों में ही रात काट दें?'' वह बोली।

''तुम दिन भर की थकी-माँदी होगी, फिर कल भी तो काम होगा, शरीर पर इतना भार नहीं देना चाहिए कि वह बोझ ही न ढो सके।'' मैंने कुछ उपदेश और बुजुर्गपन की बातें कीं।

वह हँसी। एक सिगरेट अपने मुँह में और दूसरी मेरी ओर बढ़ाते हुए बोली, ''बेफिक्री की भाषा छोड़कर उपदेश की भाषा पर तुम कब से आ गए? सात साल पहले पेरिस के तुम्हारे होटल के कमरे में बातों में कैसे रात कट गई थी?''

''अच्छा, यह बोलो, किरण से तुम वाणी कैसे हो गईं?'' मैंने बातों को मोड़ देने के लिए पूछा।

''मैं अब भी किरण ही हूँ, केवल मेरी तूलिकाओं से फूटा रंग वाणी का संचार करता है। क्या तुम यह नहीं जानते कि मुखौटे ओढ़कर जीना अपने को गिरवी रखकर जीना, माँ-बाप के लिए नाम सँजोकर रखना—यह सब बुरी बात नहीं है। याद है तुम्हें, मोनालिसा के सामने खड़े होकर तुमने मुझसे क्या कहा था—ये आँखें तो तुम्हारे पास सुरक्षित हैं। जानते हो, मोनालिसा का वास्तविक नाम कुछ और था—लियोनार्दो द विंची ने उसे मोनालिसा बना दिया था।

''अलक्ष्य की राह चलती हुई मैं किरण से वाणी बन गई। यह मेरी जय भी है और पराजय भी। लेकिन मैं तुम्हें बता दूँ, अन्य दर्शकों के समान मैं भी किरण बनकर वाणी के चित्रों को देखा करती हूँ—कला मूर्त है या अमूर्त, सोचा करती हूँ।'' पूरी रात

आँखों और बातों में कट गई। डेरे पर लौटा तो नेपाली नौकर मेरी रात्रि-अनुपस्थिति पर मुसकरा रहा था।

किरण दिल्ली में एक सप्ताह रही और हम दोनों की रातें करीब-करीब ऐसे ही कटी। हर दिन किसी-न-किसी पत्र में उसके चित्रों पर टिप्पणी, प्रशंसा, आलोचना और विवाद देखने में आता था।

और ऐसे ही जब हम बैठे थे तो उसने कहा, "पेरिस के समान क्या हम समानांतर रेखाओं में दो-चार दिन नहीं निकाल सकते, जहाँ केवल हम ही हों और कोई नहीं?" और तय हुआ कि अगले महीने हम कश्मीर में मिलें।

□

झील के स्थिर पानी में शिकारे का चप्पू अनहद नाद तो नहीं पैदा करता है, लेकिन थपकी की आवाज देता है। डल की मासूम गोद न जाने कितनों को प्रेरणा देती है तथा कितनों को गुदगुदाकर बेहोश कर देती है। शिकारा चला जा रहा है डल से नागिन झील की ओर...डल की गोद में हंसों का एक ऐसा जोड़ा है, जिसने दूध और पानी को परखा है, लेकिन मानसरोवर की यात्रा नहीं की है। नर हंस चाहता है कि अपनी चोंच से मादा को गुदगुदा दे, सहला दे, होंठों को रँग दे, उसके मुँह में अपने मुँह का स्वाद भर दे। लेकिन नहीं, यह कभी संभव नहीं है—वासनाओं और मौन विकृतियों के घेरे से दूर मादा आकाश के निरभ्र कोने में अटके किसी बादल के बच्चे से अठखेलियाँ कर रही है।

डल और नागिन झीलों की यात्रा कर हम दोनों जब टेरेस पर आए तो अचानक बूँदाबाँदी शुरू हो गई। और हमें लगा मानो शरद को ढकेल जबरन पावस का प्रवेश हो जाएगा। हम वापस कमरे में लौट आए।

मैं आज पता नहीं क्यों उद्विग्न था, रह-रहकर कँपकँपी आती थी। आँखों में न जाने कैसा रंग रह-रहकर झाँक जाता था, किरण से यह बात छिपी नहीं रही। मैं सोफे पर था और वह पलंग पर। वह बोली, "तुम्हें शायद आज अधिक जाड़ा लग रहा है। चले आओ बिस्तरे पर और कंबल लेकर ठीक से बैठ जाओ।" मैंने वैसा ही किया और कंबल का एक भाग उसके बदन पर डालता हुआ मैं अपने पाँवों को उसके पाँवों में फँसाकर अठखेलियाँ करने लगा।

"रवि, मैं तुम्हें एक मजबूत आदमी समझती हूँ, तुममें आज यह कमजोरी कैसे आ गई? याद है न, मैंने तुमसे पेरिस में क्या कहा था? बिछुड़ने के बाद भी मैं तुम्हें सदा याद करती रही हूँ—एक मित्र के समान मैंने तुम पर भरोसा और विश्वास रखा है और इसीलिए रात-रात भर तुम्हारे पास रहकर भी मैं आश्वस्त रही हूँ कि तुम मोम के नहीं बने हो, जो पिघल जाओगे।"

□

उसकी एक-एक बात तीर के समान मेरे अंदर घुस रही थी। मैंने अपना पाँव वापस ले लिया तो उसने पाँव बढ़ा दिए, ''रवि, बुरा मत मानो। मैं जानती हूँ, तुम बुरा मानोगे भी नहीं···लेकिन इससे आगे हम न बढ़ें।'' मैं समझ नहीं पाया कि उसके स्वर में तिक्तता है या करुणा।

वह आगे बोली, ''रवि, तुमने मुझसे कभी पूछा भी नहीं और मैंने तुम्हें कभी बताया भी नहीं कि मैं किसी की थाती हूँ और मेरे शरीर पर मेरा स्वयं का भी अधिकार नहीं है।

''बात ठीक ग्यारह साल पहले की है। मैं उन दिनों एम.ए. के आखिरी साल में थी। शरद मेरे जीवन में आया, बड़े हौले और चुपके से। कहीं कोई शोर-शराबा नहीं, दिखावा नहीं। वह एम.ए. करने के बाद पी-एच.डी. कर रहा था।

''हम दोनों जब-तब आपस में मिला करते, बातें करते, कभी भावनाओं में बहकते, कभी कल्पनाओं में तैरते, कभी वास्तविकताओं के साए में बैठकर भविष्य की रेखाएँ खींचते। पाँच-सात महीनों में ही हम एक-दूसरे के काफी पास आ गए थे। हमने निश्चय कर लिया था कि एक-दूसरे के साथ जीवन भर बँध जाएँगे। घर होगा, बच्चे होंगे, प्रतिष्ठा होगी।

''एक दिन दोनों साथ-साथ सिनेमा गए। शरद बराबर मेरा हाथ थामे रहा और उसके बाद वह मुझे अपने होस्टल के कमरे में ले गया। उसका कमरा बिल्कुल बाहर था। उसने चिटखनी लगा दी और बोला, 'किरण, मैं तुम्हारे दाह में अपने को जलता हुआ पाता हूँ। विवेक-अविवेक, पाप-पुण्य, कुछ नहीं जानता। केवल तुम्हें जानता हूँ। मैं कुछ बेवकूफी कर दूँ तो तुम बुरा तो नहीं मानोगी?' कहते हुए उसने मेरे होंठों पर अपने होंठ रख दिए।

'' 'शरद, मैं तो तुम्हारी हूँ, केवल तुम्हारी। तुम कुछ भी कर डालो, मैं तुमसे बुरा मानने का हक खो बैठी हूँ।' मैंने भी दाह से काँपते हुए कहा और उसके बाद उसने बत्तियाँ बुझा दीं तथा उस अँधेरे में हम दोनों कहीं खो गए।

''उस घटना के एक हफ्ते के बाद शरद अपने गाँव गया। मैं उसे स्टेशन पर छोड़ आई। वह बोला, पाँच-सात दिनों में वापस आ जाऊँगा, उदास मत होना और चिंता मत करना।

''पाँच-सात दिनों की जगह पूरा महीना होने को आया, शरद का कोई पता नहीं। मैं एक दिन हिम्मत करके उसके होस्टल चली गई। शायद वहाँ कुछ पता चल जाए। देखा कि उसका कमरा खुला था और सामान बाँधा जा रहा था। बाहर ठिठकी सी खड़ी रही। एक आदमी जब बाहर निकला तो मैं साहस बटोरकर पूछ बैठी, 'शरदजी कहाँ हैं?'

'शरद¨शरद अब इस दुनिया में नहीं है। बीस दिन हुए गाँव में फैले हैजे का वह शिकार हो गया। मैं उसका चाचा हूँ। उसका सामान लेने आया हूँ।'

"रवि, मुझे आज भी अपने ऊपर आश्चर्य होता है कि मैं कैसे यह सब सुनकर भी बेहोश न हुई और कैसे घर तक का तीन मील का फासला पैदल तय कर गई और कैसे मेरी आँखों में एक बूँद आँसू न आए। सच, मैं इनसान नहीं रही थी, पत्थर हो गई थी।

"मेरे घर में किसी को पता भी न था कि शरद कौन था, क्या हुआ और मेरी उदासी का कारण क्या है! मैंने निश्चय कर लिया था कि शरद मरकर भी मेरा रहेगा। जिस शरीर को शरद ने पाया था, उसे छूने का भी अधिकार किसी को नहीं है।

"मेरी शादी की बात कई जगह मेरे माँ-बाप ने चलाई, परंतु मैंने साफ इनकार किया कि मैं शादी नहीं करूँगी।

"जानते हो रवि, औरत पागल होती है और जो पागल न हो वह सही औरत नहीं है—पागलपन प्यार का, पागलपन शरीर का। प्यार केवल एक से किया जा सकता है और शरीर केवल एक को दिया जा सकता है। जो औरत ऐसा नहीं करती है, वह व्यापार और सौदेबाजी भले ही कर ले, प्यार नहीं कर सकती।" कहते हुए किरण फूट-फूटकर रो पड़ी।

मैं अवाक् था। सुना था कि हिमगिरि के शैलशिखरों पर जो लालिमा छाई रहती है, उसका दर्द कुछ अनूठा होता है। देखा न था, लगा जैसे उसे सामने देख रहा हूँ।

मैं किसी की मौत देख सकता हूँ, लेकिन किसी के आँसू नहीं देख सकता। मन में बहुत दिनों से बसा पड़ा है कि घनीभूत वेदना आँसू का रूप लेती है और खारे पानी में ऐसी ज्वाला होती है, जो किसी को भी भस्म कर दे।

मैं अब तक चुप था, अब रहा न गया और मैंने उसके माथे को थामते हुए कहा, "किरण, सँभल जाओ, बच्चियों के समान रोया नहीं करते।" और कहते-कहते मैं स्वयं बच्चों के समान फूट-फूटकर रो पड़ा।

हतप्रभ-सा मैं और मूर्च्छना सी वह। एक घंटे से अधिक इसी अवस्था में बीत गया। मैंने तटस्थ होने का उपक्रम किया। उठा, बाहर की खिड़कियाँ खोलीं। देखा, बारिश थम चुकी थी। थपकी के स्वर में उस मौन को तोड़ते हुए मैंने कहा, "किरण, चलो बाहर घूम आएँ।"

एक घंटे से अधिक घूमने के बाद जब हम वापस कमरे में आए तो मैंने महसूस किया कि कमरे का वातावरण ज्यों-का-त्यों थमा हुआ है। लगा, मानो किसी की आत्मा इस कमरे में भटक रही है। लगा, मानो कोई अपनी सहस्त्र आँखों से घूर रहा है, लगा मानो बरसने के बाद ठहरे हुए बादल पुनः वर्षा की तैयारी कर रहे हैं।

□

घड़ी देखी, दस बज रहे थे। मैंने खाने का प्रस्ताव किया तो किरण बोली कि उसे बिल्कुल इच्छा नहीं है, वह केवल सोना चाहती है। मैं विचित्र दिग्भ्रम में था। घोंसले का छोटा बच्चा भूल से उससे गिर गया था। अभी पर नहीं आए थे कि वह फिर पेड़ पर जा पाता, केवल छटपटा रहा था। मैं सिद्धार्थ नहीं हूँ, फिर भी मुझसे यह सब देखा नहीं जाता।

''सो जाओ, किरण, मन पर अधिक बोझ नहीं दिया करते। तुम्हारी संतुलित जिंदगी में कोई मौका ऐसा क्यों आए जो असंतुलित बना दे।'' कहता हुआ मैं धीरे से उसके कमरे से निकला और अपने कमरे में चला गया। रात भर मैं करवटें लेता रहा, नींद नहीं आई। रह-रहकर 25-30 साल का एक खूबसूरत-सा हसीन मुखड़ा मेरे सामने आकर खड़ा हो जाता, वह कहता कुछ नहीं था। केवल मुसकरा भर देता था। और उसकी मुसकराहट का व्यंग्य मुझे अंदर तक छेद जाता था, मानो वह कहना चाहता हो, किरण एक भावना है, उसे छूने का प्रयास कभी मत करो। छुईमुई को देखा है, हाथ लगते ही वह संकोच से सिकुड़ जाती है। किरण भी ऐसी ही है, हाथ लगते ही वह भी बादलों के अंदर छिप जाएगी और वर्षा में तुम भीग जाओगे।

यह और कोई नहीं शरद था।

सूरज की पहली किरण डल झील के स्थिर जल से मोतियों की माला सजा रही थी। उसी समय मैं उठा और किरण के कमरे की ओर गया। दस्तक देते ही दरवाजा खुल गया, वह अंदर से बंद नहीं था। परंतु किरण कमरे में न थी। मैं आगे बढ़ा, देखा वह टेरेस में बैठी थी और सामने के कैनवास पर उसके हाथ तूलिका से अठखेलियाँ कर रहे थे। रंगों का सौंदर्य मूर्त से अमूर्त हो रहा था।

मैं चुपचाप पीछे खड़ा देखता रहा, बड़ी तेजी से एक आकृति बन रही थी। विहँसता चेहरा और ललक से भरे होंठ और कुछ कहती सी आँखें। मैंने महसूस किया, कला और कलाकार दोनों का साधारणीकरण ही मोनालिसा की उपलब्धि था।

सामने बैठी कलाकार को आभास ही नहीं था कि कोई दूसरा भी खड़ा उसकी उँगलियों के लोच को देख रहा था। मैंने महसूस किया—किरण की आँखों में एक ऐसा रंग उभर आया है, जिसे कूचियों की आवश्यकता नहीं होती। कैनवास पर तूलिका से वह लगाया नहीं जा सकता, वह आपसे आप उभरती आकृति की आँखों में ज्योति बनकर, होंठों में तृप्ति बनकर और अवयवों के उभार के रूप में चित्रित हो रहा है।

मैं अधिक देर वहाँ नहीं खड़ा रह सका। लगा, यह आकृति मेरी ओर वितृष्णा की दृष्टि से देख रही है और यह वही आकृति है, जिसने मुझे रात भर सोने नहीं दिया था। मैं दबे पाँव अपने कमरे में लौट आया।

बार-बार मेरे अंदर एक कौंध पैदा हो रही थी—एक ऐसी कौंध, जो सत्य के अतिरिक्त और कुछ नहीं।

मेरा निष्कर्ष एक ही था—शरद की पूनो में चाँद की किरण, रवि की उषामय किरण से कहीं बढ़कर होती है और इसीलिए लोगों का कहना है कि शरद की पूनो में प्यार के प्रतीक ताजमहल का रंग और निखर जाता है।

□

अब रहने दो

"जो कुछ भी मिला है, उसे सँजो लो। जो न मिल सके, उसके लिए तड़प कैसी? और जरा सोचो तो सही, दुनिया में कितने सारे ऐसे लोग हैं, जिन्हें कुछ भी नहीं मिल पाता। जीवन भर भूखे और प्यासे रह जाते हैं। हमें और तुम्हें तो बहुत कुछ मिला है··· फिर असंतोष क्यों?

"कुछ दिन बीते होंगे कि हम सान्निध्य से वंचित रहे हैं, लेकिन मैं देखती हूँ कि उसकी विकल छाप तुम्हारे मुँह पर उभर आई है। मगर यह क्यों? सबकुछ मिलने के बाद अगर प्याले की आखिरी बूँद न भी मिले, तो ऐसी भी तृष्णा क्या! यह नहीं कि मेरा जी नहीं चाहता। लेकिन मैं अजीब अकथनीय तरीके से सर्वथा संतुष्ट और तृप्त हूँ? कोई कमी मुझे नहीं लगती। कोई विकार लेकर नहीं चला करती। मिले तो ठीक, और न मिले तब भी ठीक। मैं चाहती हूँ कि तुम भी इसी मन:स्थिति पर पहुँच जाओ। हालाँकि मैं तुम्हारी बेचैनी समझती हूँ। और उसका केवल आदर ही नहीं, स्वागत भी करती हूँ। लेकिन सबके बावजूद हमें और तुम्हें इस बात को सिद्ध करना है कि हम विकसित व्यक्तित्व हैं और निम्न स्तर से ऊँचे उठ सकते हैं।"

सविता के पत्र का यह आखिरी अंश है। अरुण इसे कई बार पढ़ता है ठीक से समझने के लिए। उसे लगता है, मानो शब्द भ्रान्ति को और भी उलझाकर रख देते हैं और इसी तरह सविता के पत्र के इस अंतिम अंश ने उसे और भी विचलित कर दिया है।

बाहर से कोई कॉलिंग-बेल बजाता है। नौकर उसे किसी के आने की सूचना देता है और अरुण नौकर की ओर बिना देखे ही कह देता है—"जाकर कह दो, आज मेरी तबीयत अच्छी नहीं है। जिसको भी मिलना हो, कल आए।"

नौकर उसे कहना चाहता है कि जो साहब आए हैं, वे अपनी मेम साहब के साथ हैं और पहले भी कई बार आ चुके हैं, और जब भी वे आए हैं, उनका इस घर में भरपूर स्वागत होता रहा है। लेकिन अपने मालिक के मुँह की ओर देखकर उसका मुँह नहीं खुलता और वह आए मेहमान को यह जवाब देने चला जाता है।

अरुण, कैसे हो? क्या अभी भी स्मृति-शेष है? क्या अभी भी रह-रहकर नाटक का वह अंश तुम्हारे अंदर घूम जाता है, जिसमें दुष्यंत शकुंतला को भूल जाते हैं, केवल इस कारण कि उसकी अंगुली में उनकी दी हुई अँगूठी नहीं है और मेरे बगल में बैठे तुम मुझे चिकोटी काटते हुए कहते हो कि मैं ऐसी भूल कभी नहीं कर सकता और दुष्यंत के समान अकृतज्ञ प्रेमी नहीं हो सकता।

अरुण, इस बार तुम नाराज होकर गए, यह मुझे बिल्कुल अच्छा नहीं लगा। यह सही है कि मैं तुम्हारी हर बात नहीं मान पाती, लेकिन उसके साथ यह भी सही है कि जितनी अधिक बातें मैंने तुम्हारी मानी हैं, उतनी बातें शायद जीवन में अपनी भी नहीं मानी होंगी।

अरुण, जिस कमरे में मैं रहती हूँ, उसकी खिड़की के पास बैगनवेलिया की लताएँ छा गई हैं और रोज एक गिलहरी मेरी खिड़की के पास आती है, कभी कुछ कुतरते हुए, कभी यों ही। लेकिन उसकी आँखों की ओर देखती हूँ तो उसमें विचित्र अनुराग और अबोधता नजर आती है। और बार-बार उसकी आँखें मुझे तुम्हारी याद दिला देती हैं।

अकेले बैठे अरुण को रह-रहकर सविता के ये शब्द, कभी लिखे और कभी कहे, याद पड़ते रहते हैं।

सावन का महीना है। वर्षा की बूँदें मूसलधार बनकर इस महीने में प्रकृति की सजीवता को द्योतित करती हैं। चारों ओर हरियाली ही हरियाली। और कोई भी क्यों न हो, थोड़ी भी शक्ति जिसके शरीर में बची है, उसके तन में आपसे आप स्फुरण आ ही जाती है। महीना भी ऐसा है। मन-मयूरों का महीना। काले मेघों का महीना। वियोग की पीड़ा को सरसानेवाला महीना। बूँद में समुद्र भर जाने का महीना। काली में दादुरों की धुन का महीना, आँखों की कोरों में वारिद-खंडों के घुस आने का महीना। और ऐसे ही महीने में पहली बार अरुण और सविता आपस में मिले थे।

मुलाकात बहुत छोटी थी। लेकिन इसकी गहराई इस भाँति होगी, यह कोई नहीं जानता था। कालका मेल के प्रथम श्रेणी के डिब्बे में सविता अपनी माँ के साथ कलकत्ता से दिल्ली जा रही थी। मुगलसराय और इलाहाबाद के पास में कहीं सवेरा हुआ तो सविता ने देखा कि उसके चार बर्थवाले डिब्बे में माँ-बेटी के अतिरिक्त एक और मुसाफिर ऊपर की बर्थ पर लेटा अपलक नयनों से उसकी ओर निहार रहा है। यह कौन है? कहाँ जा रहा है? कई स्वाभाविक सवाल क्षण-मात्र में सविता के अंदर जाग उठे। बाहर रिमझिम हो रही थी, हरे-भरे धान, बाजरे, भुट्टे और गन्ने के पौधे झूम-झूमकर वर्षारानी का अभिनंदन कर रहे थे। बीच-बीच में गाँव आ जाते थे, जहाँ पानी से भीगने की परवाह किए बिना चरवाहे गाय-बैल-भैंस चरा रहे थे। कहीं हल-बैल लिये किसान मेंड़ों से चले जा रहे थे, कहीं गाँव की स्त्रियाँ सिर पर कोई बोझ लिये पानी को पार कर

बढ़ी जा रही थीं तथा कहीं-कहीं गाँव के बच्चे चलती गाड़ी की ओर खड़े होकर मुँह बिचका रहे थे। सविता का सारा जीवन शहर में बीता है, अत: किताबों में पढ़ा हुआ यह दृश्य उसके मन को लुभा रहा था और रह-रहकर उसे नवीं क्लास में लिखा अपना निबंध याद आ रहा था—'बरसात में रेल का सफर'।

तभी ऊपर की बर्थ से हलका धमाका हुआ और वह यात्री नीचे उतरा तथा जहाँ सविता बैठी हुई थी, उसके पास पहुँचकर धीरे से बोला, ''माफ कीजिएगा, जरा आप हट सकें तो मैं नीचे से अपना बॉक्स निकाल लूँ।''

सविता बिना कुछ बोले वहाँ से हट गई, मुसाफिर ने झुककर अपनी अटैची सीट के नीचे से निकाली, उसे खोला, मंजन-ब्रश-तौलिया निकाला और फिर अटैची को अंदर धकेलता हुआ डिब्बे के बाहर चला गया।

जब माँ-बेटी की आँखें मिलीं—''तू वहाँ से मेरी सीट पर ही आ जा। वह आदमी अब उधर ही बैठेगा।'' माँ ने कहा।

''माँ, रात को हम ही दो इस डिब्बे में थे, फिर यह आदमी कहाँ से चला आया और किसने उसे इस डिब्बे में जगह दे दी?'' बेटी ने बड़ी सरलता से माँ से पूछा।

''अरी पगली, रेलगाड़ी कोई अपनी कार थोड़े है, जो किसी के आने पर रुकावट हो। इस डिब्बे में जगह थी, टी.टी. ने उसे जगह दे दी। यह आदमी धनबाद में चढ़ा था।'' माँ बोली।

माँ-बेटी में इस संबंध में और भी कई बातें हो ही रही थीं कि वह यात्री करीने से बाल सँवारे आ गया। माँ-बेटी चुप हो गईं।

बीस-पच्चीस के बीच की उम्र, छरहरा शरीर, गोरा रंग, बड़ी-बड़ी आँखें, हलकी सी मूँछें, लाल होंठ, छोटे-छोटे घुँघराले बाल, सजग और लचीले हाथ-पाँव। सविता ने तिरछी नजरों से देखते हुए यह आँका और अंदर-ही-अंदर उसे लगा, मानो तसवीरों में जो कोई हीरो का पार्ट करता है, उसकी शक्ल-सूरत इस नौजवान यात्री से अधिक खूबसूरत थोड़े ही होती है।

और दूसरी ओर, फिर बक्से में अपने सामान को रखते हुए, तौलिए को तह करते हुए, सीट को उठाते हुए अरुण ने एक चित्र खींचा—बाहर पड़ती बूँदों के समान ही सरस, फैली हरियाली के समान अबोध, बंबई के किसी स्टूडियों में गाँव की लड़की का पार्ट करती कोई तारिका, पहली बार गाँव से सड़क पर आनेवाली कोई ग्राम-वधू, रात-दिन ऊधमी लड़कों के बीच में रहनेवाली कोई सीधी बाला, दामोदर नदी के बहते जल के समान जीवंत निर्मलता, कोयला-खान से निकलती किसी तरुणी के शरीर का सिकताकण। हेमामालिनी, जया भादुड़ी, आशा पारिख, शर्मिला टैगोर, नीतू सिंह—सबको मात देनेवाला सौंदर्य···आखिर यह लड़की है कौन?

इसी बीच माँ उठी। ''पहले तुम जाओगी बेटी कि मैं जाऊँ?'' उसने बेटी से पूछा और बेटी के कहने पर वह बाथ-रूम जाने के लिए उस डिब्बे से बाहर चली गई। और अब उस डिब्बे में केवल दो यात्री बचे रह गए—एक तरुण, जिसकी उम्र थी बीस-पच्चीस के बीच और एक तरुणी, जिसने मुश्किल से बीस वसंत पार किए थे। और ऐसे समय में, जबकि कहीं पर केवल दो अपरिचित तरुण एक साथ, चाहे कुछ ही क्षणों के लिए क्यों न सही, इकट्ठे हो गए हों, वातावरण कितना बोझिल हो जाता है, कितना महमह हो जाता है, कितना सजीव हो जाता है, कितना ठहर सा जाता है, कितनी कल्पनाएँ उभर आती हैं, कितने चित्र बनते और मिटते हैं, कितने आयाम टूटते और पटते हैं—इसका अंदाज केवल वे ही कर सकते हैं, जिन्होंने अपने जीवन में कभी ऐसे क्षण भोगे हों।

और यही थी सविता और अरुण की पहली मुलाकात।

पंद्रह वर्षों का अंतराल कोई कम नहीं होता। इतने समय में नदी में कितना पानी आता है, बह जाता है, दुनिया के मानचित्र पर कितनी तसवीरें उभरती हैं, मिट जाती हैं, कितने बच्चे जवान हो जाते हैं, कितने जवान वृद्ध और कितने सारे वृद्ध इस धरती से विदा हो जाते हैं, और बदले में कितने नए इस धरती का अभिषेक करने आ जाते हैं।

अरुण और सविता आज से ठीक पंद्रह साल पहले मिले थे और तब से उनके मिलने का हर साल किसी यूक्लिप्टस के समान आगे बढ़ रहा था। आयु ज्यों-ज्यों आगे बढ़ती है, जीवन-रेखा त्यों-त्यों घटती चली जाती है। अरुण और सविता जब पहली बार मिले थे तो पचीस और बीस के थे, आज चालीस और पैंतीस के हैं। पल्लवित टूसियों में रंग भर आए हैं, कुसुमित पलासों के वन में भरपूर लाली छा गई है, उषा की मुसकान प्रात: किरण का रूप ले चुकी है, मुँदे कमल खिल उठे हैं तथा हलकी सी मादक बयार ने पुरवइया हवा बनकर बहना शुरू कर दिया है।

अरुण जब पहली बार सविता से मिला था, उस समय वह आई.ए.एस. की ट्रेनिंग के लिए मसूरी जा रहा था और बी.ए. की परीक्षा देने के बाद सविता जा रही थी दिल्ली अपनी मौसी के पास। साथ ही माँ का यह भी उद्देश्य था कि दिल्ली में दो-चार लड़कों को देखकर सविता की सगाई पक्की कर दी जाए। लेकिन आदमी की चाह और विधाता की राह दोनों अलग-अलग हैं। माँ ने एक-दो घरों को देखा, लड़कों की तसवीरें मँगाईं, बात कुछ आगे बढ़ाई कि दिल्ली में ही अकस्मात् दिल का दौरा हुआ और हॉस्पिटल पहुँचना तथा मौत का पहुँचना साथ-साथ हो गया। जुड़ने के खयाल में आई सविता अंदर-ही-अंदर टूट गई। पिता पहले ही चले गए थे। माँ ने ही उसे बढ़ाया था, पढ़ाया-लिखाया था, जीवन की आवश्यक शिक्षाएँ दी थीं, और इस तरह मझधार में छोड़कर वह चली जाएँगी, यह कल्पना में भी सविता ने नहीं सोचा था। रह गए थे छोटा भाई

और हरिसन रोड का घर।

केवल सविता के लिए ही नहीं, हर किसी के लिए माँ पेड़ की शीतल छाँह होती है, जिसके नीचे हारा-थका व्यक्ति सुस्ता सकता है; नदी का किनारा होती है, जहाँ बहता हुआ आदमी रुक सकता है; प्यार की एक ऐसी सीमा-रेखा होती है, जिसके उस पार क्षितिज का भी कोई छोर नहीं होता; आसमान के समान एक ऐसा छत्र होती है, जो कभी टूटकर गिर नहीं सकता; एक ऐसी अनमोल निधि होती है, जिसके पास रहने से किसी प्रकार की चिंता बेटियों को नहीं हुआ करती। और माँ माँ होती है, जिसके अभाव की पूर्ति किसी प्रकार कोई नहीं कर सकता।

और वही माँ देखते-देखते सविता से छिन गई, मानो वास्तव में आसमान टूटकर गिर गया। मौसी ने बहुत रोकने की चेष्टा की, लेकिन सविता कलकत्ता जाने के लिए जिद पर उतर आई तो अंत में मौसी को भी उसके साथ कलकत्ता रवाना होना पड़ा।

कालका मेल का प्रथम श्रेणी का डिब्बा, कूपे, यात्री केवल दो, मौसी और सविता, काली अँधेरी रात, बाहर जब-तब लट्टुओं के समान बत्तियाँ दिखाई दे जाती हैं और नहीं तो कहीं कुछ नहीं। ऊपर के बर्थ पर लेटी है सविता। गाड़ी तेज रफ्तार से भागी जा रही है। गया और धनबाद के बीच किसी स्टेशन पर गाड़ी दो-एक मिनटों के लिए रुकती है, फिर आगे बढ़ जाती है।

कितना अंतर आ जाता है कुछ ही अंतरालों में। कलकत्ता से दिल्ली और दिल्ली से कलकत्ता। गाड़ियों का नाम शायद इसीलिए सोच-समझकर 'अप' और 'डाउन' रखा गया है।

गाड़ी फिर रुकती है, बाहर खटपट होती है। बाहर के डिब्बे को कोई धक्का दे रहा है—साहब, जल्दी उठिए, धनबाद आ गया।

सविता से अब लेटना भी असह्य हो जाता है···धनबाद?···उसकी स्मृतियों को रह-रहकर कोई कुरेद जाता है। 'यह यात्री धनबाद में चढ़ा था'—कोई कानों में कह जाता है।

वह उठ बैठती है, हलके से सिर के पास लगी बत्ती जलाती है, नीचे मौसी खर्राटे लेती हुई सो रही है। सविता अपने तकिए के नीचे से। 'धर्मयुग' निकालती है, दूसरे पृष्ठ पर एक नाम है ए.के. सिन्हा, आई.ए.एस. ट्रेनी, मसूरी—बड़े खूबसूरत अक्षर हैं अंग्रेजी के। पता नहीं उस लड़के ने जान बूझकर यह 'धर्मयुग' छोड़ दिया था या छूट गया था। दिल्ली स्टेशन पर कालका मेल रुकी तो वह नौजवान जल्दी से उतरा। कोई प्रौढ़ सज्जन उसे लेने आए थे। उसने उनके पाँव छुए थे। उन्होंने सिर पर हाथ दिया था—"अरुण, आने में कोई तकलीफ तो नहीं हुई?"

"अंकल, कैसी बातें करते हैं! इतनी आरामदेह यात्रा मैंने तो कभी की ही नहीं।"

उसने एक मुसकान भरी निगाह डिब्बे में फेंकते हुए कहा था और उसका 'धर्मयुग' छूट गया था, जिसे सविता अपने साथ लेती गई थी। और इस 'धर्मयुग' में मोती के दाने के समान लिखे हुए अक्षर बिंदु और विस्तार दोनों बन गए।

□

''प्रिय अरुणजी,

''मैं आपको नहीं जानती, आप मुझे नहीं जानते, लेकिन हम दोनों मिले हैं, दिन भर साथ-साथ एक डिब्बे में सफर किया है और चाहकर भी एक-दूसरे से बातें नहीं कीं। दस दिन बाद आज मैं उसी कालका मेल से दिल्ली से कलकत्ता वापस जा रही हूँ। दिल्ली जा रही थी तो मेरे पास दुनिया की सारी खुशी थी, सुहाग के सपने थे, अरमानों और खुशियों का खजाना था मेरे पास, और आज दिल्ली से कलकत्ता वापस जा रही हूँ—दुनिया की सबसे दुखी प्राणी बनकर, अपना सबकुछ खोकर, एक भिखारिन के रूप में। मेरी माँ मुझसे सदा के लिए बिछुड़ गईं। मेरे सामने एक अंधकारमय भविष्य है। लगता है, जैसे नदी की धार में बहती जा रही हूँ, कोई किनारा नजर नहीं आता, और किसी भी क्षण मझधार में डूब जाऊँगी।

''पता नहीं आपको मैं यह पत्र क्यों दे रही हूँ—केवल इसीलिए तो नहीं कि आखिरी यात्रा में आपने मेरी माँ को देखा था और आपकी भी माँ होंगी, और आप पढ़े-लिखे आदमी हैं, और आप समझ सकते हैं कि जिसके पिता पहले ही चले गए हों, घर में केवल एक छोटा भाई हो, उस हतभागी के जीवन में माँ का क्या स्थान था!

''मैं रह-रहकर केवल एक ही बात सोचती हूँ कि पिता चले गए, माँ चली गई, अब मुझे इस दुनिया में रहने का सहारा क्या है, और मैं रहकर भी क्या करूँगी?

''मुझे आपका पता 'धर्मयुग' में लिखे आपके नाम से मिला, जो आप जल्दबाजी में छोड़कर चले गए थे। पता नहीं, मेरा यह पत्र आपको मिलता है या नहीं!

''मैं अपना कलकत्ता का पता दे रही हूँ, लेकिन इसका अर्थ यह कभी नहीं समझेंगे कि मैं अपने दुखों की मैली चादर आपको ओढ़ाना चाहती हूँ या किसी प्रकार की कोई आकांक्षा या मदद के लिए यह पत्र दे रही हूँ। मैं स्वयं नहीं जानती कि मैं क्यों यह पत्र आपको लिख रही हूँ।

सविता''

□

बूढ़े खानदानी नौकर ने ऊपर जाकर सविता को जब यह खबर दी कि नीचे टैक्सी से कोई तरुण उससे मिलने आया है तो सविता को यह समझने में एक मिनट की भी देर

नहीं लगी कि वह तरुण कौन हो सकता है। धुँधली आँखें लिये जब वह नीचे आई तो उसने देखा कि सामने खड़े युवक की आँखों में भी जलाशय तैर रहा है। उसकी समझ में कुछ नहीं आ रहा था कि क्या बोले, क्या न बोले। स्थितियों का मौन कभी-कभी मुखर से भी प्रखर होता है।

सविता बिना एक शब्द बोले पुनः सीढ़ियों की ओर बढ़ी और साथ-साथ वह युवक भी उसका अनुसरण करने लगा। कोई भी यह न समझ सका कि यह युवक कौन है, कहाँ से आया है, किसलिए आया है तथा सविता से उसका क्या संबंध है।

कमरे में जब दोनों आकर बैठे तो वहाँ का वातावरण थम गया। एक-दूसरे की ओर किसी ने आँखें नहीं उठाईं। युवक दीवारों की तसवीरों में आँखें गड़ाने लगा और सविता अपने पाँवों की ओर निहारती रही।

''आपका नाम अरुण ही था न?'' मौन तोड़ा सविता ने।

''जी हाँ, आपने यह कैसे जाना?''

''बहुत सी बातें अनुभूतियों से भी जानी जाती हैं।'' हलके मगर मधुर स्वर में सविता बोली।

और फिर बातों का जो स्रोत चला, वह थमने का नाम ही न ले। दिन के बाद रात और रात के बाद दिन। अरुण एक दिन के लिए यहाँ आया था, बिना जाने कि क्यों आ रहा है, लेकिन वह तीन दिनों तक यहाँ मेहमान बना रहा और तीन दिन बाद जब मेहमान विदा होने लगा तो वह अपने साथ इस घर की पूरी आत्मा का निचोड़ ले गया और साथ ही अपने आपको हरिसन रोड, कलकत्ता के इस मकान में वैसे ही छोड़ गया जैसे पुराने जमाने की क्या—कहानियों में किसी तोते के अंदर कोई अपनी आत्मा को डालकर सोने के पिंजड़े में बंद कर, पेड़ के ऊपर रख देता था। जो कुछ भी वह अपने साथ ले गया, उसे किसी ने नहीं देखा, लेकिन जो छोड़ गया उसे हर किसी ने देखा। सविता की आँखों में बिखरी अरुणाभा, हर समय नाचती एक तसवीर, खोएपन में किसी एक की तलाश तथा इससे भी आगे बढ़कर घर की बूढ़ी महरी ने एक दिन बिस्तर ठीक करते समय तकिए के नीचे एक चित्र पाया, जिसे पहचानने में उसे कोई देर नहीं लगी।

नदी का पानी, पागल की सनक, पेड़ के पत्ते, बच्चे की उम्र, समय का रथ-चक्र कैसे बढ़ता है, इसका अंदाजा किसी को सहज रूप में नहीं हो पाता। अरुण मसूरी से ट्रेनिंग लेकर आ गया। एक साल ट्रेनी के रूप में रहा, एक साल सहायक मजिस्ट्रेट के रूप में रहा। दो साल सब-डिविजनल मजिस्ट्रेट, पाँच साल सचिवालय में विभिन्न पदों पर, दो वर्ष फाइनेंस कॉरपोरेशन का मैनेजिंग डायरेक्टर, तीन वर्षों तक कलक्टर और सब मिलाकर पंद्रह वर्ष नौकरी के बीत गए। लेकिन इन पंद्रह वर्षों को विभिन्न स्थितियों में वह जीता रहा है। शादी के लिए इस बीच कितने प्रस्ताव आए, माँ-बाप ने कितना

जोर दिया, सगे-संबंधियों-मित्रों ने प्रभावित करने में कोई कसर न उठा रखी, लेकिन अरुण को कोई भी राजी न कर सका।

"शादी की न तो जल्दबाजी है और न आवश्यकता। क्यों बंधन में फँसने जाऊँ?" वह हँसकर कहता।

जीवन के लिए शादी एक ममतापूर्ण उपलब्धि है। किसी के अनुसार बंधन, किसी के अनुसार पावन संबंध, किसी के अनुसार संस्कारी मर्यादा और किसी के अनुसार सामाजिक और पारस्परिक जीवन की महत्त्वपूर्ण कड़ी। लेकिन क्या शादी के बिना नहीं रहा जा सकता है? या क्या निर्बंध सत्य को बाँधने, जीवन को सहेजने, तारों को गति और सम में कसने, प्रतिष्ठा को पूर्णता देने के लिए यह आवश्यक है? इन प्रश्नों का कहीं भी और उत्तर नहीं मिल सकता, सिवा अरुण और सविता के। दोनों पति-पत्नी न होकर भी सबकुछ हैं। प्राण से, मन से, हृदय से, मस्तिष्क से, स्वभाव से और जीवन की साज-सज्जा से।

"अधरों का पान भौंरे किया करते हैं, कोई आदमी नहीं करता।" सविता कहती। "लेकिन किसी के अधर गुलाब की कली को मात दें, तो भौंरों के समान आँखें कब तक ललचाई रह सकती हैं।" अरुण का उत्तर होता।

"छिह, थोड़ा तो शर्म करो, कोई क्या कहेगा! कलक्टर हो, सरकार के बड़े अधिकारी, कुछ तो मर्यादा सीखो।" सविता तुनकती।

"कैमरा बंद है, फिर बाहर का हर आदमी वह सबकुछ सोचेगा, जो बंद कमरों के बारे में लोग अमूमन सोचा करते हैं। फिर संयम में बँधे रहने से क्या फायदा?" अरुण फुदकता।

और फिर कब दिन से रात होती, कब रात से प्रात: यह दोनों में से किसी को पता नहीं चलता, जब तक कि बालारुण वातायन पर दस्तक न दे देता।

और इसी प्रकार जीवन का क्रम आगे बढ़ रहा था। बेसुध, बेहिसाब; लेकिन तरतीब के साथ।

अरुण की अपने प्रांत में सर्वाधिक अच्छे अफसरों में गिनती होती थी और दूसरी ओर सविता ने भी अपनी छाते की फैक्टरी का खानदानी कारोबार काफी आगे बढ़ाया था।

बस, एक ही सवाल ऐसा था जहाँ दोनों मौन हो जाते थे—शादी। और कभी-कभी विकट प्रश्नों का उत्तर मौन द्वारा निकल आता है। शायद दोनों का मौन मुखर से कहीं अधिक था। दोनों दो होकर भी एक रहेंगे; लेकिन मंदिरों से अलग, सिंदूरों की आभा से दूर, संतानों की किलकारी से पृथक्।

ऐसा क्यों था, यह दोनों में से कोई भी नहीं जानता था और न जानने की इच्छा ही थी।

□

समाज स्वीकृति देता है या अस्वीकृति, लोग भला सोचते हैं या बुरा, भविष्य सुनहला होगा या अंधकारमय—यह वे कभी नहीं सोचा करते, जिनकी आँखों में सपने होते हैं तथा दिल में बेहिसाब धड़कनें होती हैं। एस.डी.ओ. अरुण, मजिस्ट्रेट अरुण, कलक्टर अरुण, पदाधिकारी अरुण, जहाँ कहीं भी रहा, साल में दो-चार बार सविता जरूर आती रही और साल का कोई महीना खाली न गया, जब अरुण कलकत्ता जाकर सविता के पास दो-चार दिन न रहा हो। लेकिन सबके बावजूद, सविता जब अरुण के पास होती या अरुण होता सविता के घर—तो सबकुछ जाननेवालों के मुँह पर भी एक हँसी, एक व्यंग्य उभर आता। कारण, दोनों सबकुछ थे, लेकिन पति-पत्नी नहीं थे।

पंद्रह वर्ष का समय कैसे कटा, इसका अंदाजा दोनों में से किसी को नहीं है; लेकिन एक छोटी सी बात ने अरुण को हिलाकर रख दिया।

जिस जिले में कलक्टर के रूप में उसका पदस्थापन हुआ, वहाँ के कमिश्नर से पहली मुलाकात में ही उसकी अनबन हो गई। बात यह हुई कि जिले के मुख्यालय में जिस समय कमिश्नर साहब आनेवाले थे, उसी समय सविता भी कलकत्ता से यहाँ पहुँचनेवाली थी। और अरुण के सामने प्रश्न था कि वह सर्किट हाउस में कमिश्नर साहब की अगवानी के लिए रहे या सविता को लेने स्टेशन जाए? विजय प्रेम की हुई। स्टेशन से सविता को लेकर अपने क्वार्टर पहुँचाने में अरुण को लगभग चालीस-पचास मिनट देर हुई कमिश्नर साहब तक पहुँचने में।

इधर कमिश्नर ने जब पहुँचते ही कलक्टर को नहीं देखकर पूछताछ की तो ए. डी.एम. ने धीरे से कहा, "सर, कहने योग्य बात रहे तो कुछ कहूँ, सच बात कहने में तो मेरी जबान हिल रही है।" ए.डी.एम. को डी.एम. से खार था। क्योंकि उसके कामों में चुस्ती नहीं रहती थी तथा काम 'पेंडिंग' में पड़े रहते थे, इसके लिए ए.डी.एम. डाँट भी सुन चुका था। इससे बडा मौका शायद उसे कभी मिलता भी नहीं, अतः उसने बड़े अदब के साथ धीरे-धीरे कमिश्नर को बताया—"सर, कलकत्ता की कोई एक बाजारू औरत है, उसके पीछे साहब पागल हैं। कोई महीना ऐसा नहीं होता, जब कलक्टर साहब कलकत्ता न जाते हों या वह लड़की यहाँ न आती हो। सर, आज वह पुनः यहाँ आ रही है। साहब उसी को 'रिसीव' करने गए हैं।"

कमिश्नर ने सुना तो दाँत पीसकर रह गया—"अच्छा, यह बात!"

"मिस्टर कुमार, मैं एक घंटे से यहाँ आया हुआ हूँ और आप अभी तशरीफ ला रहे हैं!" कमिश्नर ने घड़ी देखते हुए अरुण से आते ही सवाल किया।

"सर, एक जरूरी काम से मेहमान को रिसीव करने स्टेशन जाना पड़ा। गाड़ी बीस मिनट लेट थी, इसलिए देर हुई। क्षमा चाहता हूँ।" अरुण ने विनीत भाव से उत्तर दिया।

''मिस्टर कुमार, आप किस मेहमान को रिसीव करने गए थे, यह मैं अच्छी तरह जानता हूँ। सरकार के इतने बड़े पद पर रहकर, एक जिले के मालिक होकर, आपको इस प्रकार की हरकतें शोभा नहीं देतीं। इन कामों के लिए गली-कोठा ठीक है, जिले का मुख्यालय नहीं।'' कहनेवाले का चेहरा अधिक तमतमा गया। यह पहला मौका था, जब अरुण को इस प्रकार जलील होना पड़ा।

और बातें तो कहीं रुकतीं नहीं, चलती चली जाती हैं, बिना पंख हुए भी उनकी गति को कोई रोक नहीं सकता। ये बातें चलते-चलते सविता के कानों तक पहुँचीं, तब उसे भान हुआ कि अरुण इन दिनों क्यों खोया-खोया रहता है।

''अरुण, तुम छिपाना चाहकर भी छिपा नहीं सकते। तुम्हारी उदासी आखिर मेरी उदासी है। मैं आज जा रही हूँ, लेकिन अगले महीने जब तुम कलकत्ता आओगे तब तक मेरे-तुम्हारे संबंधों की स्थायी परिणति होनी चाहिए।'' गाड़ी जब छूटने लगी तो अरुण के हाथों को अपने हाथों में लेते हुए सविता ने कहा।

उस दिन कमिश्नर के जाने के बाद अरुण को ए.डी.एम. की कमीनी हरकत का पता चला। और कोई बात होती तो वह कुछ भी ध्यान नहीं देता, लेकिन जब से उसके 'कानों में' बाजारू औरत' शब्द की झंकार पड़ी, वह आपे से बाहर हो गया। नतीजा यह हुआ कि जाने-अनजाने भी ए.डी.एम. की फजीहत होने लगी।

और उधर ए.डी.एम. को कमिश्नर द्वारा अरुण को डाँटे जाने की भनक लग गई थी, अत: वह भी वार खाली छोड़ने को तैयार नहीं था। ए.डी.एम. घुटे सिर का आदमी था, बी.डी.ओ. से बढ़ते-बढ़ते ए.डी.एम. तक पहुँचा था। उसने अपने सर्किल में तथा इधर-उधर प्रचारित करना शुरू किया कि जो लड़की कलक्टर साहब के पास कलकत्ता से आती है, वह बाजारू औरत है तथा कलक्टर को बुरी तरह अपने शिकंजे में कसे हुए है। ए.डी.एम. के घिनौने प्रचार का यह फल हुआ कि बात कानोकान फैलती चली गई—क्लर्क से लेकर चपरासी तक और कमिश्नर से लेकर माली तक। और एक दिन अरुण के मामा जब दो दिनों के लिए यहाँ आए तो उनके कानों में यह भनक पड़ी और उन्होंने यहाँ से जाने के बाद पहला काम यही किया कि अरुण के पिता के पास गए और उनके कानों में यह बात डाल दी। सत्तर साल के बूढ़े को अपने बेटे का यह आचरण ऐसा लगा, मानो जहर खाकर अभी प्राण त्याग दें। उन्होंने अरुण को एक कड़ी चिट्ठी लिखी और अंत में यह भी लिखा कि शादी नहीं करने का राज अब मैंने समझा। ऊँचे खानदान की प्रतिष्ठा पर तुम अपनी इन हरकतों से धब्बा लगा रहे हो।

बहुत सी बातें ऐसी हुआ करती हैं, जिनका कोई जवाब नहीं होता। अरुण के कानों में ये बातें जहाँ-तहाँ से उड़ती हुई आतीं और वह अंदर-ही-अंदर कसमसा जाता। उसने क्लब जाना भी छोड़ दिया था। उसे लगता; जैसे हर आँख एक व्यंग्य लिये

उसकी ओर घूर रही है। पी.ए., पिउन, क्लर्क, मजिस्ट्रेट—हर व्यक्ति की आँखों में उसे अपने लिए एक व्यंग्य झलकता, जिसका उत्तर उसके पास कुछ भी नहीं था। रह-रहकर उसे भान होता, मानो जीवन की मान्यताएँ चिथड़ों के समान बिखर रही हैं। प्रेम की आस्था, मर्यादा, विश्वास, घनीभूत पीड़ा और उद्वेग, महज एक घिनौना शब्द पाकर तिलमिला तो नहीं रहा है?

प्रचार का क्रम कुछ ऐसा था कि वह न तो कलकत्ता जा सकता था सविता से विस्तार से बातें करने और न उसे ही बुला सकता था। विचित्र स्थिति होती है कभी-कभी आदमी की भी, जब वह शेर के समान बल सँजोकर भी स्वयं गीदड़ के समान सोचने लगता है।

रात आधी हो आई है, अरुण को नींद नहीं आती। कई कारण हैं, आज ही कमिश्नर का खत आया है, जिसमें उन्होंने लिखा है कि जिले से तरह-तरह की शिकायतें मंत्रियों एवं मुख्य सचिवों तक पहुँची हैं, इसलिए कमिश्नर दो दिनों के लिए यहाँ आ रहे हैं स्वयं स्थिति का अवलोकन करने।

अरुण अगले हफ्ते कलकत्ता जाना चाहता था। अब जाए तो कैसे? इधर मानसिक पीड़ाएँ बढ़ती जा रही थीं। उधर अप्रत्यक्ष रूप से एक बात और हो गई थी, जिसका कुछ भी आभास अरुण को नहीं था। अरुण के पिता ने, अपने साले उर्फ अरुण के मामा की मदद से कलकत्ता की उस लड़की का पता प्राप्त कर लिया था, जो पिछले पंद्रह वर्षों से अरुण के जीवन को झकझोरे हुए थी और दोनों खोजते-ढूँढ़ते सविता के मकान पर हरिसन रोड पहुँच गए।

"मेरे बेटे की जिंदगी अब बरबाद न करो, उसे छोड़ दो। कई खानदानी जगहों में हमने उसकी शादी की बात चलाई, लेकिन उसे तो तुमने पागल बना रखा है। और अगर तुम्हारे साथ उसने शादी की तो हम मुँह दिखाने लायक नहीं रहेंगे; मैं तो जहर खाकर मर जाऊँगा।" अरुण के पिता ने सविता को सामने पाकर रोते हुए कहा।

"बेटी, तुम संभ्रांत कुल की लगती हो, फिर यह बाजारूपन छोड़ दो। आज अरुण की जो बदनामी तुम्हें लेकर है, उसे सुनो तो सहन नहीं कर पाओगी। जहाँ वह कलक्टर है, वहाँ उसकी इज्जत दो कौड़ी की भी नहीं है। हर व्यक्ति यही चर्चा करता है कि 'कलक्टर साहब कलकत्ता की एक 'बाजारू औरत' के हाथ की कठपुतली हैं।' चादर से आँखें पोंछते हुए मामा ने सबकुछ खोलकर रख दिया। उन्हें तो और भी खार थी। कारण, अरुण की कई जगह की शादियों की बातें, जिनमें वे 'बिचवान' थे, इसी लड़की के कारण टूट गई थीं।

दूसरी ओर सविता मौन, निस्पंद, काटो तो खून नहीं। वह कहे तो क्या? और बोले तो क्या? बड़ी मुश्किल से उसके मुँह से यह वाक्य निकला—"बाबा, मैंने कुछ

नहीं किया है और मैं उनके जीवन में काँटा बनना भी नहीं चाहती। जहाँ भी ठीक समझें, जिससे उनका जीवन सुखी हो, आप उनकी शादी कर दें; मैं रास्ते में बिल्कुल नहीं आऊँगी।'' इसके बाद घर के पुराने नौकर रामदास ने दोनों बूढ़ों को तरह-तरह से समझाकर विदा किया।

और ठीक इसके दूसरे ही दिन सविता को अरुण की चिट्‌ठी मिली।

□

''सवि प्रिय,

''विचित्र उलझन और मानसिक उद्वेलन के बीच से इन दिनों गुजरना पड़ रहा है। मैं स्वयं मिलने पर ये सारी बातें करूँगा, लेकिन एक-दो बातें ऐसी हैं, जिनके संबंध में तत्काल निर्णय आवश्यक है। हम अब नदी के किनारों के समान अलग-अलग नहीं रह सकते। पता नहीं इस भाँति कब हम धार में बह जाएँ या डूब जाएँ। दुनिया के बहुत सारे लोग हमें किनारों से मझधार में ढकेलने के लिए तैयार बैठे हैं।

''सवि, मैंने सदा से यह चाहा कि जीवन के एक ऐसे उद्‌दाम पक्ष को हम संसार के सामने रखें, जिसमें चिड़ियों की चहक तो हो, उनके नीड़-निर्माण का प्रकरण न हो। लेकिन देखता हूँ कि सामाजिक उपालंभों के सामने मान्यताएँ कभी-कभी बुरी तरह पिस जाती हैं। मैंने जीवन में जिन बातों की कभी परवाह नहीं की, वे बातें राक्षसों द्वारा संहार का अस्त्र बनाई जा रही हैं। समाज के कई तत्त्व मुझे लीलना चाहते हैं। लेकिन मैं इतना कमजोर नहीं कि घुटने टेक दूँ। हाँ, इस आग की लौ तुम्हें न लगे, इसके लिए मैं जरूर सचेष्ट हूँ।

''पिछली बार जाते समय तुमने कहा था कि मेरे-तुम्हारे संबंधों की स्थायी परिणति होनी ही चाहिए। प्रिय, मैं भी इसे मानता हूँ कि बिना इसके अब हम नहीं चल सकते। इसलिए मेरा निर्णय है कि अगले महीने ही मुझे और तुम्हें परिणय-सूत्र में बँध जाना है। हालाँकि यह सूत्र हास्यास्पद है, इस अर्थ में कि पहले पंद्रह वर्षों से हमारे सूत्र इतने गहरे हैं कि परिणय शब्द भी उसके सामने थोथा है। हम पति और पत्नी कहलाए बिना जिन स्थितियों में रहे, प्रणय के मांगलिक चरणों का जिस प्रकार हमने अभिषेक किया, बंधन की परवाह किए बिना जिस तरह मुक्त विचरण करते रहे, एक मिनट के लिए भी हमने यादों को अपने से अलग नहीं किया—क्या कोई पति-पत्नी, मंगलसूत्रों और भाँवरों और अक्षतों के बावजूद, उतनी गहराई पा सकते हैं?

''हाँ, एक दुखद समाचार यह है कि अगले हफ्ते मैं नहीं आ पाऊँगा। हमारा कमिश्नर जो पिछली बार आया था और तरह-तरह की बातें करके गया, फिर दो दिनों के दौरे पर अगले सप्ताह आ रहा है। और जानती ही हो कि सरकारी मुलाजिम खूँटे पर बँधी गाय के समान होता है। उसकी अपनी मर्जी बॉस के इशारे पर तितली के पंखों के

समान क्षणमात्र में तिलमिला जाती है। किसी भी नौकरी का यही हाल है। इसलिए तो, रह-रहकर मर्जी होती है कि लात मार दूँ इस कलक्टरी को और तब आकर तुम्हारे आँचल की छाँव में निश्चित सिर गड़ा दूँ, जहाँ मेरा वास्तविक घोंसला है।

बस, तुम्हारा ही—

अरुण''

आदमी की स्थिति भी विचित्र होती है। एक क्षण में वह टूटता है और बस एक क्षण में जुड़ता है। छोटी सी एक बात, छोटा सा एक उपक्रम, छोटी सी एक मलय-बयार—उसे कहाँ-से-कहाँ ले जाए, यह कहना कठिन है।

गुलाब के फूल में जो आँखें सौंदर्य-ही-सौंदर्य देखा करती हैं, वे ही आँखें गुलाब में दूसरे ही क्षण रक्त की लाली और फूलों की जगह काँटे-ही-काँटे देखने लगती हैं। चाँद की शीतलता, उसकी पूर्णता, उसका परिवेश देखनेवाली आँखें उसके अंदर का काला धब्बा और उसके बीच के गढ़े देखने लगती हैं।

ऐसा क्यों होता है? केवल इसलिए कि आदमी स्थितियों में बँध जाता है, जकड़ जाता है, कोई अनदेखा साँप अपनी गुंजलिका में उसे समेट लेता है।

सविता पलंग पर लेटी है—अन्यमनस्क सी। तकिए के नीचे पड़ा है अरुण का पत्र, जो पता नहीं क्यों आज गुदगुदाने की जगह काँटों के समान रह-रहकर चुभ जाता है। उसके सामने एक ऐसी दुनिया है, जिसमें हर पूर्णता बीच में ही अधूरी रेखा बन जाती है। हर पूर्णिमा के दिन यह लग जाता है और कोई राहू चाँद को ग्रस लेता है। बचपन में ही पिता गए, जवानी के पहले माँ चली गई, और जवानी की उमंगों में एक जो सपना था, वह भी सत्य होते-होते टूट रहा है। वह सो न सकी, उठ बैठी। जब कभी नींद में और पुतलियों में आँख-मिचौनी होने लगती है, तब आदमी को लाचार होना ही पड़ता है। आखिर वह कब तक करवटें बदलती रहे?

सविता ने बत्ती जलाई, तकिए के नीचे से अरुण का पत्र निकाला। फिर दो तीन बार पढ़ा और काँपते हाथों से उसने उत्तर लिखना शुरू किया—

''कल या उससे भी पहले तुम्हारा यह पत्र आया होता तो शायद मैं उत्तर नहीं देती या देती भी तो यह कि चाहे कोई भी काम हो, उसे ताक पर रखकर सीधे यहाँ आ जाओ। लेकिन आज ऐसा नहीं लिख सकती। भूचाल के बाद धरती की प्रकृति बदल जाती है—कहीं नदियाँ उभर आती हैं, कहीं नाले लुप्त हो जाते हैं, पहाड़ियाँ फटकर पयस्विनी का रूप ले लेती हैं और समतल मैदानों में बालुकाराशि उभर आती है। लगता है, जैसे मैं दो-चार दिनों के अंदर किसी भूचाल के बीच से गुजरी हूँ और अनगिनत गढ़े, खाइयाँ, मरुस्थल, नदियाँ मेरे अंदर उभर आई हैं।

"शायद मैं तुम्हें जीवन का आखिरी पत्र लिख रही हूँ और वह भी ठीक उसी समय, जिस समय मैंने तुम्हें जीवन में पहला पत्र लिखा था। नदी की धार में अब हमें न तो बहने की जरूरत है और न मझधार में फँसने की, बल्कि एक विचारवान प्राणी के समान संतुलित होकर सोचने की जरूरत है।

"मैं तुम्हारे जीवन में सुहाग-बिंदु के समान रही, अभिशाप या पीड़ा के समान नहीं, और मैं कभी नहीं चाहूँगी कि मेरे कारण तुम्हारा जीवन अभिशापित हो। ऐसी स्थिति में मैंने कुछ फैसला किया है, बड़े सोच-विचार के साथ, जिसे तुम्हें मानना पड़ेगा—ऐसा मैं मानती हूँ।

"अरुण, मेरे न तो पिता हैं, न माँ। मुझे कोई न कुछ कहनेवाला है, न नसीहत देनेवाला, न रास्ता दिखानेवाला। वे यदि होते तो मैं शायद उनकी आज्ञा का उल्लंघन नहीं कर पाती। लेकिन तुम्हारे तो पिता भी हैं, माँ भी हैं। तुम्हारे पास कलक्टर का बड़ा पद है, इज्जत है, मर्यादा है, कुल, वंश-परंपरा है। इसलिए मेरी बात मान लो, माँ-बाप के कहे अनुसार किसी अच्छे खानदान में फूल सी खूबसूरत किसी लड़की से शादी कर लो, घर बसा लो और सोच लो कि सविता नाम की लड़की तुम्हारे जीवन में न कभी थी, न इस जगत् में है। मेरी चिंता छोड़कर एक सुनहरा संसार बसा लो, यह मेरे लिए बड़े ही सुख और संतोष का विषय होगा। और अरुण, तुमने यदि मेरी बात न मानी, तो तुम्हारे रास्ते को साफ और सुगम बनाने के लिए मैं जीवन का दूसरा कठोर रास्ता अपना लूँगी।

"पत्र को विस्तार में ले जाने की न तो कोई आवश्यकता है, न समय। केवल इतना ही कहना चाहती हूँ कि जो कुछ भी मिला है, उसे सँजो लो। जो न मिल सके, उसके लिए तड़प कैसी? और जरा सोचो तो सही, दुनिया में कितने सारे ऐसे लोग हैं, जिन्हें कुछ भी नहीं मिल पाता। जीवन भर भूखे और प्यासे रह जाते हैं। हमें और तुम्हें तो बहुत कुछ मिला है, फिर असंतोष क्यों?

"कुछ ही दिन बीते होंगे कि हम सान्निध्य से वंचित रहे हैं। लेकिन, मैं देखती हूँ कि उसकी विकल छाप तुम्हारे मुँह पर उभर आई है। मगर यह क्यों? सबकुछ मिलने के बाद अगर प्याले की आखिरी बूँद न भी मिले, तो ऐसी भी तृष्णा क्या! यह नहीं कि मेरा जी नहीं चाहता। लेकिन मैं अजीब अकथनीय तरीके से सर्वथा संतुष्ट और तृप्त हूँ, कोई कमी मुझे नहीं लगती। कोई विकार लेकर नहीं चला करती। मिले तो ठीक और न मिले तब भी ठीक। मैं चाहती हूँ कि तुम भी इसी मनस्थिति पर पहुँच जाओ। हालाँकि मैं तुम्हारी बेचैनी समझती हूँ। और उसका केवल आदर ही नहीं, स्वागत भी करती हूँ। लेकिन सबके बावजूद हमें और तुम्हें इस बात को सिद्ध करना है कि हम विकसित व्यक्तित्व हैं और निम्न स्तर से ऊँचे उठ सकते हैं।

"इसलिए अरुण, नदी की धार के समान जो बह गया, उसकी चिंता छोड़ो, आगे बात न बढ़ाओ, अब रहने दो।

कभी की तुम्हारी—
सविता"

सविता ने अपने पत्र को कई बार पढ़ा, कहीं कुछ जोड़ा, कहीं कुछ घटाया और स्वयं अपने हाथों उसे बंद कर टिकट चिपकाया और इसके बाद जब उसकी आँखें सामने उठीं तो आकाश के छोर पर अरुणाभा छिटक रही थी। वह स्वयं नीचे उतरी और घर के खानदानी नौकर को उठाकर उसने वह पत्र लेटर-बॉक्स में छोड़ने को दे दिया और तब तक दरवाजे के पास खड़ी रही जब तक बूढ़ा रामदास पत्र डालकर नहीं आ गया।

प्रश्न उठता है कि इसके बाद अरुण ने क्या किया, सविता का क्या हुआ, शादी हुई या नहीं, हुई तो कहाँ हुई, अरुण और सविता अब कहाँ हैं, दोनों में कोई संबंध है या नहीं, और कहानी का अंत कहाँ जाकर होता है?

तो मेरे प्रिय पाठकगण, कल्पना के सहारे खड़ी की हुई कहानियों को भले किसी प्रकार जोड़ा जा सकता है, और मोड़ा जा सकता है; लेकिन जिन कहानियों में थोड़ी भी सच्चाई हो, और कहानीकार का स्वयं का भी जहाँ कण—मात्र भी भावनात्मक संबंध पैदा हो गया हो, वहाँ कहानीकार को पूर्णता तक किसी कहानी को पहुँचाना बहुत मुश्किल होता है। इसलिए यह अधूरी कहानी आपको समर्पित कर मैं विदा लेता हूँ। लेकिन इतना जरूर कह दूँ कि अरुण और सविता दोनों अभी भी हैं, संभव है आपके आस-पास ही कहीं हों; आप खुद उन्हें ढूँढ़ लें और इस अधूरी कहानी को पूरा कर लें—यह मेरे लिए भी संतोष और सुख का विषय होगा।

□

अंतिम पत्र

शांत, स्निग्ध, सौम्य सागर सामने हिलोरें ले रहा था और सूरज को ऐसा लग रहा था, मानो जो जीवन वह जी रहा था, वह ठीक इसके उलटा है। समुद्र की लहरें अस्थिरता के साथ आती हैं और स्थिरता के साथ लौट जाती हैं, परंतु उसके जीवन में घटनाओं का क्रम ज्वार-भाटे के समान आता है तथा जब कभी वह लौटता है तो अपनी लकीर छोड़ जाता है। पता नहीं क्यों, इस अस्थिर गति का नियंता नहीं सोच पाता कि जीवन सपना नहीं, यथार्थ है और सच की गति कल्पना की गति से अलग होती है।

देश में बहुतेरे समुद्र-तट होंगे, लेकिन कोवलम का सागरीय किनारा धरती और व्योम दोनों है। नारिकेल कुंजों से आच्छादित दूर-दूर तक फैले मछुआरों की झुग्गी-झोंपड़ियाँ, चहचहाते यात्रियों का मनोविनोद, वीणा के मंद स्वरों के समान लहरों की गति, सब मिलाकर किसी को मोह लें, तो इसमें कुछ भी आश्चर्य नहीं है। सूरज यायावरी वृत्ति का निर्द्वंद्व व्यक्ति है। अत: कई बार वह इस तट को छू चुका है। और ऐसे ही क्षणों में उसे सहसा विश्वास हो जाता है कि जीवन का उद्देश्य अपने आपमें खो जाने में भी है।

'तुम्हारा गोल नाक-नक्श, गोरा-हँसमुख चेहरा, घुँघराले बाल, चपल किंतु सरल आँखें, स्वभाव की मृदुता—यह पूर्ण पुरुष का लक्षण है। फिर कैसे कोई स्त्री तुम्हें देखकर अपने को रोक पाएगी!'' वीणा ने उसके बालों में अपनी अंगुलियाँ उलझाते हुए यह बात आज से दस साल पहले कही थी, जब वह अपनी डॉक्टरी की डिग्री लेने कन्वोकेशन में गया था। और यह बात उस समय से आज तक सूरज के कानों में गूँजती रही है।

लेकिन इन बातों को याद करके अब क्या होगा? उसने सोचा ही था कि तभी द्वार पर हलका सा चाप हुआ। सहज रूप से सूरज ने 'कम इन' कहा और आनेवाली लड़की का उन्मुक्त सौंदर्य देखकर वह सहम सा गया।

''सर, आपका बिस्तर कर दूँ?'' वह बोली और सूरज कोई जवाब दे, उसके

पहले ही उसने 'बेड कवर' हटा दिया तथा उसे तह करने लगी।

समुद्र की लहरों के समान उन्मुक्त तथा नारियल के पत्तों के समान चपल, सहज रूप से वह लड़की बोली, "सर, किसी और चीज की जरूरत होगी तो घंटी बजा दीजिए। मेरी ड्यूटी खत्म हो रही है, मैं चली। गुड ईवनिंग।" कहती हुई बिना किसी उत्तर की प्रतीक्षा किए वह चली गई।

सूरज के दिमाग में तक्वी शिवशंकर पिल्ले की 'मछुआ' घूम गई—क्या यह उसी का प्रतीक है?

□

अकेला रहकर भी आदमी अकेला नहीं रह पाता। यह ठीक है कि सूरज निर्द्वंद्व रूप से अकेला है, लेकिन शांत वातावरण और खामोश रातें भी कभी-कभी टीस को बेतरह बढ़ा दिया करती हैं।

'सूरज, मेरी सलाह मान लो, शादी कर लो, घर बसा लो, बाल-बच्चे होंगे, सुखी जीवन होगा, तरतीब जिंदगी होगी, स्थिर परिवेश होगा।' यह बात दर्जनों बार वीणा ने कभी पत्रों द्वारा, कभी स्वयं मिलकर सूरज से कही है और उत्तर में सूरज ने केवल मुसकरा भर दिया है। 'कोवलम-ग्रोवर' के किनारे बैठा सूरज पिछली बातों को याद कर आज भी मुसकरा रहा है।

सूरज ने कई बार चाहा है कि वीणा के पत्रों का जवाब दे या स्वयं कहे कि अट्टालिकाओं में रहनेवाले फुटपाथों के दर्द को नहीं जान सकते या खून के घूँट को पीकर भी हँसनेवालों की पीड़ा का मूल्य अक्षरों से या शब्दों से परे होता है। लेकिन सूरज ने कभी कुछ नहीं कहा। उसके मन में वही कुछ बैठा है कि न लिखना, कभी-कभी लिखने से बढ़कर होता है तथा न कहना, कभी-कभी सबकुछ स्वयं कह जाता है।

□

—सूरज जब-जब मैं तुम्हें देखती हूँ, जी नहीं करता कि एक पल के लिए पलकें मूँदूँ या नजरें हटाऊँ। न जाने तुममें क्या है?

—सूरज, तुम मुझसे मिला न करो और अगर मिलने का साहस है तो छोड़कर तुरंत चले जाने का दुस्साहस मत किया करो।

—सूरज, जानती हूँ कि बहुत बड़ी बेड़ी हमारे और तुम्हारे पैरों में पड़ी है, लेकिन क्या तुम उसे तोड़कर मुझे भी उससे मुक्त नहीं कर सकते?

पता नहीं क्यों मैं तुम्हें रोज एक पत्र लिखा करती हूँ और हर पत्र में क्या न क्या लिख देती हूँ। डर लगता है कि कहीं ये चिट्ठियाँ भूल से पापा या भाई के हाथों पड़ गई तो? लेकिन कभी-कभी यह भी सोच जाती हूँ कि ये पत्र उनके हाथों में पड़ जाएँ, जिससे जीवन का यह सारा राज खुल जाए और अधिक घुलने से बच जाऊँ।

—सूरज, पुराने जमाने में संयोगिता तथा ऐसी ही कितनी कन्याओं का हरण किया जाता था और वह पुरुष बहुत बहादुर माना जाता था। क्या तुम अपने में यह साहस नहीं बटोर सकते?

—सूरज, क्या सच में अब कुछ नहीं हो सकता? मैं किसी पशु के समान गले में फंदा डालकर किसी के साथ चली जाऊँगी, किसी की पत्नी बन जाऊँगी, किसी की माँ और किसी की कुछ लेकिन सूरज उसके बाद भी क्या मैं कभी तुम्हें भूल पाऊँगी?

रह-रहकर सूरज को आज से आठ-दस साल पहले लिखे वीणा के पत्रों के ये अंश दंश के समान बींध जाते हैं। रात आधी हो आई है, परंतु उसे नींद नहीं आती। वह उठकर बैठ जाता है तथा बत्ती जलाकर शीशे में अपने आपको देखकर स्वयं से बातें करने की चेष्टा करने लगता है।

□

''हमारी-तुम्हारी यह आखिरी मुलाकात होनी चाहिए, सूरज, आज से यह भूल जाना कि वीणा नाम की कोई लड़की इस संसार में है या थी और उससे तुम्हारा कोई परिचय भी था।'' वीणा ने बड़े संतुलित रूप में यह बात सूरज से कही।

बेयरे ने कॉफी के दो प्याले और सैंडविच दोनों के पास लाकर रखे। यह बहुत पुराना होटल रहा है वीणा और सूरज के मिलन का केंद्र। सूरज ने अपनी आँखें उठाईं, उनमें से निरीहता झाँक रही थी।

वीणा ने कॉफी तैयार की और सूरज की ओर बढ़ाते हुए बोली, ''याद है तुम्हें, आज के ठीक बारह साल पहले हम इसी होटल में साथ-साथ कॉफी पीने आए थे। और सच कहती हूँ, आज आखिरी बार यह कॉफी पी रहे हैं।''

सूरज सुनकर भी कुछ नहीं सुन रहा था। और ऐसे ही पैंतालीस मिनटों का समय बीत गया था। जैसे हवा का झोंका थम जाए, जैसे सूर्य-किरण से बर्फ की वर्षा होने लगे, जैसे गाय अपने बछड़े को दूध पिलाने की जगह लात चला दे। और फिर वीणा उठी थी, उसने घड़ी देखी, ''अब तो पंद्रह मिनटों में मुझे घर पहुँचना है। अच्छा विदा लेती हूँ, सूरज, 'गुड ईवनिंग'।'' और सूरज कुछ कहे, इसकी प्रतीक्षा किए बिना वीणा चल दी थी और 'सरस्वती होटल' के सामने खड़ा सूरज तब तक उसे निहारता रहा था, जब तक वह आँखों से ओझल न हो गई।

□

जैसे समुद्र की लहरें आती हैं, वैसे ही जीवन-जलधि में साल, महीने, दिन आते हैं और जाते हैं। सूरज उगता है, डूबता है, सुबह होती है, शाम होती है और इसी तरह गालिब के अनुसार, आदमी की जिंदगी तमाम होती है। सूरज ने बहुतेरी कोशिशें कीं कि वह वीणा को भूल जाए, लेकिन रह-रहकर उसके दिल में वीणा के तार झनझना उठते

थे। कोवलम के इस समुद्री तट पर जब शांति की खोज में वह भागा आया है, तब भी कहीं-न-कहीं उसके अंतर में वही झंकार कौंध मचा रही है।

पिछली मुलाकात में वीणा ने स्वयं ही कहा था कि यह आखिरी मुलाकात है और तब से आज तक फिर इन दोनों की मुलाकात नहीं हुई, लेकिन सूरज कभी भी इस निष्कर्ष पर नहीं पहुँच सका कि अब फिर मिलना क्यों नहीं होगा?

आज पाँच दिन हो गए सूरज को यहाँ आए। जिस शांति की तलाश में वह यहाँ आया था, ठीक उसके विपरीत अशांति उसके हाथ आई है। कॉटेज के बाहर कुरसी निकालकर औरों के समान समुद्र-शोभा निहारने का वह प्रयास करता है, बदले में उठती लहरें उसे लगता है, जैसे लील जाएँगी। नारियल के पत्तों के मर्मर स्वर में उसे ऐसा भान होता है, मानो कोई उसे चिथड़े-चिथड़े करने का प्रयास कर रहा है। और इन एकांत क्षणों में बैठकर सूरज बस एक ही बात सोचता रहा है—क्या प्यार की परिणति विक्षिप्त धरातल है?

वीणा को सूरज ने प्यार किया था, आज भी करता है, शायद जीवन की अंतिम साँस तक करता रहेगा। बदले में वीणा ने प्यार दिया, सपने दिए, अनुभूतियाँ दीं; लेकिन गदराए यौवन का सारा सुवास वीणा से किसी और ने लिया।

और आज वीणा दो बच्चों की माँ है, सुदक्ष गृहिणी है, भरे-पूरे परिवार की एक श्रेष्ठ सदस्या है, रूप और यौवन से लदी सचेतन मूर्ति है और दूसरी ओर सूरज जर्मनी की एक फर्म में काम करता है और केवल वीणा की याद में भागा हुआ एक ऐसा यायावर है, जो अपना भूत, भविष्य, वर्तमान कुछ नहीं जानता।

'बोन' से चलते समय उसने कितने सपने देखे थे। चार साल की नौकरी में उसने यश और पैसा दोनों अर्जित किए थे और जब वह बंबई पहुँचा तो उसे लगा कि धन-दौलत-यश-प्रतिष्ठा-डिग्री प्राप्त करने के बाद भी वह एक भिखारी है—एक लुटा हुआ पथिक, एक उजड़े महल के साए में बैठा एक ऐसा जलील मनुष्य, जिसका अतीत उसे पुचकारता है, लेकिन वर्तमान दुतकारकर रख देता है।

''क्यों दोस्त, लगता है कि अभी तक वीणा के तार तुम्हें झंकृत कर रहे हैं। लेकिन यार, वास्तविक वीणा का वादक तो अब कोई और है,'' दो-चार मित्र जो बंबई में 'रिसीव' करने आए थे, उन्हीं में एक सुरेश भी था, जिसने यह बात कही।

और सूरज को लगा कि उसके अंदर कहीं कुछ टूटा है और वह टूटना कुछ ऐसा ही है, जैसे सप्तस्वरों के बीच में ही वीणा का कोई तार टूट जाए। जैसे सपने के बीच से ही नींद टूट जाए। जैसे कली के फूलने से पहले ही किसी गुलाब की डाल टूट जाए।

लेकिन साथियों का क्या भरोसा, चिढ़ाने के लिए और बातों को ऊपर-नीचे करने के लिए वे बात बना देते हैं—उसने सोचा और इधर-उधर की औपचारिक बातें करता रहा।

□

लेकिन सही बातों के ही सिर और पाँव हुआ करते हैं। वीए. से मिलने के लिए सूरज को तीन महीने तक भटकना पड़ा और जब वह मिली तो वह वीणा नहीं थी, जिसे तीन-चार साल पहले छोड़कर वह विदेश गया था। वीणा अरोड़ा अब वीणा खरे हो गई थी; भारत की जनसंख्या में विगत चार वर्षों में उसने दो की वृद्धि की थी, चेहरे पर समृद्धि की सारी निशानियाँ पुलक रही थीं तथा मिलने पर सूरज को ऐसा लगा कि वीणा को पहचानने में भी कष्ट हो रहा है।

लेकिन दूसरी ओर सूरज ज्यों-का-त्यों वही सूरज था। आँखों से, दिल से, भावों से, अपनी मधुर मुसकानों से। उसने बहुतेरा चाहा कि पुरानी स्मृतियों को तरोताजा करके वीणा के तारों में झंकार पैदा करे, लेकिन सब व्यर्थ गया।

और अंत में वह समय भी आया, जब स्वयं वीणा ने यह कहा कि यह हमारी और तुम्हारी आखिरी मुलाकात है।

और कोवलम के सागर के तीर बैठा सूरज सूरज की आखिरी किरण के साथ अपना भी आखिरी दिशा-निर्देश करने पर रह-रहकर विचार कर रहा है।

क्या प्रारंभिक परिणय की परिणति यही होती है? क्या प्यार एक सतही भावुकता मात्र है? क्या वीणा ने जो कुछ भी कहा था या जो कुछ भी लिखा था—मात्र वह कोरी विडंबना थी? क्या प्रेम में गहराइयाँ नहीं होतीं?

और इसके साथ ही उसे बोन में अपने साथ काम करनेवाली जर्मन लड़की जूली की याद आ जाती—"मिस्टर सूरज, किन ख्वाबों में आप इस कहर पड़े रहते हैं? कभी तो मौका दीजिए, इन सपनों को मैं साकार करूँ।"

"जर्मन लड़कियाँ सस्ती या सतही नहीं होतीं, आजमाकर तो देखिए, हम लोगों के अंदर भी आर्यों का ही खून वास करता है।" जूली कहती।

और सूरज हँस देता—"मिस जूली, भारत में लड़के-लड़कियाँ जब घरौंदों का भी खेल खेलते हैं तो उसे सच मानकर। मैं जिन ख्वाबों में हूँ, वे सपने मात्र नहीं हैं, सच हैं।"

और जब एक शाम जूली ने सूरज को काफी अपनेपन के साथ सहलाया और पूछा कि आखिर उसके सपनों का राज क्या है, तो सूरज ने उसे साफ-साफ बताया—"वीणा मुझे प्यार करती है, वीणा मेरे लिए बैठी है और यदि मैं आज शादी कर लूँ तो वह जीवन भर या तो कुँवारी रह जाएगी या अपना जीवन ही समाप्त कर देगी।" और इसके एक महीने बाद ही मिस जूली का एक प्यारा सा पत्र और शादी का निमंत्रण सूरज को मिला था। लिखा था—"मिस्टर सूरज, शादी एक 'बायोलॉजिकल' आवश्यकता भी है, अतः मैं कब तक आपकी राह निहारती बैठी रहूँ। वैसे आपकी मित्रता और स्वभाव तथा हँसमुख चेहरा मुझे सदा याद आता रहेगा।

''मौका मिले तो मेरी शादी में शामिल होइए, कृतज्ञ होऊँगी।''

सामने सागर हिलोरें ले रहा है, जोड़े कल्लोल कर रहे हैं, बच्चे बालूओं में घरौंदे बना रहे हैं, हलकी हवा पत्तों को थपकियाँ दे रही है और सूरज डूब रहा है…

सूरज उठा, अब यह सब सहन नहीं होता, कमरे में जाकर उसने लिखना शुरू किया—

□

''वीणा

''कभी मैं तुम्हें 'प्राणों से भी प्रिय' लिखा करता था, लेकिन शायद अब वह संबोधन तुम्हें उचित नहीं जँचे, अतः लिखकर और परेशान नहीं करना चाहता हूँ। तुमने स्वयं उस दिन कहा कि यह हमारी आखिरी मुलाकात है, लेकिन मेरे उत्तर की प्रतीक्षा किए बिना ही तुम उठ गईं।

''काश, तुमने मुझे पहचाना होता! मैं शरीर का नहीं, केवल प्रेम का भूखा था, और उस प्रेम को कलंकित करना कभी नहीं चाहता। प्रेम त्याग और बलिदान का ही दूसरा नाम है और उस प्रेम की रक्षा के लिए मैं जीवन भर इतना जरूर करूँगा कि हृदय में दूसरी वीणा को स्थान न दूँ। जैसा हूँ, वैसा ही रह जाऊँ—अकेला, एकांत, निःशब्द। और तुम्हारे इस सद्यःप्रफुल्लित जीवन में कहीं भी कलंक की कालिख लगे, यह मेरा अभीष्ट नहीं है।

''तो इसके लिए आवश्यक है कि तुम्हारे ये सौ से अधिक मेरे पास पत्र, जिनका हर अक्षर प्रेम का जीवित इतिहास है और मेरे-तुम्हारे संबंधों का दर्पण—उन्हें तुम अपने हाथों ही या तो जला दो या फाड़ दो या जैसे चाहो वैसे नष्ट कर दो। रही बात न मिलने की। तो वीणा, शायद इस देश में रहकर यह संभव न हो। कहीं-न-कहीं हम टकरा न जाएँ, इसलिए मैंने निश्चय किया है कि यहाँ से अब सदा के लिए चला जाऊँ।

''मैं एक सप्ताह के अंदर इस देश से कहीं बाहर-जर्मनी, अमेरिका, फ्रांस, कनाडा या इंग्लैंड जाना जाऊँगा। तुम्हें पता भी न होगा कि मैं कहाँ हूँ और न तो इसकी कुछ आवश्यकता ही रहेगी।

''हाँ, एक बात अंत में मैं जरूर कहना चाहता हूँ—यदि कभी कोई पूछे कि सूरज से तुम क्यों बिछुड़ गईं तो तुम बेशक कह देना कि सूरज ने मुझे दगा दी। अपने बारे में कभी कुछ मत कहना; कारण—नारी के सर्वोच्च गुणों में उसका प्यार, औदार्य, बलिदान और त्याग होता है। और तुम्हारे आचरण से कोई यह न समझे कि तुमने प्यार के साथ धोखा किया है। इससे संपूर्ण नारी जाति के माथे पर कलंक का टीका लगेगा।

''तुमने आखिरी मुलाकात कही थी, यह मेरा आखिरी खत है। भूलों के लिए…

—सूरज''

सूरज पत्र बंद ही कर रहा था कि हलकी घंटी बजी। उसने दरवाजा खोला तो वही कलवाली लड़की खड़ी थी—"सर, आपका बिस्तर लगा दूँ?" कुछ मुसकराते और कुछ शरमाते हुए उसने पूछा।

"बिस्तर लगाओ नहीं, बल्कि मेरा सामान ठीक कर दो, मैं अभी यहाँ से चला जाऊँगा।" सूरज ने कहा।

"क्यों साहब! आप तो एक सप्ताह रहनेवाले थे?" लड़की ने निरीह भाव से पूछा।

"कभी-कभी जीवन में एक दिन भी पहाड़ सा होता है, जो काटे नहीं कटता। मैं यहाँ शांति के लिए आया था, लेकिन अशांति ने मुझे घेर लिया है।" एक दीर्घ निश्श्वास लेकर सूरज ने बिना यह समझे कि इस लड़की को इन बातों से क्या मतलब, यह बात कही और स्वयं भी अपना सामान ठीक करने में लग गया।

□

यह कहानी नहीं है

किसी भी झूठ को सच और किसी भी सच को झूठ मान लेना मेरे स्वभाव में है। 'हाँ, यह हो सकता है' या 'भला यह कैसे संभव है?' दोनों बातें मैं एक ही क्षण में सोच सकता हूँ। लेकिन उस दिन मेरे पास उस क्षण-विशेष में सोचने के लिए कुछ भी नहीं रह गया था।

कभी-कभी स्थितियाँ निर्निमेष कर देती हैं—न तो संज्ञा रहती है सोचने की, न चेतना, क्या है सच और क्या है झूठ? मेरे लिए वह क्षण भी कुछ ऐसा ही था। रह-रहकर, कोने में बैठी वह लड़की मेरी ओर देख लेती थी। उसके बाद न तो वह हँसती थी, न मुसकराती ही थी। पहले तो मुझे ऐसा लगा, जैसे ट्रेन से सफर करनेवाला एक यात्री दूसरे यात्री को निहार लेता है या होटल में एक टेबल के लोग दूसरे टेबलवालों पर उड़ती निगाहें डाल देते हैं, वैसे ही उसकी भी वह नजर है। लेकिन कुछ ही देर में मेरा वह भ्रम टूट गया, जब मैंने यह महसूस किया कि यात्रियों के समान न तो यह उड़ती निगाह है और न औपचारिक देखभाल, बल्कि वह लड़की बड़े करीने से मुझे ही देख रही है, और तब अपने साथियों की नजर चुराकर, मेरी भी आँखें बरबस कोने के उसी टेबल पर जाकर टिकने लगीं।

मुझे एम.पी. होकर आए कुछ ही दिन हुए थे कि मेरे एक मित्र ने अशोक होटल में खाने का निमंत्रण दिया। उसके पहले एक बार और अशोक होटल में खाना खाया था। यों भी बड़े होटलों में जाते झिझकता हूँ और खाते कतराता हूँ। कारण, ऐसे होटलों में खाना और पीना दोनों चलता है और अपने राम का संबंध पीने से है ही नहीं। फिर खाना तो घर में खा लो या किसी ढाबे में—क्या फर्क पड़ता है?

खैर, मानता हूँ कि उस दिन का अशोक होटल में जाना बड़ा सार्थक हुआ। अगर नहीं गया होता, और खासकर उस समय, तो मैं वंचित रह जाता एक अनूठे सत्य से, उसे जानने और समझने के अवसर से, उसके अनुवर्ती झंझावात के झोंके से, जो अभी तक मेरे ऊपर है।

अशोक होटल आजादी के बाद की उपलब्धियों में एक है। किसी पहाड़ी लड़की के भोले-भाले सौंदर्य के समान भारतीयता से पूर्ण मेहराब, गुंबज, हलका गुलाबी रंग और अंदर भी भारतीय साज-सज्जा, किसी प्राचीन किले सी भव्यता, बड़े-बड़े कमरे, लंबी-लंबी गलियाँ, पाँव रखने में झिझक आए ऐसे कालीन, हवा के समान रह-रहकर लहर खाते परदे, सजे-सँवरे बेयरे, डिनर के समय मादक हलका संगीत, कुछ हिंदुस्तानी, कुछ विदेशी वाद्य-यंत्र—सब मिल-जुलकर अशोक होटल को होटलों की दुनिया में नई आबरू प्रदान करते हैं। इसीलिए दुनिया के जिस किसी कोने में मैं गया, सैलानियों ने ताजमहल, कुतुब मीनार, जंतर-मंतर के साथ ही अशोक होटल का भी जिक्र किया।

और उसी अशोक होटल का 'डिनर-हॉल', जिसका नाम रखा गया है राष्ट्रीय पक्षी मयूर के नाम पर 'पीकॉक हॉल'। सोचता हूँ कि नामकरण 'सनोवर' आदि के समान ही 'मयूर हॉल' ही होता तो ज्यादा अच्छा था।

खैर, मूल-विषय पर आता हूँ। रह-रहकर वह कोनेवाली लड़की अपनी निगाहें मेरी ओर फेंक रही थी और उसी अनुपात में ठहर-ठहरकर मैं भी अपनी आँखें उस पर फेर देता था। लेकिन दोनों ओर की निगाहों में न तो कहीं कपटता थी और न खूबसूरती को देखने का एहसास ही। मैं तो केवल इसलिए अपनी नजरें उस ओर करता था कि मुझे उत्सुकता और हैरानी दोनों हो रही थी कि कोई खूबसूरत, जवान, हर तरह से गदराई, अपरिचित निगाह मेरी ओर इतनी उत्सुकता से क्यों देख रही है?

□

बड़े होटलों में खाने के साथ-साथ गप्प का भी दौर काफी चलता है—'टेबल टॉक' और इसी में दस मिनटों का खाना एक घंटा सहज रूप में ही ले लेता है। शायद बेयरे भी इस बात को जानते हैं, इसीलिए ऑर्डर लेने और सामान लाने का अंतराल पंद्रह-बीस मिनटों का होता है।

खाना खाते हुए मैंने देखा कि कोने की लड़की खाना तो नाममात्र का खा रही है, लेकिन दो-तीन बार बोतल और गिलास आपस में जरूर टकराए हैं और इस बीच सिगरेटों के भी कई कश चलते रहे हैं। लड़की जितनी मधुर है, उसका साथी भी उतना ही हसीन, इसलिए कि शराब या सिगरेट के दौर में वह लड़की को बहुत पीछे छोड़ जाता है!

खाना खाकर हम उठने ही वाले थे कि एक बेयरे ने एक चिट लाकर मेरे हाथ में थमा दी—'आप शंकरदयाल सिंह ही तो हैं?' खूबसूरत लिखावट थी।

'किसने यह चिट तुम्हें दी है?' मैंने बेयरे से पूछा।

'सामने की मैडम ने।' कहते हुए बेयरे ने कोने के टेबल की ओर इशारा किया।

'हाँ' मेरे मुँह से अहट सा स्वर निकला।

बेयरा वहाँ जाकर जवाब दे, उसके पहले ही वह लड़की उठ गई और उसने इशारा करके मुझे एक ओर बुलाया—''वही मैं कहूँ कि मेरी आँखें कभी धोखा नहीं दे सकतीं! देखा, मैंने आपको कैसे पहचाना!''

□

मैं अवाक् था—''माफ करेंगी, मैं आपको पहचान नहीं सका।''

''सभी एक-दूसरे को इतनी सरलता से थोड़े ही पहचान लेते हैं!'' वह लड़की बोली, ''आप बाहर चलकर लॉज में थोड़ी देर मेरा इंतजार करें, मैं अभी आती हूँ।'' ''मेरी ओर गौर से देखिए, क्या आपने मुझे कहीं या कभी देखा है, पहचान सकते हैं मुझे?'' लॉज में आमने-सामने बैठकर उसने मुझसे पहला सवाल किया। मैंने अपनी बुद्धि को फैलाते हुए कहा, ''माफ करेंगी, मैं बिल्कुल भूल रहा हूँ।'' मेरे स्वरों में भारी झिझक थी।

''मैं हूँ शोभा। याद आया कुछ? उन्नीस सौ बावन-तिरपन-चौवन-पचपन का साल, कॉलेज-जीवन और उस कॉलेज की सबसे खूबसूरत लड़की शोभा और सबसे शांत लड़का शंकरदयाल।'' एक ही साँस में वह सारी बातें कह गई और मेरे सामने पंद्रह-बीस साल पहले का चित्र सजीव होकर नाच उठा। याद आ गया, भलीभाँति याद आ गया, अच्छी तरह याद आ गया।

शोभा—कॉलेज की सबसे खूबसूरत और हसीन ही नहीं, सुतीक्ष्ण, बुद्धिमान, शीलवान और कल्पना के समान ही कई लड़कों के दिल-दिमाग पर स्वप्न के समान छाई हुई लड़की—शोभा।

'यार, मैं तो मर गया आज! कॉलेज के बरामदे पर खड़ा था, शोभा बगल से गुजरी और उसने देखकर मुसकरा दिया। मैं कैसे उन मुसकानों को जीवन भर भूल सकता हूँ?' शर्मा ये बातें गद्गद होकर गुप्ता से कह रहा था।

'भाई, जीवन गुजार दूँगा शोभा के चित्र को छाती से लगाकर। मरते समय भी मेरे मुंह से बस एक ही स्वर निकलेगा—शोभा।' कॉलेज का बड़ा ही नटखट और चुलबुला लड़का कक्कड ओमप्रकाश से बयान कर रहा था।

'मुझे भी भगवान् ने शोभा के समान आँखें दी होतीं, गुलाबी गाल दिए होते, कमर की लोच दी होती तो मैं भी अपनी अंगुलियों पर कितनों को नचाती।' कक्षा में बैठे हुए, आगे की सीट पर माधुरी नाम की एक लड़की उषा से कह रही थी।

और ऐसी ही बहुत सारी बातें शोभा के संबंध में मैंने कॉलेज-जीवन में उड़ते-उड़ते सुनी थीं, जिनमें मुझे कोई रस नहीं था।

और आज जब इतने वर्षों बाद शोभा इस प्रकार मेरे सामने आ गई और मैंने उसे पहचाना, तो ये सारी बातें रह-रहकर मेरे अंदर बादलों के समान उमड़-घुमड़ करने लगीं।

''आप आजकल कर क्या रहे हैं? कहीं हैं? दिल्ली कब आए?'' कुछ भी समय बरबाद किए बिना शोभा ने एक साथ सवालों की झड़ी लगा दी।

''पढ़ाई समाप्त करने के बाद से ही मैं राजनीति में आ गया; किसी सर्विस में नहीं गया। इस बार लोकसभा में चुनकर आया हूँ।'' मैंने सरल उत्तर दिया।

''तो आप ही हैं शंकरदयाल सिंह, एम.पी., जिनका नाम तो मैंने अखबारों में पढ़ा था और चर्चाएँ भी सुनीं, लेकिन यह नहीं जानती थी कि आप ही हैं। मेरी बधाई लीजिए—'हार्टिएस्ट कांग्रेचुलेशंस'!'' बहुत अपनापे के साथ वह बोली, ''शुरू से ही मुझे ऐसा लगता था कि आप बड़े आदमी होगे। जितना शांत और रचनात्मक ब्रेन आपका था, उतना बैच में और किसी का नहीं।''

''आपने तो, शोभाजी, व्यर्थ ही मेरी प्रशंसा शुरू कर दी। पहले यह बताइए कि आपके पति कहाँ पोस्टेड हैं, कितने बच्चे हैं, आप दिल्ली में कहाँ रह रही हैं?'' मैंने बातों की नोक उसकी ओर मोड़ दी।

''तीनों प्रश्नों का एक ही उत्तर है कि मैंने शादी की ही नहीं। फिर न तो बच्चे हैं और न पति, न पोस्टिंग का ही झमेला। दिल्ली मेहमान के समान दो-चार दिनों के लिए आई हूँ। कहाँ रहती हूँ यह स्वयं नहीं जानती।'' कहते हुए उसने सिगरेट-केस से एक सिगरेट निकाला, लेकिन जलाने के पहले ही उसे पुनः तुरंत यह कहते हुए डिब्बे में रख लिया—''नहीं, आपके सामने सिगरेट नहीं पीऊँगी। मुझे याद है, पढ़ते समय आप एक आदर्श विद्यार्थी माने जाते थे—न सिगरेट पीना, न पान खाना, न चाय लेना और न लड़कियों की ओर झाँकना।'' उसने मुसकराने की चेष्टा करते हुए ये बातें कहीं।

''आपके साथ जो सज्जन खाना खा रहे थे, वे कौन हैं?'' मैं अपनी बातों में न पड़कर चाहता था कि उनसे कुछ जान लूँ।

''आर्मी में एक अधिकारी, मेरे अनेक मित्रों में एक।''

''आपने शादी क्यों नहीं की? क्या अब करनेवाली हैं?'' मैंने उसे कुरेदा। ''शंकरजी, मैं अपने जीवन में शादी करने की आवश्यकता नहीं समझती। कोई-कोई जीवन ऐसा भी होता है, जो अकेले ही बीत जाता है। मेरा जीवन एक ऐसा ही सत्य है, जिसे मैं जीने का बोझ नहीं बनने देना चाहती।'' मैंने महसूस किया कि उसके गले में एक करुण ज्वार आकर अटक रहा है।

''शादी जिन उद्देश्यों के लिए की जाती है, उनकी मैंने कभी कमी नहीं महसूस की। हर तरह का भौतिक सुख मुझे उपलब्ध है, दस-बीस हजार रुपए माहवार खर्च करने की छूट है, जोखिम भरे बड़े-से-बड़े कामों में हाथ डालती हूँ और कर देती हूँ। एक-से-एक गुप्त सूचनाएँ और जरूरी कागजात उपलब्ध करके लाती हूँ—और बदले में अपनी जान को हथेली पर लिये चलती हूँ। कौन सा दिन कहाँ बीतेगा तथा रात

किसके साथ कहाँ बीतेगी, मैं नहीं जानती। केवल अपना काम जानती हूँ और जानती हूँ उद्‌देश्य की पूर्ति, जिसके लिए मैं सबकुछ करती हूँ, महलों में शय्या-साथी बनने से लेकर बियाबानों में भटकने तक। लेकिन, मेरे भाई, मैं जो कुछ भी करती हूँ, अपने देश के लिए करती हूँ, भारत माँ के लिए करती हूँ, राष्ट्रीयता की रक्षा के लिए करती हूँ। और इसमें मुझे जो अप्रतिम सुख मिलता है, उसका वर्णन मैं नहीं कर सकती।

''अगर शादी कर लेती और बच्चों का भार वहन कर लेती तो एक मेरा अपना घर गुलजार हो जाता, लेकिन आज मैं जो कुछ भी कर रही हूँ—पूरे देश के लिए, साठ करोड़ जनता के लिए, वह शायद फिर नहीं कर पाती।'' एक उसाँस लेते हुए वह बोली।

''लेकिन शोभाजी, आप अब भी तो शादी कर सकती हैं! मुझे स्मरण है, आप जब पढ़ती थीं तो कॉलेज के सैकड़ों लड़के और प्राध्यापक आप पर जान देते थे। और आज भी, आपके समान सौंदर्य खोजने-ढूँढ़ने पर भी नहीं मिलेगा।'' मैंने वातावरण को हलका बनाने के खयाल से कहा।

''शंकरजी, रह गए आप भोलेशंकर, वही ज्यों-के-त्यों, जो बीस साल पहले थे। शादी केवल चूड़ियों की खनखनाहट या माँग का सिंदूर नहीं है, आत्मा की पवित्रतम निष्ठा है, कोरे कागज की-सी धवलता। मंडप में बैठकर देवता के सामने मैं जो मंत्र बोलूँगी क्या वह अपने आपको धोखा देने का एक स्वाँग-मात्र नहीं होगा? फिर ऐसी शादियाँ तो मैं रोज ही रचाती हूँ, जिनमें न पंडित-पुरोहित होते हैं, न गणपति, न नैवेद्य, न दीप, न अक्षत, न धूप।

''आपने जिस शोभा को आज से अठारह-बीस साल पहले देखा था, उसे भूल जाएँ। जिसे सामने देख रहे हैं, वह मात्र एक आकार है, चलती-फिरती-हिलती गुड़िया, जिसमें न तो संवेदन है, न कंपन।

''कठपुतली का खेल कभी देखा है आपने? अदृश्य रस्सियों के सहारे सारा संयोजन होता है। वही समझ लें आप मुझे भी।''

शोभा ने घड़ी देखी—''माफ करेंगे, मैंने आपका बहुत वक्त ले लिया। आप जैसे पुराने सहपाठी को सामने पाकर मेरे अंदर बीस साल पहले का अपना संवेग लौट आया। आपको इस रूप में देखकर बहुत-बहुत खुशी हुई।

''मुझे साढ़े दस बजे कहीं जरूरी काम से पहुँचना है। विदा ले रही हूँ। जीवित रही और फिर कभी दिल्ली आई तो जरूर मिलूँगी। याद रखिएगा।'' कहते हुए शोभा ने अपनी हथेली मेरी ओर बढ़ा दी, मैंने हाथ मिलाया, हालाँकि झिझकते हुए। कारण, किसी भारतीय नारी से कोई पुरुष हाथ मिलाए, यह मुझे जँचता नहीं है। इसे शोभा ने ताड़ लिया, बोली, ''दूसरा कोई पुरुष होता तो हाथों को थामता ही नहीं, एक 'किस'

भी ले लेता। आप रह गए भोलेशंकर।'' कहते हुए वह अपनी घड़ी पर निगाह दौड़ाती हवा के समान बाहर खो गई।

मेरे दोस्त मेरे इंतजार में अब तक इधर-उधर गलियारों में भटक रहे थे और जब-तब मेरी तन्मयता भी निहार जाया करते थे। बाहर आकर गाड़ी पर बैठा तो मेरे मेजबान सुशीलजी ने पूछा, ''कौन थी वह लड़की? बड़ी तेज-तर्रार लग रही थी!''

''कोई भी रही हो, वह देवी थी, दानवी नहीं।'' मैंने हलका सा उत्तर दिया और मौन हो गया।

□

सागर की एक लहर

"आपकी प्रतीक्षा करके अब जा रही हूँ"—सामने ही मोती के दानों को मात करनेवाले अक्षर, हरी स्याही, भागते शब्द, बाँधते भाव और अनुपस्थिति में भी उपस्थित हो पाने की क्षमता रखनेवाले इस वाक्य को पढ़कर सागर जहाँ एक ओर लज्जित हुआ, वहीं दूसरी ओर मर्माहत भी।

गलती उसकी अपनी थी। मंजु को उसी ने कहा था कि ठीक पाँच बजे आऊँगा और पहुँचा था साढ़े छह बजे। आखिर देर की और प्रतीक्षा की भी हद होती है। समय बड़ा सत्याग्रही होता है। न तो काम भी न चले। इसलिए बड़े लोग घंटों और मिनटों का ही नहीं, सेकेंडों का भी ध्यान रखते हैं। अपनी झेंप मिटाने के लिए सागर इस छोटे से उद्यान में आकर बैठ गया। शरद के इस गदराए मौसम में पार्क नई दुल्हन के समान सजा था। रंग-बिरंगे फूल-पत्तों के ऊपर मधुमक्खियों, तितलियों का मँडराव और पार्क की हरी दूबों पर रंग-बिरंगे कपड़ों में सजे-सँवरे बच्चों का तितलियों के समान ही चहलकदमी करना।

लेकिन सागर को इनमें से कोई भी न तो लुभा सका और न ही उसका अंतर्मन कहीं टिक सका।

उसका विद्रोही मन रह-रहकर केवल एक बिंदु पर जाकर टिक जाता था—मंजु के साथ उसकी शादी होनी ही चाहिए और यदि दोनों परिवारों में से किसी एक परिवार के माँ-बाप ने इस पर आपत्ति की तो उसका फल होगा विद्रोह। और सागर जीवन के प्रौढ़ छोर पर इस विद्रोह के लिए सतत तैयार है।

प्रारंभिक प्रेम में जिस प्रकार की हलकी-फुलकी बातें प्रायः हुआ करती हैं, जैसे—'तुम्हारे बगैर मैं जिंदा नहीं रह सकता', 'मैंने एक-एक मिनट तुम्हारी याद में वर्षों समान काटे', 'तुम्हें तो क्या, मेरा ही जी जानता है' तथा 'मरने के बाद भी मैं तुम्हारा ही रहूँगा' आदि का एक लंबा सा दौर जब समाप्त हुआ, तब सागर और मंजु के सामने सही मानी में भविष्य का सवाल उठा।

दोनों को जैसी आशंका थी, वैसी ही बात हुई। मंजु के पिता पं. शिवप्रसाद ने

ज्योंही यह बात सुनी कि उनकी एकमात्र कन्या साथ में पढ़नेवाले कायस्थ परिवार के एक लड़के से आबद्ध हो रही है और शादी भी करना चाहती है, उन्होंने आसमान सिर पर उठा लिया—यह शास्त्र-विरुद्ध बात तो कभी नहीं हो सकती, न भूतो न भविष्यति। और अपनी बेटी को उन्होंने सख्त सजा दी। बिना आज्ञा कहीं आना-जाना बंद, पुस्तकालय, सिनेमा या किसी के घर जाना सब बंद।

और उधर मंजु बराबर रह-रहकर सोचती—मेरी यही तो असली परीक्षा है। क्या इन कदमों से सागर को मैं भूल जाऊँगी? रह-रहकर उसके कानों में सागर का एक वाक्य थम जाता—मंजु, प्यार मूल्य खोजता है तथा उसका सबसे बड़ा मूल्य है त्याग और त्याग की मर्यादा रखने के लिए कभी-कभी विद्रोह की आवश्यकता होती है—क्या तुम उसके लिए तैयार हो?

—सागर, कभी भी, किसी भी क्षण मैं तुम्हारे लिए कुछ भी कर सकती हूँ—चाहे वह बड़े-से-बड़ा त्याग हो या बड़े-से-बड़ा विद्रोह। नावें जब सागर में उतरती हैं तो उसकी थाह नहीं लेतीं। मंजु ने सागर के कंधों पर सिर टेककर कहा था।

कहानियाँ लिखते हुए अब बड़ी झिझक होती है। कथानक को कितना मोड़ देने की कोशिश करता हूँ, वे एक बनी-बनाई लीक पर दौड़ने लगते हैं—वही पार्क, चाँदनी रात, प्रेम की हलकी-कुलकी बातें, घिसे-पिटे डायलॉग, मर जाने की तमन्ना, कुछ भी कर देने का वादा, लुकाचोरी, आँखमिचौनी तथा बाद में शादी या वियोग और तड़पन।

और इस प्रकार के कथानकों और चरित्रों को गढ़ते-गढ़ते कलम की नोंक घिस गई है। न तो लिखने में रस आता है, और मेरी समझ के अनुसार न ही पाठकों को पढ़ने में रस आता होगा।

अतः चाहता हूँ कि सागर और मंजु की कहानी को किसा दूसरे ढंग-ढर्रे पर ले चलूँ, जिससे वह जूठे थाल में परोसी हुई खिचड़ी न लगकर कुछ और लगे।

वैसे अपने पाठकों से मैं यह अवश्य कह दूँ कि मंजु और सागर सामान्य पात्रों से भिन्न हैं; कारण, विद्रोह को शब्दों से जुदा करके व्यावहारिक जीवन में इन्होंने ही उतारा। शायद आप जानना चाहेंगे कि कैसे क्या?

"सागर, अब आगे का रास्ता क्या है?"

"मंजु, मुझसे तुम्हारा यह उदास चेहरा देखा नहीं जाता। सूखे चेहरे के बीच में चमकती आँखें। हे भगवान् मुझसे कितनी बड़ी गलती हो गई। कैसे इसका मैं प्रायश्चित्त करूँ? तुम्हारा जीवन मैंने बरबाद कर दिया।" सागर बिलखता हुआ बोला।

"चुप रहो, मैं ऐसी हलकी-फुलकी बातें सुनने की आदी नहीं हूँ। मेरा जीवन कोई बरबाद नहीं कर सकता। मैं कोई अबोध नहीं हूँ। जो कुछ भी मैंने किया है, सोच-समझकर।

"मैंने अपने अंदर तुम्हारा अंश भरा है, दो महीने का यह मांस-पिंड कोई पाप की

निशानी नहीं है, जो तुम्हें या मुझे प्रायश्चित्त करने की आवश्यकता हो। जीवन में और जगत् में जो सबसे पवित्र वस्तु मेरे पास थी, मैंने उसका समर्पण तुम्हें किया और उससे भी आगे बढ़कर पवित्रता को मैंने आकार दिया है।'' मंजु ने स्थिरतापूर्वक अपनी आँखें सागर के मुँह पर जमा दीं।

''मंजु, लेकिन सब होते हुए भी हम शादीशुदा नहीं हैं, फिर समाज की मान्यता, पिता या माँ के रूप में हमें कैसे मिलेगी?'' अंतर का द्वंद्व मुँह पर उभर आया।

''तुम्हें याद है, सागर, तुमने एक दिन त्याग और विद्रोह की बात मुझसे कही थी। आज उसी विद्रोह को मैं जीवित रूप दे रही हूँ, तब तुम क्यों पीछे हटते हो? तुमने मेरी माँग में सिंदूर नहीं डाला, मंत्रोच्चार नहीं हुआ, मेरे पिता पं. शिवप्रसाद ने कन्यादान नहीं किया, तुम्हारे पिता श्री आनंदकुमार माथुर ने बारात की अगवानी नहीं की, क्या इसी कारण हम दोनों लज्जा के पात्र और प्रायश्चित्त के अधिकारी हो गए? छिह, पुरुष होकर इतनी हीन बातें भला तुम्हारे अंदर क्यों उठती हैं!

''हम तो विद्रोह कर रहे हैं, माता-पिता से, परिवार से, समाज से, और हम शाश्वत सत्य के समान पति-पत्नी की भाँति रहेंगे। मेरे अंदर तुम्हारा अंश इस सत्य की गवाही देगा और उसकी आकृति देखकर लोग कहेंगे कि सागर भी बचपन में ऐसा ही था और इसके बाद सदा के लिए तुम्हारे माता-पिता और मेरे माँ-बाप का मुँह बंद हो जाएगा।'' एक निश्वास लेते हुए मंजु ने अपना वाक्य पूरा किया।

सागर अवाक् हो गया। भला इतनी दो-टूक बात, इतना बड़ा सत्य, इतना अदम्य साहस—उसने सोचा भी न था। बात आगे बढ़े उससे पहले ही सागर के एक दूर के रिश्तेदार उसके घर का पता पूछते हुए आ गए और मंजु उठकर अंदर चली गई।

सागर के चाचा ने बड़ी कोशिश की कि वे अपने भतीजे को सही रास्ते पर लाएँ, इस प्रकार वह किसी लड़की के साथ न रहे और वंश-कुल-परंपरा पर कुठाराघात न करे। लेकिन उनकी बातों का सागर पर वैसे ही कुछ असर न हो सका जैसे, वर्षा की बूँद का असर चट्टान पर नहीं होता।

अंत में उन्होंने लाचार से अपने आपको कोसते हुए तथा सागर पर लानतों का पहाड़ ढाते हुए रास्ता नापा। सागर ने बहुत चाहा कि वे एक कप चाय तो लें, लेकिन वे उसके लिए भी राजी न हुए। ''भला ऐसे घर में कोई इज्जतदार आदमी एक बूँद पानी भी कैसे ले सकता है?'' यह उनकी दलील थी।

दूसरी ओर पिता की ओर से आए हुए दूत को सागर ने दो-टूक बातें कहीं—पिताजी से कहें कि वे यदि चाहते हैं कि मुझसे कुछ भी नाता रहे तो स्वयं आकर इज्जत-प्रतिष्ठा के साथ बहू को घर ले चलें, अन्यथा समझ लें कि सागर नाम का उनका कोई लड़का था ही नहीं।

और दो कमरों के इस छोटे फ्लैट के दूसरे कमरे में मंजु को सागर पर कभी दया आती थी, कभी अपने आप पर विह्वलता और कभी न झुकनेवाली परिस्थितियों पर अभिमान भी होता था।

उषा की लाली कब प्रतीचि-किरण हो जाती है, सूरज के सातों घोड़े कब अपने अस्तबल में चले जाते हैं, चहचहाती चिड़ियाँ कब घोंसले में बंद हो जाती हैं तथा खिले कमल कब अपनी पँखुड़ियाँ बंद कर लेते हैं—यह सब ऐसी प्रक्रिया है, जिस पर कोई ध्यान नहीं देता और न तो इसके विश्लेषण की कोई आवश्यकता महसूस होती है। कैसे नौ महीने हुए या बीत गए, इसका लेखा-जोखा न तो सागर के पास है और न मंजु के पास। लेकिन बीत गए दिन और आकर चली गई रातें और एक दिन प्रातः किरण के समान मंजु की गोद में एक बालारुण हलके से अपनी समग्र मिठास के साथ फूट पड़ा और माँ-बाप ने उसका नाम भी दिया अरुण। जैसे-जैसे सूरज की किरण घरों, छतों, छज्जों, वृक्षों पर अपना विस्तार फैलाती चलती है, वैसे ही अरुण घर की सीमा पार करता पास-पड़ोस का प्यार पाकर आगे बढ़ता गया।

"तुम्हें याद है, आज कौन सी तिथि है?" एक दिन सहसा मंजु ने प्रातःकाल की जम्हाई के साथ यह प्रश्न किया।

"क्यों नहीं, जनवरी की सोलह तारीख, दिन बुधवार।" कलेंडर की ओर देखते हुए लेटे-ही-लेटे सागर ने कहा।

"रह गए तुम सागर के सागर। कितने भी जहाज चलें, नावें हिलकोरे लें—भला सागर में हलचल क्यों होने जाए।" मंजु बोली।

"अच्छा, भई, हार मानता हूँ, बता दो आज की तारीख का महत्त्व।" सागर बोला।

"आज हमारी सालगिरह है, हम दोनों के विद्रोह की तीसरी सालगिरह, जब हम अपने-अपने घरों से अलग होकर इस फ्लैट में आए थे। कुछ आई बात समझ में?" मंजु ने अपनी बातों से हौले से सागर को गुदगुदा दिया।

और फिर निश्चय हुआ कि शाम को बड़ी पार्टी आयोजित हो, जिसमें सभी मित्रों और पड़ोसियों को चाय पिलाई जाए। बातों-ही-बातों में सारे कार्यक्रम और मीनू तैयार हो गए। सारे दिन तैयारी होती रही और शाम को सागर-मंजु का घर किसी सुहागरात के कक्ष के समान चहक उठा। मंजु जिस 'कॉन्वेंट' में पढ़ाती थी, वहाँ की उसकी सहेलियाँ तथा सागर जिस कंपनी का जन-संपर्क पदाधिकारी था, वहाँ के उसके मित्रगण। घर जब भरा तो उसमें चमक आ गई और सबके बीच में खिले गुलाब-सा दो साल का अरुण किसी 'वाकी-टाकी' डॉल के समान आकर्षण का केंद्र बना हुआ था।

पार्टी अनौपचारिक थी और आपस के हमउम्र जोड़े उसे मधुर बना रहे थे। मंजु

और सागर स्वयं भी ऐसे सजे-सँवरे थे, मानो दूल्हा-दुल्हन।

पार्टी समाप्त होने पर सभी जब जाने की तैयारी करने लगे, तभी उन्होंने देखा कि पड़ोस की महिला श्रीमती प्रमिला बोस पीछे से आगे की ओर सरकीं तथा तीस-चालीस लोगों की उस जमात में बिना किसी भूमिका के उन्होंने कहना शुरू किया—"आप सब को इस बात की संभवत: जानकारी न हो कि मंजु और सागर पति-पत्नी के समान साथ रहते हुए भी विवाहित नहीं हैं। दोनों का अगाध और निश्छल प्रेम ईर्ष्या की वस्तु है; लेकिन सबके बावजूद मंजु की सूनी माँग मैं जब देखती हूँ तो मेरी आँखों में आँसू आ जाते हैं, देखा नहीं जाता।" कुछ देर रुककर उन्होंने अपने गले को संपादित करने की कोशिश की। "जब से ये दंपती मेरे पड़ोस में आए हैं, मेरा संबंध और स्नेह इनके साथ बहन के समान रहा है और है, और मैं जहाँ एक ओर ऐसे पड़ोसी को पाकर अपने को धन्य मानती हूँ, वहीं दूसरी ओर दोनों के मादक प्रेम को देखकर हुलसती भी रहती हूँ।

"मैं जानती भी न थी कि दोनों की शादी नहीं हुई है, लेकिन एक दिन मैंने मंजु की माँग की ओर देखा तो वहाँ सिंदूर की जगह लिपस्टिक का रंग पाया। मेरे यह पूछने पर कि तुम सिंदूर क्यों नहीं लगातीं, भला सुहाग का तो सबसे बड़ा चिह्न है, मंजु ने कहा कि पता नहीं उसकी किस्मत में कब सिंदूर की लाली होगी।

"मैंने उसके बाद इसका मर्म जान लिया। आज जब हम सभी इकट्ठे हैं तो क्यों नहीं यह शुभ कर्म संपन्न हो जाए। आज की तिथि भी एकादशी है।" कहते हुए प्रमिलाजी ने अपने वेनिटी बैग से चाँदी का एक छोटा सा सिंदूर का डिब्बा निकाला।

"इससे बढ़कर अच्छी बात और क्या हो सकती है?" सागर के बॉस श्री महाजन ने अपना फैसला दिया।

"मंजु, तू यहाँ बैठ जा।" कॉन्वेंट की प्रिंसिपल मिस तनूजा ने आगे बढ़कर मंजु को सोफे के बीच में बैठा लिया और पुन: वे सागर की ओर मुड़ी—"दूल्हा महोदय, बेझिझक इस मंजु की बगल में आसन ग्रहण करें।"

"दीदी, भला आप तो स्वयं 'मिस' हैं, फिर आपको इस तरह से उठाने-बैठाने का तरीका कैसे मालूम है?" कॉन्वेंट की ही एक मुँह जोली सिस्टर लता ने वातावरण हलका करने के खयाल से यह बात कही।

"वैसे ही जैसे अविवाहित रहने पर भी पत्नी-पति के सारे कारनामे मंजु और सागर को मालूम हैं।" तनूजा ने नहले पर दहला दिया तथा पूरा वातावरण हास्य की किलकारियों में चह-चहकर उठा।

उधर पड़ोस की महिला श्रीमती बोस चुपके से निकलकर अपने फ्लैट में गईं और हाथ में एक थाली, जिसमें अक्षत, दूध, घी का दीया, कुमकुम तथा रोली थी, ले आईं और बोलीं—"इतने उपस्थित भाइयों में जो ब्राह्मण बैठे हों, वे आगे आ जाएँ।"

''मेरे खानदान ने बीस पीढ़ियों से यही काम किया है।'' कहता हुआ सागर का दोस्त त्रिपाठी टाई ढीली करता हुआ, जूता खोलकर आगे आ गया।

वेदमंत्रों के साथ सभी ने अक्षत छिड़के और सागर ने घूँघट हटाकर मंजु की माँग में सिंदूर डाल दिया।

ठीक इसी समय अब तक अवाक् बना दो वर्ष का अरुण चिल्ला पड़ा—''माँ''...और मंजु ने उठकर अपने बेटे को छाती से लगा लिया। उसकी आँखों से खुशी के आँसू झरझर बह रहे थे।

□

तसवीरों के बीच

"हे भगवान्! इस साल यदि बारिश न हुई तो क्या होगा फिर।" आसमान की ओर सिर उठाकर महादे ने मंगल को कुरेचा।

"चाचा, अब की आसार तो अच्छे नजर आ रहे हैं। धोबिनियाँ चिरइयाँ भी फुदकती नजर आती हैं और तितलियों के झुंड-के-झुंड भी उड़ते नजर आते हैं। मुझे तो यह साल पारसाल या परिपार साल की तरह नहीं लगता।" मंगल ने दिलासा देने की भरपूर कोशिश की। हालाँकि रह-रहकर उसे भी यह चिंता सता रही थी कि इस बार यदि बारिश न हुई तो आगे क्या होगा?

देहातों की जिंदगी भी विचित्र हुआ करती है समरस और एकरस। चूल्हा-चक्की-कोलसार दवनी-हेंगा-खेलिहानि-रोपन। सब अपनी-अपनी जगह और किसान की चिंता अपनी जगह। उसके सपने सीमित होते हैं—दोनों शाम चूल्हा जल जाए, अंत में भात या रोटी पड़ जाए। मोटे-झोटे कपड़े से बदन ढक जाए। बेटा क, ख, ग पढ़ जाए। बेटी का हाथ किसी भलेमानुष के हाथ में देकर निश्चित हो जाए, घर के ऊपर के छप्पर से पानी न चूए, दो बैलों की भी अपनी खेती हो, एक लगहर गाय या भैंस दरवाजे की शोभा बढ़ाती रहे, सामने की जमीन में कुछ हरे-भरे लतर-तिरता फैले रहें, कोई दरवाजे पर आ जाए तो एक गिलास सरबत या एक कप चाय पिला दे और दो-चार लोगों से 'राम-सलाम' बनी रहे।

यह सब-का-सब निर्भर करता है इस बात पर कि उसके खलिहान में कितना बोझा जमा होता है या कितने मन धान या रब्बी का घर में आता है या भाँड़ी-कोठी में कितना जमा अन्न पिछले साल का है। और इन सभी बातों के लिए किसान यदि सबसे अधिक किसी का भरोसा रखता है, तो भगवान् का। अषाढ़ का आना और उसकी आँखें लग जाती हैं—आसमान की ओर।

आद्रा, अश्लेषा, मघा, हस्त, चित्रा, स्वाति—एक-एक कर सारे नक्षत्र आते हैं, जाते हैं और किसान की हँसी या होंठों पर पपड़ी हर नक्षत्र में होनेवाले बादलों की

उमड़-घुमड़ पर निर्भर करती है।

और यह समस्या केवल महादे और मंगल की नहीं है, बल्कि से नू, सनीचर, बुधन, सहदेव, फगुनी, हरदेव और फतुरी—हर किसी की है। जिन क्षेत्रों में सिंचाई की स्थायी व्यवस्था है, वहाँ तो किसी प्रकार गनीमत है, परंतु जहाँ ऐसी कोई व्यवस्था नहीं है, वहाँ तो प्रकृति के ऊपर ही निर्भर रहना पड़ता है।

अषाढ़, सावन, भादों की फुहारों पर निर्भर रहता है आश्विन की हरियाली और कार्तिक की सोने-सी बालियों का नमूना और अगहन की कटनी और पौष में घर का भरना।

अषाढ़ में रिमझिम होने के बाद बड़े उत्साह के साथ खेतों में धान के बीज डाले गए, लेकिन आधा सावन बीत जाने पर भी खेतों में रोपनी के लिए पानी न जुट सका और 'बीहन' मरने लगे, तो स्वाभाविक रूप से किसानों को 'खेहन' की भी चिंता हुई और ऐसे ही समय में महादे और मंगल सरीखे किसानों का माथा ठनका। मंगल और महादे की चिंता स्वाभाविक थी और वह सत्य हो रही थी। सावन बीतने को आया, दो-चार बार रिमझिम भले हुई हो, मूसलाधार बारिश नहीं हुई और न खेतों में प्लेई' हो पाया, न रोपनी लगी और हरे-भरे बीहन सूखकर काँटों के समान आँखों में गड़ने लगे।

भगवान् ने इस बार भी दगा दी। छोटा नागपुर के इस क्षेत्र के किसानों के धैर्य की सीमा और भगवान् पर भरोसा रखने का साहस चरमराकर रह गया। यह तीसरा साल—बादल आसमान में आए, उमड़-घुमड़कर चले गए। किसी वियोगी या वियोगिनी के समान किसान को ये बादल तड़पाते नहीं, बल्कि उसकी कमर तोड़ देते हैं। एक ओर पानी के अभाव में उसके खेतों में दरार फटती हैं, दूसरी ओर आँखों की दरारों में केवल पानी ही पानी छलकता है और वह समझ नहीं पाता कि क्या करे। सबसे पहले उसे चिंता होती है अपने बैलों और गायों की—कहाँ से अब इन्हें मिलेगा पुआल और भूसा। खाए बिना ये निरीह जानवर या तो अपने खुर घिस-घिसकर मर जाएँगे या रँभा-रँभाकर जान दे देंगे या इन्हें कौड़ियों के मोल किसान को कसाइयों के हाथों बेचना पड़ेगा।

उसके बाद चिंता सवार होती है घर की, घरनी की, बच्चों की, बच्ची की शादी की, नून-तेल-लकड़ी की।

ग्रामीण अर्थव्यवस्था का आधार केवल कृषि ही है। अब तक 75 प्रतिशत से अधिक गाँव ऐसे हैं देश में, जिन्हें खेती के लिए मौसम या बरसात या पानी के ऊपर निर्भर रहना पड़ता है।

□

पाँच साल बाद—वही गाँव, वही मौसम, वही महादे और वही मंगल।

सावन आने में अभी एक हफ्ते की देर है, अषाढ़ में बारिश ठीक से न हुई, फिर

भी धुआँधार रोपनी, समय के पहले से ही लगी हुई है।

बगल की नदी बाँधकर नहर निकाली हुई है, जिससे लगभग पंद्रह-बीस गाँवों की दस हजार एकड़ से अधिक जमीन सालोसाल लहलहाती रहती है। पहले एक फसल का मिलना भी दुश्वार था, वहीं अब कोई-कोई किसान तीन-तीन फसल ले रहे हैं। दो फसल धान और गेहूँ तो आम बात है। धान की भी नई उपजाऊ किस्में—जया, ताइचुन आदि, जिनमें डाँटों से अधिक बालियों का ही बोझ रहता है।

"जरा जल्दी-जल्दी हाथ चलाओ, आज यह सारा तैयार खेत रोपा जाना चाहिए।" महादे ने अपने कामगारों को जोर से ललकारा।

"राम-राम चचा।" कहता हुआ मंगल उसी समय आरी पर आ पहुँचा।

"राम-राम भइया।" महादे ने खैनी ठोकते हुए उससे कहा तथा सुरती उसकी ओर भी बढ़ा दी।

"चचा, कौन किस्म इस बार लगवा रहे हो, 'साहेबा' या 'समजिरवा'?" मंगल ने पूछा।

"भइया, इस बार न तो 'साहेबा' लगा रहा हूँ न 'समजिरवा', इस बार मैं केवल जवा, जो ब्लॉक के बाबू ने भिजवा दिया है, उसे ही लगवा रहा हूँ। भगवान् ने चाहा तो इसकी दर पहले से ड्योढ़ी-दूनी जाएगी।" आश्वस्त मन से महादे ने कहा।

"चचा, हम अभी तोहरे पास दूसर बात को लेकर आए हैं। इस साल से सरकार ने खेतिहर मजदूरों की मजूरी बढ़ा दी है। बी.डी.ओ. साहब ने कल इस गाँव में भी एक परचा भेजा है कि खेती में लगे हर मजूर को कम-से-कम साढ़े चार रुपया नगद और आधा किलो चावल या आटा या सत्तू खाने के लिए तथा सवेरे का नाश्ता देना जरूरी है। न देने से केस चलेगा। चचा, कहीं पारसाल तक हम सब ढाई रुपया देते रहे और इ साल इ अंधेर।" मंगल ने सुरती थूकते हुए कहा।

"मंगल, हम चार-पाँच दिन पहले शहर में कुछ काम से गए थे, वहाँ भी यही बात छिड़ गई। कोर्ट में एल.आर.डी.सी. बाबू से मिले तो उन्होंने यह नया नियम कहा भी तथा एक कागज भी दिया। मैंने तो मन में सोच लिया है कि जो रेट सरकार ने बना दिया है, उसके अनुसार ही मजूरी दूँगा।

"देखो, मंगल, बात इ है कि सरकार ने बाँध बाँधकर नहर बनाई, बिजली का पंप अलग, फिर बीज भी मिल रहा है और खाद भी। पैदावार भगवान् की दया से ड्योढ़ी-दुगुनी हो गई है और इसके साथ ही 'रामजी की किरपा' से पहले से चावल, गेहूँ, दलहन, तिलहन, मकई सबकुछ का दाम भी ज्यादा मिल रहा है, फिर इन गरीब मजदूरों के पेट काटने से क्या फायदा?" महादे ने अपनी बात पूरी की।

मंगल को इस पर भारी एतराज था—"चचा, तुम ठहरे गाँव के मानिंद गृहस्थ।

तुम जैसी लीक बनाओगे, हम सबको भी उस पर चलना पड़ेगा। आज तुम्हारा 'पहिल रोपना' है, जैसी मजूरी तुम दोगे, हम सबसे भी मजूर वैसी ही माँग करेंगे। इसलिए चाचा, अभी साढ़े चार न देकर तीन या साढ़े तीन रुपया ही दो।''

महादे ने अपने खुल रहे मुरेठे को ठीक किया और बोला, ''मंगल, मैं एक मदस्थ गृहस्थ हूँ और पूरे इलाके में मेरी इज्जत है। अब तुम्हीं सोचो कि मैं ही अगर न्याय नहीं करूँगा, तब फिर दूसरों से किस मुँह से कहूँगा।

''साथ यह भी समझने की बात है कि सरकार से जब लेने की बात होती है तब तो हममें से हर कोई तैयार हो जाता है, लेकिन जब देने की या उसकी बात मानने का समय आता है तो आना-कानी होने लगती है।

''इसलिए भइया, मेरी बात सुन लो। और लोगों की बात मैं नहीं जानता, लेकिन मैं तो कायदे-कानून के अनुसार ही चलूँगा।'' महादे ने अपना अंतिम फैसला सुना दिया।

शाम को जब काम समाप्त हुआ तो महादे ने सभी मजूरों को एक साथ बैठाकर सरकार के मजूरी संबंधी नए फैसले का एलान किया तथा औरत-मर्द दोनों प्रकार के मजदूरों को साढ़े चार रुपयों के हिसाब से भुगतान किया। हर तरफ महादे के इस उचित फैसले की 'वाहवाही' हुई। लेकिन गाँव के किसान इससे बहुत नाराज हुए। लेकिन मजदूरों ने भी अपना एलान कर दिया कि सरकार द्वारा घोषित नई मजूरी के अनुसार ही वे मजदूरी लेंगे, नहीं तो खेतों में काम नहीं करेंगे।

अंत में दार-दाव देकर अन्य किसानों को भी महादे के समान ही उचित मजदूरी देनी पड़ी।

सदियों से चली आती देहात की अपनी परंपरा शांति और सुव्यवस्था के पथ पर तभी चल सकती है, जब किसान और मजदूर आपसी समझौतों से बँधकर चलें और सरकार द्वारा निर्धारित कायदे-कानून का पालन ठीक ढंग से करें।

□

साक्षियों के बीच

गाड़ी भागी जा रही है, मैं भी उसी के किसी निर्जीव अंग-सा कहीं चिपका बैठा हूँ और बार-बार चौंक पड़ता हूँ, मानो कोई रोगी ऑपरेशन की पीड़ा के बाद रह-रहकर कराह उठे।

मेरे हाथ में एक खत है, जिसे मैंने पाँचवीं या सातवीं या दसवीं बार पढ़ा है—

'प्रिय आनंद,

'ठीक दूसरे ही दिन तुम्हारे पत्र को पाकर मुझे बड़ी खुशी हुई। आश्चर्य भी हुआ कि यह इतनी जल्द आ कैसे गया।

'लेकिन पत्र की भाषा कहती है कि तुम खुश नहीं हो। मैं नहीं समझ पाती कि तुम दुखी क्यों होते हो। तुमने मेरे लिए क्या नहीं किया और क्या नहीं सोचा; लेकिन जब मेरी किस्मत में नहीं, तो मुझे कैसे मिलेगा। तुम्हारी शुभकामनाओं को मैं जीवन का पुण्य मानती हूँ और यह मानने में भी मुझे संदेह नहीं होता कि संचित पुण्य एक दिन समाप्त भी हो जाते हैं, जब आदमी उनका भोग कर लेता है। क्या तुम ऐसा नहीं मानते?

'बातें देखकर भी हो जाती हैं, किंतु मन को संतोष नहीं मिलता—कहा करते हो तुम। असंतोष भरी जिंदगी में तो अब लगता है कि यही इसका सबसे बड़ा सत्य है। नियति-चक्र में अन्याय की इतनी बड़ी गुंजाइश है, इसका बोध पहले नहीं था।' तुमने अपने पत्र में जो भी लिखा है, ठीक लिखा है कि विश्वासों पर जब आघात पहुँचता है तो आदमी अपने अविश्वासों में ही विश्वासी बन जाता है।

'तुम्हारे पैरों का चक्र सच में मुझे बड़ा भला लगता है। मेरे पैरों में भी यह बन जाता तो कितना अच्छा था। कुछ दिन तुम्हारे पास रहकर इसका निर्माण कर लूँ तो क्या बुरा है?

'दशहरे की छुट्टियों का कार्यक्रम क्या रहेगा? यदि एक-दो दिनों के लिए समय निकालकर यहाँ आ सको तो हम कोई योजना बना लें। पिछले कई महीनों के अरमान

अब तो पूरे होने ही चाहिए।

'तुम्हारी नाराजगी और तुम्हारा असंतोष दोनों ही कष्टदायक होते हैं और इससे भी अधिक पीड़ा पहुँचाता है तुम्हारा दुख। पता नहीं क्यों, मुझे बार-बार ऐसा लगता है कि तुम्हें कम-से-कम दुखी नहीं होना चाहिए, किसी बात को लेकर। लेकिन तुम्हीं सबसे अधिक दुखी दीखते हो। सच, यह विडंबना मेरी समझ में नहीं आती। यदि तुम इसे समझते हो तो मुझे जरूर बताना। तुम्हारी बड़ी कृपा होगी मेरे ऊपर।'

इसके साथ ही एक और पत्र है, जिसके हाशिए पर लिखा है—'तुम्हारे जाने के बाद लिखा था।'

'अभी तक वह वाक्य याद आता है—तुम खुश हो न। इस कथन में तुम मुझसे प्रश्न करते थे या मैं तुमसे, कुछ समझ में आता नहीं था। मेरी खुशियों की इतनी चाहना करनेवाले तुम्हीं हो सकते हो। पता नहीं उस जन्म में कौन सा रत्न दान किया था या किसकी झोली मैंने खुशियों से भर दी थी कि वह पुण्य इस रूप में साकार होकर मेरे पास आया है।

'तुम्हें देखकर एक ही लालसा मन में उठती है कि तुम्हें छूऊँ, प्यार से। कंधे, मुख और बालों को। बस इतनी ही। इस बार की तुम्हारी कुछ मुद्राएँ याद हैं और उनमें तुम्हें छूने की अपनी बलवती इच्छा याद है। उस इच्छा की पूर्ति न होने पर बड़ी बेचैनी-सी होती थी। वैसे कई बार तुम्हें छुआ है मैंने, पर एक बार भी मुझे पूरा संतोष नहीं मिला है। इच्छा होती है कि एक बार ही मिलकर अपनी इस प्यास को उस सीमा तक बुझा लूँ कि पुनः वह कभी जाग्रत् न हो।'

मैं चाहता हूँ कि इस पत्र के टुकड़े-टुकड़े कर दूँ, वैसे ही जैसे गोश्त बेचनेवाले कीमा या कबाब के लिए बोटियों को आटे के समान गूँध देते हैं। लेकिन प्रयास करने पर भी यह पत्र फटता नहीं है। कारण, इसके पीछे छिपी है दस-बारह वर्षों की एक ऐसी कालावधि, जिसने इतिहास नहीं गढ़ा है, लेकिन इतिहास के किसी चरित्र को रह-रहकर थपथपाया है।

दवा-कंपनी के सेल्समैन की नौकरी भी अजीब होती है—रात-दिन यहाँ से वहाँ घूमो, डॉक्टरों की नब्ज टटोलो, सरकारी अधिकारियों के सामने बत्तीसी चमकाकर और उन्हें हर तरह से खुश करके कंपनी का माल खपाओ। इसी पर निर्भर है अपनी नौकरी, पदोन्नति, बोनस और तलब के अलावा कमीशन।

चैन नहीं मिल पाता है कि कहीं भी बैठूँ और पुराने दिनों का लेखा-जोखा या हिसाब-किताब कर लूँ। लेकिन इस पत्र को पिछले सात-आठ वर्षों से सँजोए हूँ और अब चाहता हूँ कि अपने अस्तित्व के समान ही इसका भी अस्तित्व समाप्त कर दूँ। और इसीलिए शिमला की राह में इस पत्र को बार-बार पढ़ रहा हूँ—केवल अपने आपको

समझने के लिए, लेकिन मेरी उलझन बार-बार बढ़ती ही जा रही है।

ये पहाड़, ये दरख्त, ये झरने, ये पहाड़ी नाले, जानवरों को हाँकते ये बच्चे, कामों में लगी ये औरतें, मुँह में बीड़ी दबाए ये पहाड़ी—सबके सब अजीब लगते हैं मुझे। मुझे किसी में रस नहीं है, किसी की ओर देखने में भी आँखों को कष्ट होता है। डिब्बे के अन्य यात्री प्रकृति की भव्यता देखकर आँखें सेंक रहे हैं और एक मैं हूँ जिसकी आँखों में किरकिरी पैदा हो गई है—चाहता हूँ, बंद किए रहूँ।

समझौता मानकर जीवन जी लूँ—ऐसा स्वभाव बनाया ही नहीं कभी अपना। या तो लड़ सकता हूँ या फिर संधि कर सकता हूँ—लेकिन समझौता नहीं कर सकता। बेला के साथ मेरे जीवन के प्रसंग भी कुछ ऐसे ही रहे हैं।

वह शाम हम दोनों के जीवन की आखिरी शाम थी, जब हमने साथ-साथ जीवन के वे बारह घंटे बिताए थे और उसके बाद बारह वर्षों का हमारा और उसका इतिहास कहीं चरमराया था और हम दोनों ने खोई निगाहों से एक-दूसरे को समझने की चेष्टा की थी, मानो पिछले बारह सालों में हम एक-दूसरे से अनजान-अपरिचित से रहे थे और वर्तमान की स्यांही में सारे अतीत को हमने पोतकर रख दिया था, यह जानकर कि अब आनेवाला भविष्य कहीं से भी इस अतीत को पा नहीं सकेगा।

मुझे पता था कि वह कानपुर जा रही है और वह जानती थी कि मैं कलकत्ता जा रहा हूँ। हमारे रास्ते दो थे, लेकिन कहीं कोई सूत्र निकल आए, इस टोह में मैंने उससे कहा था—क्यों न किसी टैक्सी से हम गया तक साथ-साथ चलें और वहाँ से तुम कानपुर की कोई गाड़ी पकड़ लेना और मैं कलकत्ता चला जाऊँगा।

राँची से कलकत्ता सीधे न जाकर यह टेढ़ा रास्ता अपनाने का राज क्या हो सकता था, यह बेला समझती थी और संभवत: उसे इसका भी अंदाज था कि ये रास्ते और भी काँटेदार साबित होंगे, फिर भी उसने मेरी बात मान ली और हम साथ-साथ गया आए और गाड़ी में छह घंटों की देर थी, अत: रिटायरिंग रूम में तब तक के लिए, मैंने जगह ले ली।

जीवन जीने की कल्पना कभी-कभी बोझिल स्वप्नों का एहसास करा देती है। सोचता हूँ, क्या हुआ था उस दिन, जब स्याही में भिगोए सपने किसी अंतरिक्ष की याद के समान अपनी सीमाओं से पार चले गए थे। कितना समझाया था मैंने अपने मन को कि वातास में झंझावात न बनूँ। लेकिन अमलतास के गुच्छों के समान हवा का एक झोंका मुझे हिला देता था। सपनों पर अध्ययन करनेवालों का यह कहना है कि आदमी रह-रहकर भी वही सपने देखता है, जिसे अपने जीवन में उतारने की उसे ख्वाहिश होती है। मैं आज भी नहीं जानता कि मेरी ख्वाहिश क्या है? सपनों को सत्य बना देने की पीढ़ी लेकर चलने का आदी भी नहीं हूँ; लेकिन व्यावहारिकताओं की टोह में

कभी-कभी सिद्धांतों के पीछे अटक जाता हूँ। हँसी आती है, अब रह-रहकर अपने आप पर, क्या हो गया था उस दिन मुझे?

"आनंद, अतीत को भूलकर भी भविष्य में महल बनाया जा सकता है। मैं जानती हूँ कि तुम एक भावुक कलाकार हो, जिसे रंगों, रेखाओं-कूचियों ने न केवल सहलाया, हिलाया भी। लेकिन फिर भी मैं तुम्हें यह कहना चाहती हूँ कि उस अतीत को भूल जाओ।" बेला ने कहा।

मैंने एक उसाँस ली, "बेला, काश मैं उन क्षणों को भुला पाता! लेकिन क्या यह संभव है कि आदमी जिए और मरने के पहले ही उस जिंदगी को भूल जाए? हम बिंदुओं का व्यापार नहीं कर सकते, उनकी व्याख्या भले कर लें।" मैंने उससे कहा था। तुम कितने भोले हो, बिंदुओं और रेखाओं में कब तक घूमते रहोगे?

कब तक घूमते पुरुष होकर तुमने गणित नहीं पढ़ा। लेकिन मेरी तो वही साधना रही है जहाँ अंकों की माया त्रिभुजाकार होती है। अनुमान ही वहाँ कभी-कभी सच्चाई की सृष्टि करता है। सत्य और कला से भी अधिक कभी-कभी कल्पनाएँ बीजगणित या अंकगणित को वस्तुवादी धरातल पर ला रखती हैं। क्या तुम सदा-सदा के लिए इन्हीं ख्वाबों में डगमगाते रहोगे?"

"मैं बहुत कुछ कहना चाहता हूँ—बेला, लेकिन कह नहीं पाता। मैंने कुछ आदतें सीखी हैं, जिनमें जलधि के किनारे खड़े होकर लहरों का गिनना, किसी खँडहर के ढोह पर खड़े होकर उसके अतीत की कल्पना करना, किसी बियाबान में भटककर अपनी मंजिल खोजना, किसी शाखाहीन तरु के नीचे खड़े होकर छाँव का एहसास कर लेना और अँधेरी गहरी रात के सायों को आँखों में भरकर जुगनुओं से आँख-मिचौनी खेलना, यह सब मैंने सीख लिया है। अब आगे कुछ सीखने की मुझे कुछ आवश्यकता महसूस नहीं होती। तुमसे मेरा संबंध तर्कों का नहीं, भावनाओं का था। भावनाओं की अनुभूति हो सकती है, व्यापार नहीं हो सकता है। साक्षियों की आवश्यकता तो उन्हें हो सकती है, जो बालू की दीवार को सच्चाई साबित करने के लिए बौखलाए रहते हैं। मैं वह कमल नहीं हूँ, जिसकी पाँखें शबनम की बूँदों के साथ बंद हो जाती हैं। हमारे रास्ते दो हो सकते हैं, लेकिन जीवन की चेतना में दरार पैदा करने की क्षमता न मुझमें कल थी, न आज है, न कल रहेगी। तुम्हीं पर मैं छोड़ता हूँ, जो रास्ता तुम्हें अभीप्सित कर दे, वह चुन लो और छोड़ दो मुझको। बहुत बार जंगलों में भटककर भी मैं राहों पर आ गया हूँ—कई बार।" मैंने कहा था। मेरी आँखें भर आई थीं, मेरे दिल में दर्द नहीं हुआ था, लेकिन कुछ कौंधा था, शायद ऐसी बिजली, जो आसमान में कभी-कभी बिना बादलों के भी कौंध जाती है।

"हुजूर, गाड़ी आ रही है, सिगनल हो गया।" कुली ने आकर बताया, तो हम

दोनों का ध्यान भंग हुआ। मेरी गाड़ी आने में देर थी, अतः मैंने बेला का सामान उठाया, प्लेटफॉर्म तक गया, गाड़ी आई, मैंने उसका डिब्बा खोजकर उसे बैठाया, गार्ड ने सीटी दी, हरी बत्ती दिखलाई, गाड़ी चल दी और हम दोनों मौन–स्तब्ध बने रहे। मुझे लगा था कि कभी–कभी मील के पत्थरों में भी एक कंपन और सिहरन होती है, लेकिन कई बार आदमी उनसे भी अधिक जड़ हो जाता है।

वर्षों बीत गए हैं। गंगा में न जाने कितना पानी आया–गया, कुतुबमीनार से छलाँग लगाकर कितने प्राणियों ने अपनी जानें दे दीं। प्रतिदिन कितने ही लोग ट्रेन के नीचे आकर अपनी वीरता घोषित कर देते हैं। समय, काल और परिस्थितियों ने कितनी करवटें बदलीं, दुनिया कहाँ से कहाँ चली गई और मैं नक्षत्रों की छाँहों में किसी उलकापाती सितारे के समान अभी लटक रहा हूँ। आज लगता है कि मेरा दर्द दवा की परिधि से बाहर आ गया है। इसीलिए मेरे हाथ में जो खत है, उसे मैं और दिनों तक सँजोकर रखना नहीं चाहता। टुकड़े–टुकड़े कर रहा हूँ। लेकिन मैं जानता हूँ कि यह टुकड़ा अलग–अलग अपना अस्तित्व उसी भाँति कायम रखेगा, जिस तरह से भस्मीभूत हो जाने के बाद भी काम ने अपना अस्तित्व जीवित रखा है।

मैं निर्द्वंद्व हूँ, निश्चित हूँ, लेकिन सबके बाद मुझे ऐसा लगता है, जैसे निःशेष भी हूँ।

सबके बाद एक ही निश्चितता है कि सबके बीच मैं एक ऐसा मसीहा हूँ, जिसे किसी दूसरे ने सूली पर नहीं लटकाया, स्वयं अपने आप ही सूली पर झूल गया है।

□

मामू

मामू से जब कभी मिलता हूँ तो ऐसा लगता है, मानो किसी चट्टान से टकरा रहा हूँ और या तो मैं चूर-चूर हो जाऊँगा अथवा चट्टान फट जाएगी और उसके उदर से कोई निर्झरी बहने लगेगी। और जब विदा लेता हूँ तो लगता है कि किसी पेड़ की डाल से गिर गया हूँ, जिससे कहीं छिल गया है, कहीं-कहीं दर्द उभर आए हैं और मोच खा गया हूँ।

इस बार भी मामू से जब मिलना हुआ तो ऐसी ही अनुभूतियों से आमना-सामना अपनी बड़ी हवेली के सामने टूटी कुरसी बैठकर मामू अपनी मूँछों पर ताव दे रहे थे। सामने दो-चार अमले फैले बैठे 'हाँ' में 'हाँ' मिला रहे थे और जी-हजूरी का दौर चल रहा था।

"हजूर, जो कोठी आपने बना दी उसका मुकाबला कोई माई का लाल इस शहर में तो कर ही नहीं सकता।" एक जी-हजूरा कह रहा था।

"रामभरोसे, तू इस शहर की बात क्या कर रहा है, मैंने तो कलकत्ता और बंबई दोनों देखा है, वहाँ भी इस तरह की कोठी शायद ही कोई देखने में आए।" एक जी-हजूरे ने नहले पर दहला मारा।

"बाबू साहब, इसका नक्शा आपने कहीं बनवाया? जिस इंजीनियर ने भी बनाया होगा, उसकी मैं दाद दिए बिना नहीं रह सकता। पुरानी हवेली के समान घुमावदार सीढ़ियाँ और नई-नवेली दुलहन के समान साज-सिंगार किए वह रोशनी और रंगीनी, क्या कहने हैं!" तीसरा व्यक्ति कुछ पढ़ा-लिखा सा लगता था। किसी स्थानीय साप्ताहिक का सहायक संपादक था, उसी ने बात कही।

मामू तब तक अपनी मूँछों पर तीन-चार बार ताव दे चुके थे और वे पूरे ऐंठन में आकर आसमान की ओर ताक रही थीं। तभी उन्होंने मुँह खोला, "क्या बात करते हैं पंडितजी, किसी इंजीनियर के बाप की कूबत नहीं है कि ऐसा नक्शा बना दे। यह तो मैं हूँ, जो दिन-रात एक करके तीन महीने में यह नक्शा बनाकर और दो साल में यह मकान

बनाकर तैयार कर दिया।'' कहते हुए वे पहले व्यक्ति की ओर मुड़े, ''और रामभरोसे, यह क्या तुम देख रहे हो? अगर इन इनकमटैक्स वालों का डर नहीं होता तो देखते कि कोठी किसे कहते हैं! यह तो मेरे मन में जो कल्पना थी, उसका एक-चौथाई है।''

मामू ने यह कहते हुए जब एक छोटी साँस ली तो तीनों 'जी-हजूरों' ने बड़ी साँस लेते हुए लगभग एक साथ कहा, ''साहब बिल्कुल ठीक कहते हैं।''

और ठीक इसी समय मैं मामू के सामने हाजिर हुआ। पहली लपलपाती नजर उन्होंने मेरी ओर वैसे ही डाली, जैसे रावण ने पहली बार अंगद को अपने दरबार में देखकर डाली होगी—''कहाँ से आ गए तुम? कैसे रास्ता भूल गए? न खबर, न कोई मुझे पूछना। दूसरे लोग जब मुझे तुम्हारी चिट्ठी दिखाते हैं और अखबारों में जब तुम्हारा नाम देखता हूँ तो मेरे कलेजे पर साँप लोटने लगता है कि मुझे एक पोस्टकार्ड लिखने में भी तुम्हें शरम आती है।'' एक ही साथ सँभलने का मौका दिए बिना मामू ने मेरे ऊपर ऐसा वार किया, जैसे ब्रिगेडियर होशियारसिंह के ऊपर चीनी सैनिकों ने किया होगा।

मैंने उनके पाँव छूते हुए कहा, ''मामू, मैंने आपको एक नहीं, तीन-तीन चिट्ठियाँ दी हैं, लेकिन आप ही की ओर से कोई जवाब नहीं मिला।'' वार से बचने के लिए एक तरह से गिड़गिड़ाते हुए मैंने कहा।

''क्या बात करते हो, अगर मेरा नाम-पता देते तो चिट्ठी क्यों नहीं मिलती! तुम तो बैरंग भी चिट्ठी देते तब भी मैं छुड़ा लेता। गाँव से एक चिट्ठी आई थी, जिसमें केवल मेरा नाम और इस शहर का नाम था, वह मिल गई, 'विश्वमित्र' अखबार रोज डाक से मिल जाता है। पिछले हफ्ते 'फॉरेन' का एक पत्र मिला और तुम्हारा पत्र क्यों नहीं मिलता, तुम झूठ बोलते हो।'' मामू ने यह कहते हुए विजयी वीर के समान अपनी मूँछों पर वैसे ही ताव देना शुरू किया, जैसे ढाका में नियाजी को 'सरेंडर' करवाने के बाद अरोड़ा ने अपनी मूँछों पर दिया होगा।

मैंने अपने होंठों पर, जिनके पपड़े सूख रहे थे, दो बार जीभ फेरी और हलके से कहा, ''मामू, मैंने खुद ही चिट्ठी डाक में डाली थी, मुझे खुद हैरानी है कि वह क्यों नहीं आपको मिली!''

''क्या पता लिखा था उस पर?'' एक बार मामू फिर मेरे ऊपर वैसे ही कड़के, जैसे पुराने जमाने में अहमदशाह दुर्रानी अपने मुलाजिमों पर कड़कता होगा।

''मैंने आपका नाम, इस मुहल्ले का नाम और शहर का नाम लिखा था।'' कुछ हकलाते हुए मैंने कहा।

''बस समझ गया मैं, इस शहर में तथा इस मुहल्ले में दस-बीस लोग मेरे नामवाले रहते हैं। उन्हीं में से किसी ने हाथ मार लिया होगा। सब मुझसे जलते हैं। देखो, भविष्य में जब कभी पत्र दो तो मेरे नाम के आगे 'बड़ी कोठीवाले' लिख दिया करो।''

इतना कहने के बाद मामू ने शहंशाही हुक्म दिया, ''बैठो!'' और मैं तीन-चार पहले टुच्चों की जमात में बेंच पर किसी प्रकार समा गया।

''यह मेरा भानजा है, दिल्ली में रहता है।'' मामू ने हें...हें...हें...हें करते हुए उन लोगों से कहा और मुँह की हँसी भाँपकर मूँछें भी हिलीं और मैंने कुछ राहत की साँस ली, वैसे ही जैसे संजीवनी बूटी आने पर भगवान् रामचंद्र को लक्ष्मण के बचने की आस बँधी हो।

मामू को एक ही नजर में देखने पर कई तसवीरें सामने उभर आती हैं। मूँछें जब नीचे झुक आती हैं, तब वे नादिरशाह की याद दिलाने लगती हैं और जब वे मूँछों को रस्सी के समान ऐंठकर ऊपर कर लेते हैं तब फील्ड-मार्शल मानेकशा का तेवर उभर आता है। धोती-कुरता-बंडी चढ़ाकर जब वे कहीं जाने को तैयार होते तब हॉल में ही पार्टी बदलकर मंत्री-परिषद् में शामिल, किसी नेता के समान बाँछें खिली नजर आती हैं तथा कपड़े खोलकर जब वे स्नान करने की तैयारी में तेल मालिश करवाते होते हैं तो वर्षों पहले कुश्ती से रिटायर किसी पहलवान की याद दिला जाते हैं। आँखों पर चश्मा डालकर सामने लकड़ी का बक्स रखकर जब वे अपने पट्ठों-पहलवानों में मशगूल होते हैं तो किसी ऐसे सेठ की सूरत सामने आकर खड़ी हो जाती है, जो दो नंबर का माल पचाने तथा इनकमटैक्सवालों से लोहा लेने की तैयारी कर रहा हो तथा जब कभी हाथ में बंदूक लेकर किसी पंडक या हरियल पक्षी का शिकार करने की कोशिश करने लगते हैं, तब ऐसा लगता है, मानो बाघ का शिकार कर रहे हों। मामू जब खुश होते हैं तो ऐसा भान होता है मानो रँगीले शाह बादशाह के समान घर की सभी मोहरें आज लुटाकर रहेंगे और जब गुस्से में होते हैं तो ऐसा लगने लगता है, मानो नीरो बादशाह के समान रोम को जलाकर ही दम लेंगे। और इसके साथ ही मामू में सबसे बड़ा गुण है, संस्कृत कहावत के अनुसार 'क्षणे रुष्टा:, क्षणे तुष्टा, रुष्टा-तुष्टा क्षणे-क्षणे।' कब और किस बात पर मामू खुश और नाराज हो जाएँगे, शायद यह ब्रह्मा, विष्णु, महेश को भी पता चलना कठिन हो जाता है।

मामू से मिलने गाँव से उनके सगे छोटे भाई आए। उन्हीं के समान रोब-दाबवाला चेहरा, कड़ी-कड़ी शुतुरमुर्ग के सर के समान ऊँची उठी हुई मूँछें। बहुत दिनों के बाद राम-भरत मिलन हो रहा था। स्वाभाविक था कि छोटे भाई ने बड़े भाई के पाँव छुए और आशीर्वाद का स्वर सुनने को ज्यों ही सिर उठाया, देखा कि मामू मारे क्रोध के ऐसे लाल हो रहे हैं, जैसे रेस में हारनेवाले घोड़े पर दाव लगानेवाला होता है। लाल आँखें, सुर्ख चेहरा, मुँह के अंदर किटकिटाते दाँत, अंदर ही अंदर खौलते खून का उबाल।

छोटे भाई ने कुछ समझकर भी नहीं समझा और हौले से कहा, ''भइया...''

''चुप रहो।'' इधर मामू ने चील के समान झपट्टा मारा, ''तुम्हें शरम नहीं आती।''

छोटे भाई को काटो तो खून नहीं, आखिर कौन सी गलती हो गई, जिसके लिए भाई साहब इस तरह आग-बबूला हो रहे हैं। फिर हिम्मत करके हौले से पूछा, "भइया, आखिर मुझसे कौन सी गलती हुई, जिसके लिए आप इतने नाराज हैं?"

"गलती! गलती पूछते हुए तुम्हें शरम नहीं आती। तुमने मेरी खिल्ली उड़ाने तथा अपमान करने में क्या कोई कोर-कसर उठा रखी है!" मामू वैसे ही गरजे जैसे पुराने जमाने की किसी तसवीर में जमींदार अपने बराहिल या गुमाश्ते पर गरजता है।

"भइया, कुछ जानूँ भी तो।" छोटे भाई ने अत्यंत विनीत होकर पूछा।

"छोटे भाई होकर तुमने अपनी मूँछें मुझसे बड़ी क्यों बढ़ा दीं तथा जब मेरे सामने आए तो उन्हें बिच्छू के डंक के समान ऐंठकर ऊपर क्यों उठाकर आए?" मामू उस पर शेर की तरह दहाड़े।

मामला रफा-दफा हुआ तब, जब छोटे भाई ने अपनी मूँछें छोटी करवाईं और उन्हें नीचे गिराकर मामू के पास पहुँचे।

जो हो, मामू आज की दुनिया के एक 'नायाब' जीव हैं। उनकी अपनी मरजी, अपनी बात और अपने तर्क।

बेटे की शादी करने लगे तो बड़ी धूम-धाम, शान-शौकत, रंगो-बू के साथ की। पैसा पानी की तरह बहाया। कलकत्ता, बनारस, पटना, हर जगह के कलाकारों को लाकर महफिल ऐसी सजाई कि लोग अभी तक याद करते हैं।

कुछ लोगों ने सलाह दी कि बाबू साहब जब सबकुछ हो ही रहा है, तब क्यों नहीं फलाँ शहनाई भी जाए। मामू ने तुरंत इसकी स्वीकृति दे दी और सुप्रसिद्ध शहनाई-वादक से संपर्क स्थापित किया गया और मुँहमाँगे पैसे लेकर शादी में वे भी आ गए। बारात की प्रतिष्ठा और शोभा को चार-चाँद लग गए।

बारात-दरवाजे लगने के बाद, 'धुआँ-पानी' की रस्म अदा की गई और उसके बाद महफिल सजी। सभी कलाकारों के साथ ही देश के सुप्रसिद्ध शहनाईवादक की शहनाई भी हुई—लोग 'वाह-वाह' कह उठे।

रात में रस्मो-रिवाज के अनुसार 'वरन्योतन', यानी गहना चढ़ाने का समय आया। पद्धति के अनुसार हलके बाजे के साथ वर के बड़े भाई गहने चढ़ाने वधू के घर जाते हैं। सारी तैयारी जब हो गई तो मामू ने कहा कि वह जो शहनाईवाले आए हैं, उन्हें उठाओ कि वे शहनाई बजाते हुए आगे-आगे चलें। शहनाईवादक के साथियों ने कहा कि इतने बड़े उस्ताद का यह अपमान है। भला उस्ताद को समझ क्या रखा है, जो इस प्रकार आगे-आगे बजाने का हुक्म दिया गया।

इधर मामू अड़ गए, उन्होंने मूँछों पर ताव दी—"मैं उस्ताद-फुस्ताद कुछ नहीं जानता। यह शुभ-कर्म है, उन्हें शहनाई बजाते हुए आगे-आगे वधू के घर जाना ही होगा।"

उस्ताद को जब मालूम हुआ तो वे सीधे मामू के पास पहुँचे—''बाबू साहब, इज्जत के साथ खिलवाड़ न करें। मैं तो हॉल में या महफिल में प्रदर्शन करता हूँ।''

''बहुत देखा प्रदर्शन।'' मामू ने तेवर दिखलाया, ''पाँच हजार रुपए मैंने यों ही नहीं दिए हैं। इसमें तो आपको चलना ही पड़ेगा।''

इधर अमलों-फैलों तथा चाटुकारों ने उस्ताद तथा शागिर्दों पर फब्तियाँ कसीं—''जल्दी कीजिए, शुभ घड़ी बीती जा रही है।''

''बाबू साहब, जो पैसे आपने दिए हैं, वापस ले लीजिए।'' बड़े उस्ताद ने अजीजी से कहा।

अंत में बारात में आए हुए कुछ कला-प्रेमियों ने पहल की कि इतने बड़े शहनाई-वादक के साथ ऐसा न करें, तब जाकर मामू शांत हुए और बात दबी।

□

बरसात के दिन थे और हम लोग उन दिनों राँची में थे। पिताजी की राय हुई कि 'हुंडरु-जोन्हा' जल-प्रपात देखने चला जाए और वहीं पिकनिक हो। बात की बात में उनके आठ-दस मित्र तैयारी में जुट गए, दो-चार सौ रुपयों का खाने-पीने का सामान मँगाया गया और दो टैक्सियों पर लोग सवार होकर विदा ही ले रहे थे कि दैवयोग से मामू भी वहीं आ पहुँचे। पिताजी के कहने पर वे भी 'फॉल' देखने के लिए एक गाड़ी पर सवार हो गए।

खाने के बाद जल-प्रपात का अभिनव दृश्य देखने में सभी जुट गए। सैकड़ों फीट की ऊँचाई से हहराता-फहराता, जोन्हा-जल-प्रपात अभिनव दृश्य उपस्थित कर रहा था। नीचे गिरती धार कुहरे का रूप ले लेती थी, सौंदर्य बिखर रहा था, सुषमा अठखेलियाँ कर रही थी, प्रकृति उन्मुक्त होकर दोनों हाथों कल्लोल कर रही थी और उपस्थित समुदाय गद्‌गद हो रहा था।

औरों के समान मामू भी इस अभिनव दृश्य को अवाक् देख रहे थे, लेकिन उनकी समझ में कोई बात नहीं आ रही थी। अंत में वे पिताजी के पास गए और पूछा, ''हम लोग यहाँ क्या देखने आए हैं?''

''यही, जलप्रपात की शोभा।'' पिताजी ने कहा।

मामू से अब नहीं रहा गया। मूँछों पर हाथ फेरते हुए बोले, ''इतना खर्च-वर्च करके यही हर-हर गिरते पानी को देखने यहाँ आए? राम-राम, छिह-छिह ! यही कहते हैं पैसे की बरबादी।''

मामू की सुरुचि-संपन्नता देखकर लोग-बाग हँसे बिना नहीं रह सके।

मेरे एक मित्र ने एक दिन एक कहानी सुनाई—''भगवान् ने एक आदमी के पास सरस्वती और लक्ष्मी दोनों देवियों को भेजा और कहा कि जाकर उस व्यक्ति को प्रसन्न

करो। दोनों देवियाँ जब उस व्यक्ति से मिलकर लौट गईं तो भगवान् स्वयं उस व्यक्ति के सामने प्रकट हुए और पूछा कि दोनों देवियों में कौन तुम्हें अच्छी लगी? उस आदमी ने तत्काल उत्तर दिया—भगवान् मुझे सरस्वती का जाना और लक्ष्मी का आना बहुत अच्छा लगा।''

मुझे लगता है कि मामू भी इसी सिद्धांत में विश्वास रखते हैं। यही कारण है, जो सरस्वती की कभी वे कद्र नहीं करते और लक्ष्मी का निरादर नहीं करते। भगवान् की भी इस मानी में उनके ऊपर असीम कृपा है। मामू मिट्टी भी छूते हैं तो वह सोना हो जाती है और एक हम हैं कि सोना भी छूते हैं तो वह मिट्टी हो जाता है।

पुरानी कहावत है कि लक्ष्मी और सरस्वती में भयानक वैर है। मामू को देखने से यह उक्ति सत्य प्रतीत होती है।

वैसे अच्छी बात यह है कि मामू दिलदार हैं; दिलफेंक नहीं। मन की मौज हुई तो हजारों रुपयों को ऐसे बहा देंगे, मानो वह दो रुपए का नोट हो तथा मन ने गवाही नहीं दी तो दो रुपए कौन कहे, दो कौड़ी भी उनसे निकलवा लेना—सुई की नोक से ऊँट के निकलवाने जैसा असंभव कार्य है।

वे इस बात में विश्वास रखते हैं कि दहलाए रहो, हिलाए रहो और नहले पर दहला देते रहो।

मामू पर लिख लेने के बाद सोचता हूँ कि कहीं जो यह रचना उनके सामने आ गई तो मेरा क्या हाल होगा? कहीं जो उनके चाटुकारों और जी-हजूरों ने मक्खन-मिसरी लगा दिया तो वे उसी भाँति भभक उठेंगे जैसे घास-फूस के जंगल में आग भभक उठती है। लेकिन साथ-साथ यह भी मैं जानता हूँ कि उन्हें अच्छा भी लगेगा कि मेरे भानजे ने मेरे ऊपर कुछ लिखा तो सही और निश्चित रूप से इस पत्रिका की सौ-पचास प्रतियाँ खरीदकर मामू अपने अमले-फैलो में बाँटेंगे, वैसे ही जैसे अपनी नई हवेली के गृह-प्रवेश के दिन उन्होंने मजूरों और कारीगरों के बीच मिठाइयाँ बाँटी थीं।

□

मोहरसिंह

अजगर करे न चाकरी, पंछी करे न काम।
दास मज्जा कह गए, सबके दाता राम॥

कहता हुआ जब वह अपनी बाँहों को हवा में फैलाता था, तो अनायास एक सनसनी पैदा हो जाती थी। लगता था मानो पश्चिम की हवा अब पूरब की ओर बहने लगी है और बहती हुई हवा रुक गई है। लोग साँस बाँधे खड़े रहते थे कि देखें, अब वह क्या करता है कि तभी वह अपनी पिटारी खोलता था और उसका ढक्कन हटाते ही सात फिटा अजगर कुलबुलाने लगता था, मानो वह भी इस बात को जानता है कि दास मलूका ने कहा है कि वह चाकरी के लिए नहीं बना है।

मोहरसिंह चंदेल, जिसे हमारे इलाके का हर बच्चा, नौजवान और बड़े-बूढ़े जानते थे और यह भी सबको मालूम था कि वह गाँव-घर में खूँटे से बँधे रहनेवाला नहीं है; आज दिल्ली, तो कल कलकत्ता, तो परसों बंबई, तो दूसरे दिन सोनपुर, लालबाग गया कहीं भी चला जाएगा और जैसे सावन-भादों की बदरी को चीरकर कभी-कभी सूरज निकल पड़ता है, वैसे ही आसमान के परिंदे के समान मोहरसिंह अकस्मात् गाँव में टपक पड़ेगा; जब तक रहेगा—काकी, भाभी, चाची, दादी, दीदिया, मइया, बबुनी और भइया, चाचा, बाबा, काका, फलना, चिलना की झड़ी लगा देगा। गाँव के लड़के और नौजवान तो उसके मानो गुलाम थे, लेकिन बड़े-बूढ़ों की ओर से भी उसे यही स्नेह हासिल था। अकारण नहीं, सकारण। बच्चों के लिए डिब्बे-के-डिब्बे लेमनचूस उसकी झोली से निकलते, तो बूढ़ों के लिए खैनी, बीड़ी, तंबाकू। किसी चीज की पुड़िया हर वक्त वह हाजिर किए रहता और गाँव के नौजवानों की तो पाँचों उँगली घी में रहतीं। मोहरसिंह सिगरेट, सलाई, पान, बीड़ी, गाँजा, भाँग क्या नहीं उनके लिए ढेर लगाए रहता? हर दो-तीन दिन पर कभी बौरी बन रही है, तो कभी खस्सी काटी जा रही है, तो कभी मछली तली जा रही है और जो आए, वही खाए।

वहाँ न तो बिजे का झंझट था, न अंगेआ देने की प्रथा। खाने के समय जो आ गया, वही शामिल हो गया। और जब मोहरसिंह का कोष खाली होने को आता, तो वह रात में या सवेरे की भुरुकुआ में ही नौ-दो-ग्यारह। फिर लोग उसकी बाट जोहते होते। सारा गाँव उँगलियों पर गिनता होता कि पाँच महीने हो गए, तो आठ महीने होने को आए, लेकिन मोहरसिंह का पता नहीं और फिर किसी दिन लोग देखते कि चार-पाँच कुलियों पर बक्सा, खोमका, पिटारी लिये कोई चला आ रहा है—छह फिटा जवान। गाँववालों की बाँछें खिल जातीं, दूर से ही—राम-राम भइया, राम-राम की आवाज वातावरण को गुँजा देती—अरे, अबके तो बड़े दिन का नागा हो गया? मानो लोग उसकी प्रतीक्षा ही करते रहते हों।

□

मोहरसिंह चंदेल—यही नाम था उसका। माँ-बाप का दिया नहीं, खुद का रखा हुआ। माँ-बाप ने तो नजर न लगने और जिंदा रहने के लिए उसका नाम रूखिया यानी गिलहरी रखा था। और यह नाम बचपन में ही उसके पल्ले पड़ गया था। बीहड़-से-बीहड़ पेड़ की शाख पर हवा की तरह वह चढ़ जाता, मेंगे लगाता और कोटरों से सुग्गा, कौआ, कोयल, मैना हर किसी के बच्चे को निकाल लाता। उसी कोटरे में हाथ देने की उसे एक दिन सजा मिली कि सुच्चा करेत साँप लिपट गया और जब उसने छोड़ा तब तक वह बेहोश था, जीने की कोई उम्मीद नहीं थी कि तभी बगल के गाँव सूरपुर का ओझा बुझावन कहाँ-कहाँ से उस रास्ते जा रहा था और उसी की करामात कि मरा हुआ जिंदा हो गया और माँ-बाप की आँखों में आँसू आए तो थमे ही नहीं—जिस तरह से मेरा सुगबा और मैनमा चला गया, उसी तरह तू भी किसी दिन चला जाएगा। लेकिन हुआ कुछ और ही। दस साल होते न होते रूखिया तो बचा रहा, लेकिन माँ-बाप दोनों जाते रहे। और तब बिना माँ-बाप का लड़का टूअर कभी इस दालान, तो कभी उस दालान, तो कभी इनके घर, तो कभी उनके घर करता रहा और उस बीच उसे झिड़की कम, अपमानित अधिक होना पड़ा। किसी ने उसे कुत्ता कहा, तो किसी ने सुअर और उल्लू कहलाना तो रोज-ब-रोज की बात थी। लेकिन उससे भी भयावह हुआ यह कि ज्ञानीजी के यहाँ आई बारात में जब वह भी गाँव-घर का होने के नाते तमाशा देखने-सुनने गया, तो वहाँ शामियाने से उसे झोंटा पकड़कर उनके बराहिल ने सबके सामने मारते हुए बाहर निकाल दिया—सूअर का बच्चा, तेरी यह औकात कि शामियाने के अंदर सबसे आगे बैठे।

और उसके बाद किसी ने दूसरे दिन उसे गाँव में नहीं देखा। किसी ने पूछा भी या चर्चा की तो किसी को जवाब देने की फुरसत न थी और बिना माँ-बाप का टूअर-टापर लड़का भगवान् के ही भरोसे होता है, इसलिए खोजने भी कौन जाता। किसी ने

कहा कि बेचारे को कोई देखनेवाला न था, तो क्या करता, तो किसी ने यह भी कहा कि साला, जहन्नुम में गया होगा, जाने दो। उस समय उसकी उमर चौदह साल की थी।

दिन आते गए, गुजरते गए और ऐसे ही बीत गए दस-ग्यारह साल कि तभी किसी धमाके के समान गाँव में एक छह फिटा जवान, अघ्घी का कुरता और अघ्घी की धोती बगाबग पहने तथा चार-पाँच कुलियों पर स्टेशन से सरो-सामान लादे आ धमका। उसे पहचानने और देखने को भीड़ लग गई कि तभी बुधनी दादी आगे बढ़ आई और उन्होंने अपने मटमैले आँचल को सिर पर ठीक करते हुए कहा—अरे ई तो सनीचरी के बेटवा रूखिया है।

और तभी उसने बुधनी दादी के पाँव छुए—दादी, तुमने मुझे ठीक पहचाना, लेकिन दादी अब मैं रूखिया नहीं हूँ, मोहरसिंह हूँ, मोहरसिंह चंदेल और सब लोग कान खोलकर सुन लो, मैं कोई अनजान नहीं हूँ, तुम्हारे ही घर का, परिवार का हूँ और दीन-दुनिया की खाक छानता, देश-परदेश एक करता अब मैं फिर अपने घर आ गया हूँ।

कई लड़कों ने इस पर आव देखा न ताव, सीधे उसके पाँवों पर गिर पडे—पाँव लागी चचा, भइया, बाबू, काका की झड़ी लग गई। और तभी उसने एक बक्से से ढेर सारे लेमनचूस निकाले और दो-चार नहीं, दस-बीस के हिसाब से लड़कों में बाँट दिए। वातावरण मह-मह कर उठा—'ऐसा तो कोई राजा ही कर सकता है। बाप रे बाप, देखते नहीं, कितना सामान आया है। बक्सा भारी बुझाता है। और हाँ, कपड़ा कैसा बगाबग बगुला के पंख जैसा पहने हुए है। जरूर कहीं का राज-पाट इसे मिल गया है।' कानाफूसी शुरू हो गई थी।

अकिलसिंह ने आगे बढ़कर उसे सीने से लगा लिया था—'मोहर, तू आ गया भइया! मैं तो रोज सुरुज भगवान् को मनाता था कि मेरा भाई लौट आए। भगवान् ने सुन लिया। अब चलो, पहले हाथ-मुँह धो लो, खा-पी लो, आराम-साराम कर लो, तब दूसर बात होइहें।' उन्होंने अपना अधिकार जमा लिया था और तब तक उसे भी इस बात की जानकारी हो गई थी कि उसका अपना मकान गिर गया है और उस पर शिवलाखसिंह राहर मकई की खेती करते हैं, क्योंकि भरावटवाली जमीन पर ये दोनों चीजें खूब होती हैं।

और उसी दिन से गाँव-घर में भी रूखिया मोहरसिंह चंदेल हो गया, हर घर में उसकी इज्जत, हर दालान पर उसके लिए तोसक, चादर और तकिया, हर बहू की घूँघट में छिपी आँखों में उसकी तसवीर। पहले उसने दो-तीन हजार रुपए खर्च करके अपना घर बनवाया रहने लायक, उसके बाद उस घर में गाँव के सभी बड़े-बूढ़ों को

दावत दी—भात-दाल-चटनी-चोखा-अचार-दही-पापड़, लोग परितृप्त हो गए। मन जुड़ा गया और महीना लगते न लगते घर में ताला लग गया, मोहरसिंह नौ-दो-ग्यारह। कहाँ गया, कब लौटेगा—किसी को कुछ पता नहीं।

जो भी उसके दरवाजे से गुजरा, दालान में बड़े अक्षरों में उसे यही पढ़ने को मिला—

अजगर करे न चाकरी, पंछी करे न काम।
दास मलूका कह गए, सबके दाता राम॥

गया में पिंडदान यानी पितृ-पक्ष का बड़ा भारी मेला लगता है। चारों ओर आदमी ही आदमी दिखाई देते हैं। पिता माहेश्वर से लेकर अंत:सलिला फल्गु की हर बालुका-राशि नर-मुंडों से पट जाती है। केरल से लेकर कश्मीर तक के यात्री, राजा से लेकर रंक तक, सेठ से लेकर फकीर तक, रेल-पेल हो जाते हैं। ऐसे ही समय में दूर-दराज से खेल-तमाशे, सर्कस-थियेटर आदि भी आ जाते हैं।

मैं रिक्शे से स्टेशन चला जा रहा था, देखता क्या हूँ कि सामने के मैदान में भारी भीड़ जमा है और बीच में खड़ा एक आदमी जोर-जोर से कुछ बोल रहा है। उत्सुकतावश रिक्शा रुकवाया, तो देखता क्या हूँ कि मोहरसिंह। माजरा समझने के लिए मैं फौरन रिक्शा से उतर गया और भीड़ का अंग बना पीछे की ओर खड़ा हो गया। मेरे कानों में गूँजती हुई आवाज टकराई—भाइयो और बहनो, माताओ और पिताओ, दोस्तो और दुश्मनो, बच्चो और बूढ़ो, इनसानो और हैवानो, घरवालो और परदेसियो! आपके सामने यह छह फिटा जवान खड़ा है मोहरसिंह चंदेल, बाप का नाम गुरनाम सिंह चंदेल, बाबा का नाम सुमिरन सिंह चंदेल, परदादा का नाम धमक सिंह चंदेल, छरदादा का नाम भोलूसिंह चंदेल, लकड़दादा का नाम रामरीझनसिंह चंदेल, गाँव विलासपुर, पो. हाजतपुर, थाना बरकतपुर, जिला अंबिकापुर, मध्य प्रदेश और हाल मुकाम चरकाँवा, जिला गया है। भाइयो! मैं कोई उस्ताद नहीं हूँ, फाँकेबाज नहीं हूँ, रंगबाज नहीं हूँ, दगाबाज नहीं हूँ, कमीना और शोहदा नहीं हूँ, झूठा और फरेबी नहीं हूँ—मैं जो कुछ भी हूँ, वह मैं हूँ। छह फिटा जवान मोहरसिंह चंदेल, जिसने माँ का ही नहीं शेरनी का दूध पिया है, भगवान् के सहारे जिया है, दिन को रात और रात को दिन किया है, अनेक चूतियों की चाँदी ठीक की है, गिरहकटों को आसमान दिखलाया है, तिल को ताड़ बनानेवालों की हेकड़ी दुरुस्त की है। मैं कोई शराबी नहीं, जुआरी नहीं, रंडीबाज नहीं, फाँकेबाज नहीं—मर्द का बच्चा हूँ, जिसकी सात पुश्तों ने अपने आपको न्योछावर कर दिया गरीब दुखियों के लिए, माताओं-बहनों के लिए, रामराज्य और सुराज के लिए, तब कहीं इस लायक मैं आज हुआ हूँ कि सीना ठोंककर आपके सामने खड़ा हो सकूँ यह कहकर उसने अपने सीने को तीन बार ठोंका और उसकी आवाज पूरे जहान में फैल गई और

वह बिल्कुल खामोश हो गया। इस बीच भीड़ हजार से दो हजार पहुँच गई।

मोहरसिंह ने बड़ी अदा के साथ अपने चारों ओर देखा, उसके बाद उसने अपने अघ्घी के कुरते की बाँह धोरे-धीरे समेटनी शुरू की, दो-तीन-चार बार उसे झटका दिया और तब वह धीरे-धीरे नीचे की ओर झुकने लगा। भीड़ में आगे बढ़कर देखने को खलबली मच गई। वह दो-तीन मिनट में नीचे झुका और एक झटके के साथ उसने अपनी पिटारी का ढक्कन हटा दिया और अंदर गँडुरी मारे अजगर कुलबुलाने लगा, मानो वह इसी की प्रतीक्षा में हो। मोहरसिंह ने दोनों हाथों से उसे उठाना शुरू किया, धीरे-धीरे और धीरे और उसने दोनों बाँहों को आसमान की ओर उठाकर अजगर को दिखलाया, उस साँप की पूँछ अभी भी जमीन छू रही थी, इसका मतलब यह कि उसकी लंबाई सात फीट से भी ज्यादा थी। मोहरसिंह उसे इसी प्रकार लिये बड़े अंदाज के साथ एक बार गोल घूम गया और तब बीच में रुककर उसने कहना शुरू किया—

अजगर…करे…न…चाकरी
पंछी…करे…न…काम…
दास…मलूका…कह…गए
सबके…दाता…राम…

पाँच मिनट उसे इस दोहे को कहने में लगे, लेकिन तब तक उसकी गगन भेदी आवाज वातावरण पर छा गई और उसने उसी अंदाज में साँप को पिटारी के अंदर बंद कर दिया।

उसके बाद शुरू हुआ मोहरसिंह का असली संभाषण—मेहरबानी, मैं कोई जादूगर नहीं हूँ और न किसी सर्कस का जोकर, जो आपको बहलाऊँ या रिझाऊँ और न ही कोई बहेलिया, जो निरीह पक्षियों को दाना चुगाकर अपने जाल में फँसाऊँ। मैं तो सीधा-सादा इनसान हूँ, जिसका दुनिया में कोई नहीं—न माँ, न बाप, न भाई, न बहन, न नाता, न रिश्ता, न अपना, न पराया। मेहरबानो—एक ही लफ्ज में समझ लीजिए कि न आगे नाथ, न पीछे पगहा। यह कहते हुए उसका गला भर आया, जिसे शायद मुझे छोड़कर और कोई भी पकड़ नहीं सका। मोहरसिंह दो-चार सेकेंड के लिए यहाँ रुका और फिर उसने कहना शुरू किया—इसीलिए सारी दुनिया मेरा परिवार है। हर स्त्री मेरे लिए माँ-बहन है और हर पुरुष मेरे लिए बाप-भाई।

उसने खराँसकर गला साफ किया—तो मेहरबानो, दस साल की उम्र में माँ-बाप मुझे छोड़कर चल बसे, उसी समय से मुझे दुनिया से विराग हो गया और मैं चौदह साल की उम्र में घर-गाँव छोड़कर हिमालय की राह चल दिया। महीनों बाद चलता-चलता, ठोकरें खाता, भिखमंगी करता, भूखों रहता मैं बदरिकाश्रम के घने जंगलों में प्रवेश कर गया। वहाँ मेरी मुलाकात एक जटाजूटधारी महापुरुष से हो गई, जिन्होंने

बीसों बार चिमटा मारकर मुझे भगाना चाहा, लेकिन मैंने जो उनका पाँव पकड़ा, तो छोड़ा नहीं। आँधी-पानी, बर्फीले तूफान, जम जानेवाली सर्दी आती गई और मैं बाबा के पाँवों पर पड़ा रहा। जीवन के सात साल ऐसे ही बीत गए और जब मैं भयंकर रूप से बीमार पड़ा, तब उसी समय मेरी काया पलट गई, किस्मत का दरवाजा खुल गया, अलादीन का चिराग जल उठा 'खुल जा सिम-सिम'—और मानो दरवाजा खुल गया, करोड़ों-अरबों की संपत्ति हाथ लग गई। वह कहता गया—पत्थरों को तोड़कर जैसे सोता फूटता है, वैसे ही बाबा का कलेजा पसीज उठा और वे दूसरे दिन सवेरे जंगल से एक बूटी लाए, उसे पीसा तथा पानी में मिलाकर मुझे पिला दिया और शाम होते-होते मेरा कायाकल्प हो गया। बीमारी भाग खड़ी हुई, सिर का दर्द गायब, जड़ैया बुखार पार, आपसे आप ताकत आ गई, उठ खड़ा हुआ, लगे कि दौड़ लगा दूँ। दूसरे दिन बाबा के पाँवों पर गिर पड़ा—महाराज, जो अमृत बूटी आपने मुझे दी, उसका नाम बता दें।

बाबा हँस पड़े—बेटा मोहर, पहले तू तो ठीक हो जा। कहते हुए उन्होंने अपनी बगल की झोली से वही बूटी निकाली और कहा कि पीसकर इसे सात दिन लगातार सेवन कर।

—मेहरबानो, सात दिन सेवन करने के बाद मुझे ऐसा लगने लगा कि हवा में उड़ सकता हूँ, हाथी की सूँड़ पकड़कर उसे उठा-बैठा सकता हूँ, चलती गाड़ी को रोक सकता हूँ, मुट्ठी की मार से दीवाल तोड़ सकता हूँ, पेड़ को जड़ से उखाड़ सकता हूँ तथा जो भी मन में आए, वह कर सकता हूँ। यह कहकर नौजवानों की ओर देखकर वह मुसकराया।

—लेकिन मेरे हमदम, मेरे दोस्तो, उसके बाद सात साल और मैं बाबा के पाँवों की धूल बना रहा, लेकिन उन्होंने जड़ी का नाम नहीं बताया। और अंत में तपस्या के पंद्रहवें साल मुझे वरदान मिल गया—बाबा पसीजे। गुरु पूर्णिमा की तारों भरी रात में वे मुझे अपने साथ लेकर चल दिए और; चार रात तथा चार दिन की चढ़ाई के बाद हम सूरज की घाटी में पहुँच गए। वहाँ जड़ी-बूटियों का अंबार लगा था, बाबा ने मुझे एक बूटी उठाकर दी और कहा कि जितना चाहो, चुन लो।

मेहरबानो, मैं लदना बैल की भाँति जितना हो सकता था, लादकर जड़ी-बूटी ले आया और वापस आते ही बाबा ने कहा—देख बेटा, तुझे जिस बूटी का परिचय दिया है, उसका पता संसार में शायद ही किसी बिरले को हो। इसका दुरुपयोग मत करना, सौदा मत करना, व्यापार मत करना, गलत आदमी को न देना और पैसे से न बेचना। यदि तुमने ऐसा किया तो तुम्हें गलित कुष्ठ होगा—कुष्ठ। इससे गरीबों और दुखियों की मदद करना, उनका और मेहरबानों का दुख हरना।

इतना कहने-समझाने के दूसरे ही दिन बाबा अंर्तध्यान हो गए और मैं छाती पीटता पुनः इस पापी संसार में वापस आ गया।

—तब से इस बूटी का प्रसाद मैं केरल से लेकर कश्मीर तक और द्वारका से लेकर मणिपुर तक बाँट रहा हूँ। मैंने उन सिद्ध महात्मा के नाम पर ही इस बूटी का नामकरण 'चरणदास-बूटी' किया है।

—मेहरबानो, थोड़ा कहना, ज्यादा समझना। यह बूटी दवा-दारू नहीं है, डॉक्टर-वैद्य नहीं है, ओझा-गुनी नहीं है। इंजेक्शन-सीरप नहीं है—महात्मा चरणदास का प्रसाद है। इसे बूढ़ा सेवन करे तो जवान हो जाए और जवान सेवन करे तो पहलवान हो जाए। बंबई में एक बहन की शादी के तेरह साल बीत गए—बाल-गोपाल का पता नहीं, उसने सेवन किया तो दूसरे ही साल एक साथ दो बच्चे किलकारी भरते हुए आँगन को गुलजार करने लगे; कलकत्ता में एक भाई शादी के बाद शरमाकर जिंदगी गुजार रहे थे—डॉक्टर, वैद्य, हकीम उनके कोई काम न आया—इस बूटी की शरण में आए, बाबा की दया से जिंदगी में सुगबुगाहट शुरू हो गई। कानपुर के एक सेठजी की भूख-प्यास गायब थी, बराबर बुखार और चिड़चिड़ेपन ने उन्हें परेशान कर रखा था। इसका सेवन किया तो नई जिंदगी मिल गई। पटना में एक बहन ने बताया कि उनके बेटे का कैंसर जैसा लाइलाज रोग 'चरणदास की बूटी' से छू-मंतर हो गया और फोड़ा-फुंसी, जले-कटे की बात ही छोड़ दें—शरीर के बाहरी रोग, पीसकर लगाते ही गायब और अंदर के रोगों के लिए ब्रह्म मुहूर्त में बासी पानी के साथ सात दिन खाली पेट सेवन से नामर्द मर्द हो जाए, बाँझ माँ हो जाए, तपेदिक भाग जाए, निमोनिया उड़ जाए और बाबा के आशीर्वाद से 50 प्रतिशत कैंसर में भी लाभ न हो तो मेरा सिर और आपका जूता।

यह कहते ही वह झुका और पास के बक्से का ढक्कन हटाकर हाथ में एक साथ दस-बीस पुड़िया बूटी की लेकर तनकर खड़ा हो गया—माताओ और पिताओ, भ्राताओ और भाभियो! यह ताबेदार मोहरसिंह चंदेल बस एक ही अर्ज आपसे करना चाहता है, यह बूटी लीजिए और दिल खोलकर लीजिए, पर सेवन लिखी हुई विधि के अनुसार ही कीजिए। मसलन भाइयो और भौजाइयो से जरूर यह निवेदन करूँगा कि जिस दिन इसका सेवन करें, उस रात एक खाट पर कभी न सोएँ। इस पर हँसी का फव्वारा फूट पड़ा।

और मेहरबानो, कान खोलकर सुन लीजिए, यह 'एनासिन' की गोली नहीं है और न ही 'विटामिन-बी-कंप्लेक्स' है, जो आप खरीद रहे हैं। यह बाबा चरणदास का प्रसाद है—प्रसाद-सूरज की घाटी का वह कमाल जिसका मोल-भाव नहीं होता। इसलिए कोई भाई इसे खरीदने की न सोचे। लाखों पर यह मोहरसिंह चंदेल पेशाब

करता है और करोड़ों पर थूकता है। इसलिए हमारे जरूरतमंद मेहरबानो, हाथ उठाइए और एक-एक कर यह प्रसाद लेते जाइए। एक साथ सैकड़ों हाथ उठ गए, तो मोहरसिंह मुसकराया।

हाथ अब नीचे कीजिए—वह झपट्टे से बोला—भाइयो, कहावत है कि दुनिया में कमी नहीं है चूतियों की, एक ढूँढ़ो हजार मिल जाते हैं। इसलिए यदि मैं यह कहूँ कि इस बूटी के दाम लगेंगे तो देखें कितने हाथ उठते हैं?

इस बार भी सैकड़ों की तादाद में हाथ उठे, पर पहले से कम। मोहरसिंह इस पर हँसा—मेहरबानी, कहा है कि मँगनी का चंदन लगाओगे, तो बाल-बच्चों को भी ले आते हैं। और पंडितजी कहें कि पैसा लगेगा, तो जजमान बोले कि अभी तो स्नान भी नहीं किया है।

अब इस भीड़ में कहना कठिन है कि जरूरतमंद कौन है तथा शौकिया कौन, पर मुझे क्या; मैं तो बाबा का प्रसाद बाँटता हूँ, अब मेहरबान, आप हाथ बढ़ाते जाएँ और प्रसाद पाते जाएँ, बाबा चरणदास का प्रसाद, जो पाए वह निहाल हो जाए, जो न पाए वह जीवन भर पछताए।

कहता हुआ मोहरसिंह दस-बीस-पच्चीस-पचास हाथों में गेंद की तरह पुड़िया फेंकता गया और हाथों का उठना तथा आगे बढ़ना बढ़ता गया।

इसी बीच वह रुक गया—लेकिन मेहरबानो, एक और अपील है आपसे। जो भाई-बहन बूटी ले रहे हैं या जो न ले रहे हों—खड़े या बैठे हों, उन सबों से करबद्ध प्रार्थना है कि कोई जाए नहीं, एक-एक आदमी आखिरी संदेश बाबा का सुनने के लिए पाँच मिनट का अपना कीमती समय और दे दे। यह कहते हुए उसने फिर दस-बीस-पच्चीस हाथों में बाबा चरणदास की बूटी दे दी। उसके बाद बहुत गंभीर होकर वह बीच में खड़ा हो गया।

—मेहरबानो, बाबा की दया और भगवान् की दुआ से जिन भाइयों ने बूटी पाई है, उन्हें दुनिया की कोई ताकत अब चंगा होने से, मन-मुराद पूरी होने से रोक नहीं सकती है, लेकिन मेहरबानी यह छह फिटा जवान मोहरसिंह चंदेल पिछले सात साल से न रात में सो सका है, न दिन में खा सका है। खाना-पीना-सोना-उठना-बैठना सब हराम है मेरा, न नींद आती है, न चैन आता है, बस रह-रहकर एक ही चिंता मुझे सताती रहती है, जिसका कोई जवाब नहीं है मेरे पास। और इसीलिए मेहरबानो, आप सबों को स्वर्ग मिलेगा, लेकिन यह मोहरसिंह चंदेल नरक जाएगा, सीधा नरक। यह कहकर मोहरसिंह रोने लगा और रूमाल निकालकर जब उसने आँसू पोंछे तो भीड़ के सैकड़ों लोगों की आँखों में आँसू छलछला आए।

उसी रुँधे गले से वह बोला—मेहरबानो, जिस महात्मा ने, गुरु ने, बाबा ने मुझे

यह मृतसंजीवनी बूटी दी, जिससे आज मैं लाखों का उपकार कर रहा हूँ, दुख हर रहा हूँ, उनकी आत्मा चौबीसों घंटे मेरे आगे-पीछे मँडराती रहती है। बाबा के जीवन की बस एक ही साध थी कि बदरिकाश्रम के पास जहाँ उनका वास था, वहाँ एक धर्मशाला बन जाए और मेरे जीवन का उसके साथ-साथ एक और संकल्प है कि बाबा के नाम पर 'बाबा चरणदास मंदिर' की स्थापना कर इस पापी दुनिया से मुक्ति पा लूँ। यह कहते हुए उसका गला फिर भर गया।

—मेहरबानो, यह जोर-जबरदस्ती नहीं है, कोई बंदिश नहीं है, जरूरी नहीं है, मजबूरी नहीं है, लेकिन फिर भी हमारा और आपका यह कर्तव्य है कि बाबा के सपनों को तथा मेरे संकल्पों को पूरा करें—कहते हुए उसने अपना बगुला की पाँख सा बगाबग अध्धी का कुरता निकाला और बीच में फैला दिया। मेहरबानो, आपका एक-एक पैसा बाबा चरणदास की आत्मा को शांति प्रदान करेगा, दुनिया को रोशनी देगा, आपके बाल-बच्चों को दिन-दूना रात-चौगुना बढ़ाएगा, धर्मशाला और मंदिर की एक-एक ईंट पर आपका नाम सोने के अक्षरों में लिखा जाएगा।

मोहरसिंह की बात समाप्त होते ही किसी ओर से दस का नोट, पाँच का नोट, एक का नोट, सिक्का अठन्नी-चवन्नी, दस पैसे, पाँच पैसे और उसी के बीच दो भक्तों ने सौ-सौ रुपए के नोट उस कुरते पर फेंके तथा कुरते का शायद ही कोई हिस्सा दिखाई देता हो, जो नोटों-सिक्कों तथा पैसों से न लद गया हो।

मोहरसिंह ने सब पर जैसे जादू फेर दिया था, भीड़ का शायद ही कोई ऐसा आदमी हो, जिसने रुपया-दो रुपया-दस रुपया न दे दिया हो। मैंने भी पाँच रुपए श्रद्धापूर्वक या उसकी बातों से पसीजकर या अपनेपनवश चढ़ा दिए।

मोहरसिंह ने इस बीच सौ-पचास लोगों को और बूटी का प्रसाद बाँट दिया था। और अंत में जब उसने कुरते में ही सारे सिक्के बाँधे तो उसका भी एक छोटा-बड़ा गट्ठर हो गया।

अंत में उसने फिर बीच में खड़े होकर सभी का शुक्रिया अदा किया। मेहरबानो, आपके एहसानों से दब गया हूँ। आपने मेरी लाज रख ली—बाबा की आत्मा को जो शांति पहुँचाई है, उसके लिए क्या कहूँ। क्या न कहूँ। मंदिर और धर्मशाले की एक-एक ईंट पर आपका नाम रहेगा। जिन भाइयों ने कुछ दिया उनका भी भला तथा जिन भाइयों ने कुछ नहीं दिया, उनका भी भला। हिंदुओं को राम-राम, मुसलमानों को दुआ-बंदगी-सलाम, क्रिस्तानों को गुड-ईवनिंग, सरदारजी को सत सिरी अकाल तथा सभी भाइयों को मोहरसिंह चंदेल की जयजय-सीताराम। यह कहता हुआ मोहरसिंह भीड़ से होकर आगे बढ़ा और उसके पीछे-पीछे तीन लड़के, जिनमें एक के सिर पर साँप का पिटारा था, दूसरे के सिर पर बूटी का बक्सा और तीसरे के माथे पर नोटों और

रेजगारियों का गट्ठर, चले। मैं भीड़ के अंत में खड़ा था, मोहरसिंह जब वहाँ से गुजरा तो उसने धीरे से मेरी बाँह को टीप दिया और हलके स्वर में बोला—मेरे साथ चलो। मैं मंत्र मुग्ध सा उसके पीछे-पीछे चल पड़ा।

राधे, तुमने आज मेरी वास्तविक जिंदगी देख ली न। होटल के कमरे में प्रवेश करते ही वह धम्म से अपनी चारपाई पर बैठ गया।

—मोहर, कोई भी काम हो, उसमें यदि निष्ठा तथा परिश्रम है, तो उसे मैं बुरा नहीं मानता। मेरी बौद्धिकता इस तरह के वाक्य बोलने को मजबूर कर रही थी। पीछे से उसके दोनों-तीनों चेले भी तब तक कमरे में आ गए थे और उसमें से एक मँझोले कद का पट्ठा उसकी बाँहों और कमर-गरदन की चंपी करने में लग गया था। छोटावाला, जिसके सर पर पैसों का गट्ठर था, वह उसे उतारकर बगल की कुरसी पर रखकर खड़ा हो गया। मोहर ने कहा, 'बेटा, भागकर सूरजमल की दुकान से दो रुपए के पकौड़े और चार स्पेशल चाय तथा बनारसी के यहाँ से आठ पान लगवा के ले आ।'

उसके जोड़ का एक पहलवान तब तक आकर खड़ा हो गया, जिसे देखते ही मैं पहचान गया—यही था वह आदमी, जिसने सौ रुपयों के नोट फेंके थे।

'आओ, आओ, बैठो शर्मा।' मोहरसिंह बोला, 'पलटूदास को ठीक से जमा दिया?'

'हाँ उस्ताद।' शर्मा बोला।

'देख शर्मा, कहीं से आठ आने का लावा और एक सेर दूध लाकर पलटू को पिला दे, आखिर उसी की कमाई तो हम सब खाते हैं।'

अब मेरे लिए स्पष्ट हुआ कि पलटू कोई आदमी या जानवर नहीं, वह अजगर साँप है, जिसका प्रदर्शन मोहरसिंह करता है।

थोड़ी देर में चाय भी आ गई और शर्मा भी आ गया, तब मोहरसिंह पीठ और बाँह का दर्द निकाल रहे गठने-ठिगने आदमी से बोला, 'सुमिरन, ये ले सौ रुपए, जरा नजदीक की किसी दुकान से एक साड़ी और एक धोती खरीदकर ले आ।'

सुमिरन चला गया और शर्मा भी एक-दो पकौड़ी मुँह में डालकर फरागत होने तथा भाँग बनाने बगल के कमरे में चला गया तो बच गए केवल हम तीन, मोहरसिंह, वह लड़का तथा मैं। लड़का सतृष्ण नेत्रों से बार-बार पैसों की गठरी पर नजर टिकाए हुए था, उससे अब न रहा गया, तो बोला, 'उस्ताद, रेजगारी मिला दूँ।'

'रहने दे बे।'—मोहरसिंह बोला, 'जा, कहीं से घूम-फिर आ।' 'हमारा यह पुराना दोस्त है, उससे बातें करने दे।'

लड़का चला गया तो हम केवल दो बच गए। मोहरसिंह उठा, बाथरूम में गया, हाथ-मुँह धो आया और धोती खोलकर उसने सिल्क की छींटदार लुंगी लपेटी। उसका

लंबा-चौड़ा भरा-पूरा जिस्म सच में हजारों-लाखों में एक था। पूरा पट्ठा जवान। मेरे इलाके में न तो कोई इतना खूबसूरत नौजवान था और न ही कोई ऐसा बाँका मर्द।

—राधे, मैं कहीं भी रहूँ, कुछ भी करूँ, लेकिन भइया, मैं अपने गाँव को कभी नहीं भूलता हूँ। तुम सभी मुझे रोज याद आते हो। मुझे दुत्कारकर उस गाँव से निकाला गया; लेकिन कुछ भी हो, गाँव तो मेरा वही है न, जहाँ मैं पैदा हुआ। तुम लोग सब फलो-फूलो, मैं यही चाहता हूँ।

कहता हुआ, वह उठा और पैसों की उस गठरी को उठाकर उसने मेरी गोद में रख दिया—राधे, इसे तू अपने साथ ले जा। पिछली बार जब मैं गाँव गया था तो रूपा चाची आकर रोने लगी थी कि उसकी जवान लड़की घर में है, शादी करने को एक पैसा नहीं है, उसे इसमें से पाँच सौ रुपए दे देना, और रामगुलाम भइया को दमा का इलाज कराना है, कोई घर में कमानेवाला नहीं, दो सौ रुपए उन्हें दे देना, बंसीलाल को पचास रुपए दे देना, पिछली बार वह आते समय पचीस रुपए के लिए गिड़गिड़ा रहा था और बाकी जो भी बचे, देवस्थान के पुजारीजी को देना कि वह मंदिर में ठीक से खपड़ा फिरवा लें।

—और राधे, एक धोती बुधन चाचा को तथा एक साड़ी पवित्री माँजी को जरूर दे देना, वह लड़का ला रहा है। कहते-कहते मोहरसिंह का गला भर आया। राधे, जब तक जीऊँगा, तुम लोगों को याद रखूँगा, जिस्म की एक-एक बूँद जरूरत पड़ने पर गाँव को चढ़ा दूँगा; पर राधे, मैं जब टूवर-टापर हो गया था तो किसी ने भी मुझे एक कानी कौड़ी नहीं दी थी। आज भी मैं याद करता हूँ तो आँसू फौव्वारा बनकर निकल पड़ते हैं। और मेरे माँ-बाप भी तो दाने-दाने को मुहताज होकर मरे। कहते-कहते वह छह फिटा जवान मोहरसिंह अपने को नहीं रोक सका और रो पड़ा। मुझे काटो तो खून नहीं। मैं अवाक् था, उसका जितना बड़ा जिस्म था, उससे बड़ा दिल। इसके सामने गाँव-टोले-कस्बे-नगर के सभी लोग मुझे बौने और घिनौने लगे। मेरी आँखों में भी आँसू आ गए, मैं बुदबुदाया—मोहर तुम महान् हो!

तभी दरवाजा खुला और उसका चेला साड़ी-धोती लेकर हाजिर हुआ। मोहर ने उसे हाथ में लेकर उससे कहा कि वह जाए और आराम करे।

—तुम अब इन चीजों को लेकर चले जाओ। मुझे कोई नहीं जानता कि मैं कहाँ का हूँ तथा मेरा परिचय क्या है। तुमसे लोग पूछें तो तुम भी मत बताना और घर-गाँव में सबको मेरा राम-राम कहना। और राधे! शहर से जाते समय दस रुपए की लेमनचूस जरूर ले लेना, बच्चों को बाँट देना और कह देना कि मैंने भेजी हैं।

गाँव पहुँचकर मैंने पहला काम किया बक्से से उस गट्ठर को निकालकर गिनने का। ताज्जुब था, उसमें बारह सौ बत्तीस रुपए पचास पैसे थे। मोहर ने जो हिसाब

बताया था, कितना सटीक था।

मेरी पत्नी इसी समय कमरे में आ गई और इतनी सारी रेजगारी और रुपए देखे तो अवाक् रह गई और पूछा, 'यह क्या है? कहीं से आप उठा लाए? किसके पैसे हैं?'

मेरी जबान सिल गई थी, मेरे मुँह से बोली नहीं निकल रही थी, किसी प्रकार खाँसकर इतना ही कह सका 'नीरू, ये किसी महापुरुष के हक की कमाई है, जिसे हम सबने कभी ठिकरे से अधिक नहीं समझा था। आज इतने सारे पैसे उसके लिए ठिकरों के समान हैं।'

मेरे सामने हवा में हाथ उठाए मोहरसिंह खड़ा था, छह फिटा जवान, बगबगा कुरता-धोती और हवा में झूलता-सा उसके हाथों में वह विशाल अजगर और मेरे कानों में उसके स्वर गूँज रहे थे—

अजगर...करे...न...चाकरी...

□□□